洄澜
相逢巨流河

齊邦媛 编著

生活・讀書・新知 三联书店

Copyright © 2016 by SDX Joint Publishing Company.
All Rights Reserved.
本作品版权由生活·读书·新知三联书店所有。
未经许可，不得翻印。

图书在版编目（CIP）数据

洄澜：相逢巨流河 / 齐邦媛编著． —北京：生活·读书·新知三联书店，2016.1 （2024.6重印）
ISBN 978 - 7 - 108 - 05390 - 9

Ⅰ. ①洄…　Ⅱ. ①齐…　Ⅲ. ①长篇小说 - 小说评论 - 中国 - 当代 - 文集　Ⅳ. ① I207.425-53

中国版本图书馆 CIP 数据核字（2015）第 133075 号

责任编辑	刘蓉林
装帧设计	蔡立国
责任印制	卢　岳
出版发行	生活·讀書·新知 三联书店
	（北京市东城区美术馆东街22号 100010）
网　　址	www.sdxjpc.com
经　　销	新华书店
制　　作	北京金舵手世纪图文设计有限公司
印　　刷	河北松源印刷有限公司
版　　次	2016年1月北京第1版
	2024年6月北京第4次印刷
开　　本	635毫米 × 965毫米　1/16　印张 21.25
字　　数	295千字
印　　数	25,001-28,000 册
定　　价	48.00元

（印装查询：01064002715；邮购查询：01084010542）

序

◎ 齐邦媛

这是一本大家合写的书,如千川注入江河,洄澜激荡。

我曾踌躇多年,这些文章拿在手中既温暖又沉重,不知是否应与大家分享。岁月催迫,终于决定将它作为一本纪念册问世。

《巨流河》是我从内心深处写给世界的一封恳切的长信,至此心愿已了,留下祝愿一切归于永恒的平静。

但是旬日之内这平静即被冲破。许许多多一样真挚、一样恳切的回信,如山洪暴发般冲进来,这些以厚重情意和更深的智慧写来的信,以信函评论访问的方式,直扣我心,读了又读,每篇都不忍释手。有些评论文章是朋友写的,有些是台湾知名人士,由读此书谈到我们共同走过的日子,许多报刊作了详尽的访问,问与答都是有充分了解的坦率、亲切的交流。

书出第二年,二〇一〇年十月,我收到北京三联书店刘蓉林编辑寄来的两本大陆简体字版《巨流河》,收到的那一刻,我第一个想去分享这喜悦的人是长庚养生文化村用专员电脑为我联络的廖婉竹小姐,在众人看日落,看美丽的金乌西沉的大门口,我对正要开车回家的她,喊着:"你看看你在空气中传过来传过去的(那些邮件)已经印成了这本书啦!"

在我构思和写作的那些年，从不曾梦想过会有大陆的读者，我的前半生，在大陆的经验一直是他们的禁忌。万万想不到，在台湾出版后一年，《巨流河》竟能在大陆出版！出版后的反应迅速强烈，更是在我意料之外。我不用电脑，最初收到的贴了邮票的信函，书中人物和记者的电话，然后是越洋的访问，当选十大好书的红色通知，得奖的通知……有一段时期，我常常似由梦游中醒来，问自己，这是真的吗？这怎么可能？

有一天接到一个电话说是北京打来的，——北京？那必须跨越台湾海峡、长江、黄河才能回去的北京？我竟然脱口问那端的记者："你从北京打电话来的啊？这么远啊！我记得小时候，风沙刮起来，我的姑姑们都用漂亮色彩的纱巾蒙在脸上……"——因为心理上长久的隔离感，我竟会如此语无伦次起来，人家只不过想对《巨流河》作者做个采访，问几个问题。

我终生隔绝的故乡啊，我怎么能用几个简短的句子，在电话中向你说我的思念？我怎么能告诉你，我忘不了童年跟父亲坐火车过黄河铁桥的情景；忘不了长江到岷江两岸的丛树；我怎么告诉你，我父亲坐在我母亲墓前，痴望着太平洋东北方，眼中的悲伤！

在这本众人合写的文集里，大陆访谈十篇里有五篇是我手写的回答，也许有一些重复的问题和回答，但是我今以书还乡，悲喜之际总有些相似的情怀。

感谢王德威教授、黄英哲教授推动《巨流河》日文译本，邀得池上贞子和神谷真理子，一年译出毫无删减的日译本上下两册，以抗日战争为主轴的这本书，得以全貌在日本出版，令我们很感动。

读者来信数量甚大，每封都真情感人，但我已无体力一一作答，而此册篇幅有限，只能选刊一小部分，编选全由多年主编我书的项秋萍女士辛勤带领黄微真、池思亲小姐工作，只要能联络得上的，她们都征得原作者同意删去了许多重复的资料、过奖的赞美。但这些信与我有更多个人的关联,有许多是找回的旧谊,重叙生死契阔,也在此书内作个永久的相逢纪念吧。

在编者原归为附录栏内的一封我写于一九三七年的信,和乐茝军的一幅画我二十岁时的画,在我书中或对我个人回忆都有重要意义,绝不是"附录"。直到一个不寐之夜,Anachronism一字来到心中。没有别的字可以代替我心中这复杂的情绪了,所以我辟立此栏名为Anachronism。按字典说,它是时间的错置,把后世的事物与前代的事物相混淆,是不合时宜的。(是希腊诗人Anacreon浪漫[酒色]之风的。年月错误的,希腊拉丁诗中短音节和长音节的突兀交换……)多年来,我看到这个字立刻会想到,像我这样的人生,在时代与时代、居所与居所残酷的断裂之际,所有的失落与寻觅。

我以席慕蓉的诗总结此书,她在诗中点出我钟情的时候是天高月明的,钟情焚烧之后留下的是玫瑰的灰烬。诗境虽是她的,心境却是我的,是散文所达不到的精练。

再读此集中的来信、访问和评论,我深感人间深情洄澜冲激之美,我充满感谢与你们在书里书外有缘相逢!

在如此回首一生之时,重读《圣经·约伯记》,似乎为自己多年质疑找到一个文学答案:在他尽失一切之后,因为他在绝境仍信主的旨意必有意义,——所以"此后约伯又活了一百四十年,得见他的儿孙,直到四代。这样,约伯老迈,日子满足而死"。——这长长的一百四十年是给他了解痛苦与救赎,为超越人间生死写下记忆么?

二〇一三年十二月三十一日

目 录

序 —— 齐邦媛　1

第一部（依刊登日期排序）
评论 REVIEWS

【台湾篇】

一出手，山河震动 —— 简　媜　5
台湾文学的国际推手 —— 单德兴　10
齐邦媛的历史巨河 —— 陈文茜　14
文学不了情 —— 周慧珠　17
齐邦媛的书　孙运璿的车 —— 张作锦　19
巨河回流 —— 陈芳明　22
不废江河万古流 —— 李惠绵　26
齐家父女的台湾经验 —— 林博文　29
巨流河到哑口海的水势 —— 林文月　32
"我当另有天地" —— 邵玉铭　38
如此悲伤，如此愉悦，如此独特 —— 王德威　42
一九四九三棱镜 —— 王鼎钧　55
邮车真好！ —— 封　翁　60
巨流河畔的回忆 —— 胡宗驹　63
林太乙、齐邦媛和她们的父亲们 —— 黄　怡　65

由巨流河到生命河 —— 殷　颖　71
芍药与雪莱 —— 张德明　74
撒播文学种子 —— 李　乔　76
晚开的芍药花 —— 钟丽慧　79
心灵的后裔 —— 石家兴　85

【大陆及海外篇】

她的历史，我们的历史 —— 黄艾禾　91
纸上的乡愁且听她这样诉说
　　读齐邦媛《巨流河》的通信 —— 卢跃刚　95
忧患夜莺 —— 昆　布　104

第二部（依刊登日期排序）
访谈 INTERVIEWS

【台湾篇】

痛苦是不能"经验"的 —— 邹欣宁　113
齐世英齐邦媛　东北心台湾情 —— 何荣幸、郭石城　116
附：铁汉挺民主　康宁祥谢师恩　120
　　外销台湾文学　"译"马当先推动　121
从容不迫 —— 董成瑜　123
巨流河滚滚冲刷家国悲情 —— 张殿文　128
书房里的星空 —— 简　媜　132

【大陆及海外篇】

以书还乡，亦喜亦悲 —— 吴筱羽　151

"你懂得我的痛吗？" ———— 钟瑜婷 156

"我无大怒也无大乐"
　　抹不掉的只有乡音 ———— 姜妍 163

"我已无家可回"
　　巨流河：一段温婉回忆的政治想象 ———— 杨时旸 169

"我用诗的真理写他们" ———— 刘芳 175

"我现在还有一个精神在" ———— 韩福东 182

"历史可以一笔带过，文学不能"
　　华语文学传媒大奖 ———— 田志凌 189

八十岁仍心灵未老 ———— 陈书娣 199

"巨流河和哑口海，存在于我生命的两端" ———— 李菁 202

潭深无波《巨流河》 ———— 明凤英 208

第三部（依来函分类排序）
来函 LETTERS

1　赵金镛　先生 235	12　黄渝生　女士 259
2　陈鸿铨　先生 236	13　李耀东　医师 260
3　潘恭孝　先生 239	14　王梦松　先生 262
4　周正刚　先生 241	15　江心静　女士 264
5　邵力毅　先生 242	16　林立仁　女士 265
6　张鸿藻　先生 244	17　孙守萱　读者 267
7　石崇礼　先生 245	18　昀　圣　读者 268
8　尤广有　先生 247	19　郑　文　读者 270
9　钱婉约　女士 249	20　杨静远　女士 272
10　张延中　先生 254	21　王秋华　女士 274
11　熊健美　女士 256	22　姚　朋（彭歌）先生 276

23 费宗清 女士 278	37 高全之 先生 294
24 车慧文 女士 279	38 韩 秀 女士 295
25 陈太太 281	39 陈幸蕙 女士 298
26 李照仁 (恳丁小友) 282	40 黄胜雄 医师 300
27 何怀硕 先生 283	41 顾 洵 先生 302
28 林文义 先生 284	42 吴敏嘉 女士 303
29 夏祖丽、张至璋 伉俪 285	43 林丽雪 女士 306
30 张 让 女士 287	44 龙村倪 先生 308
31 喻丽清 女士 288	45 施玉凤 女士 309
32 痖 弦 先生 289	46 陈大安 先生 311
33 赵淑侠 女士 290	47 赵守博 先生 312
34 赵淑敏 女士 291	48 蔡慧玉 女士 313
35 蔡文怡 女士 292	49 欧丽娟 女士 314
36 钟丽慧 女士 293	50 孙康宜 女士 316

Anachronism

一九三七年南京　齐邦媛发自空城的信 321

乐茝军女士（薇薇夫人）的画 324

两封重要的信，《巨流河》之前 326

席慕蓉的诗 (摘录) 329

第一部 评论
REVIEWS

【台湾篇】

一出手，山河震动

◎ 简　媜

师 徒 簿

彼时，自新店溪河滨吹来的野风仍有淡淡的青草味。蟾蜍山酣卧于这所大学西侧，常年打着绿鼾。一九七〇年代最后一个夏天将尽，天空仍然湛蓝闪亮，任何一个刚脱掉高中制服的十八岁青年站在椰林大道中央，举目环顾尚未被台电大楼、新总图切割的宽阔天地，即使生性羞怯，也忍不住要追随野风呐喊一回。呐喊后，梦想着床，年轻生命镀上第一层金身。

上完哲学系的课，我在数棵高大琉球松护守的六号馆看到"第一届台大文学奖"征文海报，心脏怦怦鼓动，回宿舍偷偷写了一篇散文参赛，之后每天编一个理由劝自己提前接受"必败"的事实。

竟然，在第一名从缺的情况下得了第二名。散文组评审之一是中文系柯庆明老师，另一位是外文系老师。颁奖那一天，我去活动中心领奖。一位五十多岁、穿着端庄优雅且颇有活力的外文系女老师颁一张薄薄的奖状给我们这些"随便穿"、很害羞的得奖者。掌声应该是有的，红幔金字、音乐、鲜花、观众、大家长莅临致辞、镁光灯，好像没有。末了，这位唯一很正式看待这件事的老师说了一句让我永志不忘的话，她说，对我们这些得奖者而言，今天的颁奖典礼显得"不够荣华富贵"。

那张薄薄的奖状发挥了作用，它帮我在成绩不理想的窘况下转到梦寐以求的中文系；接着，那句"不够荣华富贵"的话也发挥魔力，我又偷偷去参加"第一届全国学生文学奖"拿下散文首奖，这次的颁奖典礼"荣华富贵"多了。

如果我继续读研究所，一定要进她的教室上"高级英文"，当然就是登记有案的学生。大学毕业后，我自去野外丛林求生赴死，路绕来绕去总没碰上她。然而，想必另有一本看不见的"师徒簿"早就做了记号等着点名——于今知道，簿上的第一笔，应是她任职"国立编译馆"时冒着坐牢危险改革国文教科书，于一九七三年印出全新版本给当年的国一新生读，而我这个穷乡下孩子正好是新版第一代，捧读这本清新可喜的国文课本被启蒙了。二十七年前，我又从她手上得到生平第一张文学奖状，吃下一颗定心丸从此踏上圆梦之路。二十七年后，那本蒙着尘埃的"师徒簿"被不知名的力量打开，换我绕到她面前，看到白发皤皤的她怀抱着一个未圆的梦正在山村孤灯下奋战。

她是齐邦媛老师。

攀悬崖的人

二〇〇六年初，李惠绵教授家的春宴之后，一大沓口述录音整理稿及齐老师重写的首章初稿寄到我手上，连续数日看得我心惊胆跳。其一，完全颠覆齐老师在我心中"学者与评论家"的单一印象，我窥见有一个庞大复杂的故事在她心里锁得太久，此时开了锁。其二，我意识到以她一向秉持的高标规格，绝不肯让这些故事以凌乱的口述记录方式面世；从重写的首章可看出，她采用足以做历史大叙述的高难度架构，如此下手，只有开疆辟地、成就霸业一途，不能偏安于小局面了。其三，我希望忽略但不能回避，此时齐老师已跨过八十岁门槛且多次进出医院。这好比是孤高峰顶摘一株还魂草、悬崖上筑一个青春梦的举动；一个太沉重的故事，落在一副太弱的身体，在天色太暗的时候。可我也看出，每一个被端正地写下的字无不贯穿她的钢铁意志，每一页整齐的文稿无不展现威盛的军容，"老帅"宣战了，执戟刺向时间，欲展开一场置死生于度外的文学逆袭。

就体力而言，犹如折过腿的银发选手第一次攀岩就挑战刀削悬崖，做学生的我们——惠绵与我，怎能不站在崖下当她的专属啦啦队。月黑风高，天地皆冷眼旁观，老选手上路了。啦啦队有点担心，朝上喊："老师，您爬到哪里了？"空谷送来虚弱的回音："爬到第二章在逃难了，心脏痛得睡不着，写到天亮，前胸贴后背地累，我父母都是心脏突然……"啦啦队惊慌地说："老师，您不要吓我们，别写了别写了快去休息！"屈指一算，至少还有十多章要爬，怎么爬？啦啦队觉得这样"压榨老师"会下地狱，提议："老师，您干脆下来算了！别爬了！"没声音，好长时间没吭声，忽然踢下一撮沙，有动静了，夹着一阵剧烈咳嗽传来雀跃的语句："太快乐了，我开始爬第四章了……"

有一章一写就超过半年，底下的啦啦队把虱子都捉完了，苍蝇也打光了，不得不催她："老师，您的'进度'到哪里？说好这章写完要喝春酒，都成秋酒了！"抖来一串理由：最近来参观的人较多，儿子来了要"育儿"，旧居有些事要理，牙痛看几趟医生，心脏不大行……"我现在的样子就像屈原投江前呐！"声音有点沮丧。换啦啦队沉默了，半晌，说："老师，您还是别投，投了也会被捞起来。"立刻传来一阵呵呵呵笑声，自我解嘲道："是啊，捞起来晒干了，还得去干活！"

作为第一手读者，我们完整地见识齐老师的超人意志与钢铁精神，兼以学者之严谨态度。原近二十万字的口述整理稿几乎全被推翻，大纲至少大修三次，书名想了近百个——每次电话里讲得火热油烫的书名，没多久就丢到阴沟里去。每一章动用的文献、资料、专书，甚至信件往返、访谈求证，不可计数。因此，打字稿上标记三修四修至七八修，已是常态。这般呕心沥血写书的人已经不多了，盛年壮躯有助理伺候的人都做不到，齐老帅一个人做到了。四年伏案，二十五万字长征，老选手终于爬上悬崖，完成"生命之书"。

巨流惊涛

对我这种土生土长于亚热带多雨农村的台湾子弟而言,冰天雪地的"东北"像遥远的星球;即使仍会背诵课本上"东北有三宝,人参貂皮乌拉草",即使小学教唱的爱国歌曲《长城谣》仍朗朗上口,即使"九一八事变"、"伪满洲国"曾是历史必考题,我这一代学生对东北的印象仍是白茫茫一片。乌拉草不是我们稻田边的草,长城外面不是我们天黑了要回去的家;从没听过家乡在长城外的人以浑厚嗓音唱"苦难当,奔他方,骨肉离散父母丧"的遭遇,没人告诉我们冰天雪地上实实在在活着怎样的一群人、发生什么样的事、怀哪一种恨、流哪一种眼泪?没有故事,哪来感动?没有感动,不可能唤起理解与同情。

迟来的《巨流河》,弥补了这个缺口。

齐老师笔锋如刀,指挥两翼进军:一翼自父亲齐世英留学德国回来,参与一九二五年郭松龄反张作霖之兵变行动写起;郭军与奉军于"巨流河"决战,此关键一役,郭军功败垂成,郭松龄被枪决曝尸,二十七岁热血青年齐世英南奔,加入国民党建设国家行列,肩负东北党务、地下抗日重任,身系内外决策,历抗日鏖战、国共内战、国民政府迁台,直至被开除党籍,终于埋骨台湾。

此翼借齐世英经历串联一代铮铮铁汉们在侵略者炮火下头可抛、血可洒之气概与尊严——多少孩子看到爸爸的头被挂在城门上。他们一生没有个人恩怨,只有不共戴天的国仇。历史派给他们的任务是,流血至死的一代,也是漂流而亡的一代。

另一翼以己身为轴心,自诞生、童年写起,战火中随逃难队伍迁至重庆,八年间受南开中学与武汉大学教育,受业于名师,得文学启蒙。大学毕业后落脚台湾,结婚,展开学术事业,成为台湾文学推手。看似一条柔软的女性人生线,却也挂满同代人共同经验的炮弹碎片与长夜歌哭。长于战争的一代,经战火锤炼而具备钢筋铁骨,受毕大学教育拥有高度智识，这批已被训练完成的二十多岁年轻人与上一代怀抱流离之苦不同，他们的脚一踏上台湾土地，就能埋头苦干，乐观工作。是以，此翼大叙述里最动人之处不在于私情部分，而是保留同代人参与五〇年代起建设台湾的弯腰身影——摸索做铁路电气化的，在榻榻米房间孵小鸡的。广义地说，从"巨流河"来的年轻一代，他们的事业在台湾，历史交到他们手上的任务是，流汗耕耘的一代，也是扎根重生的一代。

双翼书写，汇聚"巨流河"两代、横跨中国大陆到台湾近百年的奋斗史。恢宏巨构，以现代史为骨干，铺设可歌可泣的故事，叙述中夹藏议论；前半部是国破家亡的战争悲歌，后半部为来台后的垦拓脚印；既保留上一代慷慨就义的骨气，且记录这一代敬业献身的面貌。上一代渡不过一条"巨流河"，这一代却渡过了瀚海。漂流有起点，漂流也有终点，那终点就是扎根之始。两代命运不同，书中人物皆沾不上"荣华富贵"的边，却个个活得漂亮、清白、高贵，近乎神格。

齐老师的家乡辽宁省铁岭附近盛产石材，坚硬如铁。童年常在祖坟边采野地遍生的芍药花，晶莹瑰丽，视之为故乡花。铁石般的坚硬冷光，芍药似的柔情暖泪，也共构成为本书独特的风格。这或许是女性写史异于男性之处，在沉重的历史辙痕之外，更多赚人热泪的深情篇章，如此纯粹，何等圣洁，捧之不禁以泪句读、低回不已。那些人，你若为他们的命运流过泪，就不能说不认识；那些事，你若为他们的遭遇叹息过，也不能说不知道。

百年故事，以河为名。这部澎湃巨著对我这样的读者而言是一次很重要的弥补与"链接"——一代一环相扣，故能完整。

地理上的"巨流河"位于何处我仍然不知，这不重要，重要的是，从"巨流河"来的前辈们，把他们一生的故事，全部留给台湾。

（原刊登于二〇〇九年七月四日台湾《联合报》）

台湾文学的国际推手

◎单德兴

齐教授之所以多年来大力为台湾文学向国际发声,缘起于一九六七年再度以富布赖特学者(Fulbright scholar)身份赴美进修,也相当程度扮演了"文化使者"的角色,向好奇的外国人介绍台湾的种种,尤其是风土人情以及最能表现文化特色的文艺。但是齐教授在面对这些好奇、甚至不知台湾在何处的外国人士时,却苦无台湾文学译本可供参考、推荐,深切体认到这种缺憾。

直到一九七二年,齐教授应邀担任"国立编译馆"人文社会组主任,积极施展"书生报国"的抱负,其中最为人称道而且影响深远的两件事就是:对内,大幅修订中学国文教科书,增加许多当代台湾文学作品;对外,进行"中书外译计划",向国际推介台湾文学。前者嘉惠中国台湾学子,后者嘉惠他国人士,都是影响深远的文学、教育与文化工作。

打开文学世界之窗

一九七五年,上下两册、一千多页的 *An Anthology of Contemporary Chinese Literature Taiwan*(《中国现代文学选集——台湾》)由美国西雅图华盛顿大学出版社发行。"对欧洲及美国的汉学家而言,这是第一套比较完整充实地介绍中国现代文学创作的英译本。自从一九四九年播迁来台,台湾文学作家得以在大陆政治文化之外延续中国文学传统,创造出值得研究的作品，好似开了一扇窗子。"

另一个特殊经验则是一九八五年赴柏林自由大学 (Freie Universität Berlin) 讲授台湾文学。传主于中国东北出生时，"父亲在柏林留学，在二月冻土的故乡，柏林是我年轻母亲魂牵梦萦的天外梦境"。万万没想到六十年后自己竟然应邀来此担任客座教授，讲授正式授予学分的"台湾文学"课程，难怪乍听到这个消息时的她说："几乎不敢相信我的耳朵。"

齐教授前往德国访问教学时，全球尚处于冷战时期，世人难以想象几年后柏林墙竟会一夕崩塌。分裂的东西德对台湾的处境有着异乎其他世人的领会。因此，传主在第一场针对全系一百多人的"订交演说"中提到自己的家世，也特别指出：

> 台湾的处境举世皆知，我们所代表的文化意义，在西柏林的自由大学应该是最能了解的。我今日来此希望借台湾文学作品做心灵交流，深一层同情东、西两个分裂国家人民的生活态度和喜怒哀乐……我教的台湾大学学生和诸位一样是追求自由思考的学术青年，我希望能真正认识德国，你们也真正认识我们台湾。

这番剀切、真挚的言词立即赢得了师生们的普遍肯定，为她在柏林大学的教学打下了良好的基础。同时，这个独特的柏林经验也为传主拓展出更大的视野，"得以从美国以外的大框架欧洲，思索台湾文学已有的格局和未来的发展"。

开阔繁复的编译计划

齐教授对台湾文学推广的另一个贡献，则在担任"中华民国笔会"的顾问与总编辑九年。

为了英译台湾文学，她"快乐地建立了一支稳健的英译者团队"，包括了在台湾任教的外籍教授，如辅仁大学的康士林（Nicholas Koss）、鲍端磊（Daniel J. Bauer）、欧阳玮（Edward Vargo），以及海外的高手，如葛浩文（Howard Goldblatt）、闵福德（John Minford）、马悦然（N. G. D. Malmqvist）、奚密（Michelle Yeh）、陶忘机（John Balcom）等。

回顾《中华民国笔会英文季刊》这份发行近四十年的刊物，她提到其中"已经英译短篇小说四百多篇，散文三百多篇，诗近八百首，艺术家及作品介绍一百三十多位，几乎很少遗漏这三十六年台湾有代表性的作者"。对于这份全心投入的志业，她自称从事的是"超级寂寞"的工作，扮演的是"堂吉诃德"的角色，有如"背着轭头往前走"，个中的甘苦不足为外人道，在千禧年前终得急流勇退，交棒给年轻一辈。

然而文选与季刊毕竟篇幅有限，对于长篇小说只得忍痛割爱，她"当然知道（翻译台湾文学）所有的努力中缺少长篇小说的英译，就缺少了厚重的说服力"。因此当一九九六年王德威先生邀请她参加哥伦比亚大学出版社的《台湾现代华语文学》（*Modern Chinese Literature from Taiwan*）英译计划时，齐教授视它为"我今生最后一次意外的惊喜，一个完成心愿的良机"。

这个台湾文学英译计划由蒋经国国际学术交流基金会赞助，编辑委员除了两人之外还有马悦然教授。三人运用多年的阅读经验与研究心得，选择台湾具有代表性的长篇小说，邀请翻译高手译介给英文世界，十多年来已陆续翻译了三十部作品。

对于这套书能由享誉全球的哥伦比亚大学出版社出版，流通海内外，产生长远的效应，她颇觉欣慰，因为"哥伦比亚大学存在一天，出版社即能永续经营，我们的这套书亦能长存。后世子孙海外读此，对根源之地或可有真实的认识，德威与我这些年的努力也该有些永恒的价值"。这些说法再度肯定了文学是"经国之大业，不朽之盛事"的坚定信念，远远超出了一时一地之限以及任何党派之见。她有感而发地说："我们对台湾文学的共同态度是奉献，是感情，是在'你爱不爱台湾'成为政治口号之前。"旨哉斯言！其中的深意值得陷溺于政治泥沼、浅碟文化，只知高喊口号、不知身体力行的人三思。

(原刊登于二〇〇九年七月七日～八日台湾《自由时报》)

齐邦媛的历史巨河

◎陈文茜

终于有一个那个年代的女子,以一生的回忆纪实,为我们填补历史的空虚与不足。

齐邦媛,文坛人称"永远的齐老师",近日出版其人生回忆巨作——《巨流河》。书厚六〇三页,末尾附了她和小儿子坐在台湾最南端鹅銮鼻哑口海畔的照片。一位白发女子,年近八十五岁;与已略显秃发的中年儿子,相依相伴。俩人席礁石而坐,脸庞均望着海;远方东北辽宁故乡的"巨流河",已不知在海角哪个方位。历史若如拍照之人,如此冷静又有情地看待个中活跃的主角,就不会永远显得那么残酷。

齐老师任教台大外文系,历练几项职务,巧合地在台第一个到最后一个工作都于台大外文系。她教授学生无数,曾引介西方文学,更将台湾代表性文学作品英译推介予西方世界。但她的《巨流河》写的不纯然是这些静态的文人故事,《巨流河》大半剖述中国战后一代的幻灭人生。他们曾是充满抱负的青年,战争打乱他们的青春,渡海之后诸多生活小节,竟也折磨销蚀了泰半壮志。

这些多年来台湾"政治史"中被刻意掏空的某些人物、某些事,借由齐邦媛的笔,一个个有了真正的生命风貌。

譬如,齐邦媛的父亲齐世英。赫赫有名的东北大立委,原国民党CC派大佬;抗战时期组织地下抗日工作。战后本拟返乡,但随之国共内战,北京大羊宜宾胡同齐家,就成辽宁亲友投奔的目标。每顿饭至少开两轮,父亲薪水跟不上物价,齐世英的妻子夜里一直翻身、叹气,叹得女儿齐邦媛央求妈妈:"别叹气好不好,我都睡不着。"

齐邦媛回忆中国战后的岁月,多少人的渴望换为绝望。"胜利:虚空,一切的虚空。"一九四七年六月初,齐老师更目睹武汉大学著名的"六一惨案",讲授俄国文学并大骂时局的缪朗山教授被警备司令部于校园内逮捕。清晨六点,荷枪实弹的士兵强行带走缪教授,学生们冲上前拦阻,兵士开枪,三人当场头部中弹身亡。死者移至大礼堂,以被单盖着身体;二十三岁的齐邦媛就这么一幕幕"亲证"历史,全校师生同声大哭,哭死去的同学,也哭患难中国的悲哀。《巨流河》一书中,她数度质问:一九四五年战后如果中国不是陷于内战,而是戮力重建;中国的命运是否会有所不同?

而一九四七年六月湖北发生惨案,同一年台湾更糟。同年二月,便是历史上著名的"二二八事件"。那一年的中国,到处是惨案、杀戮;而齐家的故乡才从"二战"战火中喘息不到半口气,也陷于四平街内战。

齐邦媛的父亲就这么望着一场又一场的战乱,从日本鬼子打到自己人,"巨流河"血染成红河,"还乡梦只成呜咽"。

为了减轻家里负担,齐邦媛这一个外省单身女孩,二十五岁,只身抵达"二二八事件"后仇恨外省人的台湾。她的第一个工作是在台大外文系当助教;第一间宿舍八坪,榻榻米上除了一堆书,一无所有。朋友带来被子、一把水壶、一个暖水瓶,还有一台"收音机",凑合了她离家五千里远的第一个落脚之处。那时日人还未全撤,有的尚蜷曲街角等候船班,小女子孤单时夜里就听着《荒城之月》,音乐凄美让她也忘了这原本是一首"敌人的歌"。

齐邦媛女士"巨流成河"与过往五〇年代巨著型回忆录最大的差异,在于她谈的不尽是一段远离故乡的回忆,她来台湾时够年轻也够老,纪实那个混乱大迁徙年代的点点滴滴。这些历史,在近代台湾史的撰述中,完全被忽略。当年百万移民在齐老师的撰写中,跃然纸上。她是齐世英的女儿,父亲虽位居老立委,但也是一位来台后即在国民党斗争中失去的国家栋梁。他们一家在台湾过去一段的本土政治史中很容易被忽略，甚至被冠以"外省权贵"的封号。齐邦媛写起父亲来台后的家，十多两黄金顶了一个日式小院子宿舍；写一九四八年起大迁徙，在台结识的年轻丈夫，如何日日跑基隆，接船识与不识的亲友。家里三坪的小客厅满是箱子，落寞的一代中国人从"挟着脑袋打日本"，掉入另一场新噩梦。几件行李代替全部的人生，接船生涯持续了一年，直至父亲最好的同志徐箴一家六口搭上最后的"太平轮"。惊骇悲痛的船难消息，最终也终结了齐邦媛夫妇的接船生涯。

而她的夫婿一生任职铁路局，一心一意只想提升如今已成没落符号的台湾铁路。去日本、美国考察，与瑞典人合作。夜里我读着齐邦媛女士的人生纪事，足足看了六小时，直至清晨方才小睡。她写得如此不着情绪，我却看得惊心汗颜。那一段我们误以为熟稔的历史，原来埋葬了那么多不同人物、不同角落的悲剧。而每个人却都以为自己的悲剧在那个年代只是唯一。

本文太短，不足以道尽书中精彩。谨向齐老师致敬。

（原刊登于二〇〇九年七月十八日台湾《苹果日报》）

文学不了情

◎周慧珠

在一次对话中,白先勇提及现代年轻人各式各样,很难说就是什么样。因为教育政策各讲各话,无所适从,他们反而茫然,他们就写"茫然"。齐邦媛说,生活好,有吃有喝,心情却茫然,这个才是大问题。台湾新一代作家,文字很好,聪明得不得了,但是题材不大,没有真正着力的地方。流浪是诗意,但跑几天就写好几篇,当流浪成为预作书写的题目,流浪就失去意义。

二十世纪中叶,从"巨流河"来的年轻一代,历史交到他们手上的任务是流汗耕耘,也是扎根重生。"我写这些,很痛苦!国仇家恨一点儿不错。我常是一边写一边哭。"齐邦媛说,"肯做的人要有很大的悲愤才行。我这个年龄还在写,我就是不甘心这些事就这样全湮没了。"

她提起有次看报纸,标题是"抗日战争开始了",眼睛一亮,结果竟是卖防晒油!几千万人的生命,换来的不过是笑话!令她很感慨。

十八世纪有位英国作家卡莱尔曾说:"任何一个国家,如果没有文学,那么就没有声音,是个哑巴。就像俄国、中国这么大,却都没有声音。"齐邦媛说:"其实他不知道中国文学已有几千年的声音。至于为何他这么说?概因没有英文的译本。"

自一九七二年起,她要给台湾声音,要用英文发声,着手编译《中国现代文学选集——台湾》,她选译一九四九年至一九七四年间台湾出版的新诗、散文和短篇小说。这套书费时三年,于一九七五年完成,由美国华盛顿大学出版社发行。齐邦媛以严谨的态度,逐字逐句翻译,但求不违背原意,并兼顾译文的流畅。本着"中国人的作品,中国人译,中国人纸印,由中国人出版",坚持下去。这是第一部英文版的现代台湾文学大系,岛内外人士的评价甚高,许多学校更采用为教本,至今仍为国外研究台湾现代文学的重要参考书。

一九七二年,林语堂先生和殷张兰熙女士创办《中华民国笔会英文季刊》(The Taipei Chinese Pen)。齐邦媛基于交情和使命感,成为参与翻译工作和规划的顾问,挑选台湾文学佳作译成英文,向全世界引荐中文作品,并与殷张兰熙合作完成德文版中国当代短篇小说选集《源流》,使在德国研习中文的读者,有了具体可考的台湾文学资料。她在编译馆人文社会组主任任内,力争将黄春明等的本土文学作品、杨唤等的诗收入中学课本,让现代文学普及于下一代。

为了替编译馆选编现代文学的英译选集,自七〇年代起,齐邦媛几乎没有遗漏地大量阅读中文作品,对台湾文学现象和环境了然在握,发为评论,深为文坛倚重,并借写文学评论以肯定优秀的作家及作品。

法国十九世纪的文评家丹纳认为"时代、民族、环境是构成文学的三要素"。齐邦媛的评论观念深受丹纳的影响,她不满足于艺术技巧的分析,而把力气用在思想内容的挖掘上,这也成了她评论作品的一个重要特色。在评论的文字间自然流露出凛然之气,见解总是推陈出新、洞察犀利,兼或有逼人的气势。她的文章是爱护多于指责,肯定多于批判,所以她的评论文章是充满善意的,也因此提携了后进。

正如佛法所说,怎样让一滴水不干涸?把它丢进大海里。

齐邦媛是文学巨流河中一滴永不干涸的水。

(原刊登于二〇〇九年七月十九日台湾《人间福报》,此篇为精简版)

齐邦媛的书　孙运璿的车

◎张作锦

报馆的公务车都是台产裕隆。二〇〇六年春天,忽然有辆黑色大型凯迪拉克插队进来。

"这车哪儿来的?"我问。"是孙院长家里还回来的。"同仁答。

"孙院长"指前"行政院"院长孙运璿。这当中有一长串故事。

毕业于哈尔滨工业大学的孙运璿,抗日胜利后被派来台湾任台电公司机电处处长,负责修复盟军大轰炸后的电力系统。日本技术人员被遣返了,发电量不足正常的十分之一。孙运璿率领同来的少数技师,带着台北工职及省立工学院学生,一边拼凑零件一边赶工,五个月内就修复了百分之八十的供电系统。

以后二十年,孙运璿由机电处处长而总工程师而总经理,他领导建了很多电厂,很多水库,并执行"乡村电气化",使台湾地区的电气普及率超越当时的日本和韩国,达到百分之九十九点七,不论多偏远的山野僻地都有光明。并为后来台湾的"经济起飞",插上动力翅膀。

在严家淦"内阁",孙运璿被擢升为"交通部"部长。他推行"村村有道路"政策,奠立了台湾汽车交通的基础。当局的"十大建设",其中新的铁路、公路、机场和港口,都是他的责任区。

一九六九年他转任"经济部"部长,成立"工业技术研究院",设立"新竹科学园区",使积体(集成)电路带领台湾进入科技产业时代。

"积劳"往往"成疾",一九八四年在"行政院"院长任内,孙运璿中风病倒，从此在轮椅上度过后半生。他像尹仲容、李国鼎等人一样，离职时上无片瓦，下无寸土，手无股票，住公家宿舍，靠"总统府"资政的津贴养家。

政府配给他的小座车，老旧了，也容不下他的轮椅。但他克己成性，不会要求换车。报馆负责人知道这情形，买一辆大型的凯迪拉克借给他用，以示民间的"崇功报德"。孙院长二〇〇六年二月病逝，家人立即把车子送还。

别以为只有高级官员才这么"公忠体国"，像这样的基层人员多得很。齐邦媛教授的著作《巨流河》用史诗之笔写近代中国的苦难，很多人一边读一边流泪。今天安定的台湾能成为大家安身立命之所，多受前人的心血庇护。

毕业于河南大学专攻畜牧的戈福江，一九四六年到台湾省农林处任职，他先后成立畜产公司、畜产实验所、养猪科学研究所，育种来杭鸡，研发酵母粉，要把生活在台湾的人都养得健健康康的。政府推动九年"国教"，一九七〇年到一九八〇年中学老师的薪水全来自屠宰税。

戈先生得了气喘病，晚上睡不着，白天照旧奔波，到各地照顾他的"事业"。他终于不支，退休，不久即离世。

罗裕昌，武汉大学电机系毕业，胜利后到台湾铁路局台中段任职。五〇年代，铁路是台湾运输主干，当局决定"铁路电气化"。那时台湾连"号志"这个词都很少听过。罗裕昌带同仁到国外拼命学，回来卖命干，上山下海，很少回家。回家时把一个盥洗袋放床头，接到电话就快跑。

一九五九年，工程进入最艰困阶段，"八七水灾"淹没了CTC工程神经中枢的彰化市，铁路桥梁断了，罗裕昌和他的同仁用手攀着高悬的枕木，过河抢修电化设备。下面是滔滔洪水，失手就是失命。

他的妻子带着小孩，彻夜守在门口，等他平安回来。他的妻子名叫齐邦媛。

谈到对台湾的贡献，齐邦媛较任何人都不遑多让。她教过的学生，恐怕要占今天"社会精英"名单的一大片。她推动教科书"去政治化"，冒政治风险把黄春明的《鱼》塞进中学课本。她把台湾文学通过翻译推向国际，使世人了解台湾，敬重台湾。

往事并不如烟，想来齐邦媛和很多人一样，怀念那个时代，大家不分彼此，不问你是哪来的，都可以爱这片土地，为一个理想，庄敬勤恳地努力工作。

（原刊登于二〇〇九年七月二十四日台湾《联合报》）

巨河回流

◎陈芳明

齐邦媛老师把完成的手稿陈放在桌上时，室内灯光下几位围观者禁不住惊呼赞叹。那是一个使内心起了震动的初夏夜晚，盛传已久的新著《巨流河》就要付梓，却优先看到原稿，喜悦之情不免冲击每个人的心房。宁静的笔迹并不宁静，刻画在纸张上的墨迹颇具力道。想必在书写之际，运行于稿纸上的手腕极其稳健而专注。字与字之间的节奏，在孤寂夜晚一笔一画落下时，当是刷刷有声。

如果回忆是一条巨河，那是以怎样的心情与心力擘建而成？生命逆着时间上溯，让历史场景倒带至一九四七年底，大流亡的异象再度浮现。一只青春躯体的脆弱身影，仓皇渡过海峡，又一次走过战火硝烟弥漫的大地，踩过遍野落叶回归到故乡。沿途跋涉的声音重新响起，无比痛苦的感觉沿着字迹隐隐渗出。齐老师在深夜面对逝去的岁月，必须单独撑起记忆的重量，曾经发生过的离别、割舍、伤情，在寂寥的时刻反刍咀嚼。

叠起的手稿，其实是岁月的累积。登上八十岁之后，齐老师站在时间的峰顶回望，对人间世事看得特别明白。回忆是一种筛选与抉择的过程。面对庞杂繁复的人生，什么要容纳接受，什么要淡而化之，那是记忆之技艺的精髓。从辽河的铁岭齐家开笔之后，文字的语气、姿态就不曾出现丝毫犹豫。每一个句子都属于简单句，而且是肯定句。倾向使用简单句，是因为她的记忆清晰透明；大量运用肯定句，是因为她的判断果敢精确。干净利落的句法，显然在于揭示她对整体生命的掌握能力。在抑扬顿挫的流转叙述中，速度相当明快，水势滔滔，气势磅礴，终于串起一部动人心弦的回忆录。每一道转折，每一阵波澜，都是一个艰苦生命的强烈暗示，也是一个浩荡时代的重要象征。

前二十年的战争离乱，后六十年的安身立命，构成这部回忆录的主轴。经历过的人生每一个阶段，无论是琐碎芜杂，还是重要关键，她都以同等分量看待。感时忧国的胸襟，浪漫主义的情怀，自始至终，一以贯之。在细微处，她触探大时代；在大格局，她注意小人物。她颇知历史力量的塑造，绝对不是由几个权力人物就能支撑，也不是任何意识形态就可敷衍。亲身穿越的历史长廊，有那么多错肩而过的人，在她的情感、人格、知识、思想留下深刻印记。多轴的线索联系着一个人的命运，而这位回忆者又在往后的日子里开启更多线索。记忆网络是如此错综复杂，齐老师挺起一支笔，眉清目秀地做了清楚交代。

最令人动容的回忆，莫过于她对朱光潜教授的缅怀。在武汉大学开授英诗课的朱光潜，从未预见他的子弟行列里，竟有一位女学生带着他的思想与审美，到达遥远的海岛台湾。以那么长的篇幅追忆朱教授，当不止于彰显师生之间的情谊，也在于暗示知识传播从来就不是及身而止。齐老师在台湾对学生传道、授业、解惑时，可能在适当时机也引渡了朱光潜的人格与风格。她的身教言教在大时代里慢慢形塑起来，从而也建构了她的文学态度。她上课时言谈中闪烁的智慧火花，当是在成长过程中与知识追求中慢慢酿造提炼得来。到如今，齐老师还完整保留朱光潜英诗课的笔记。她所珍惜的应该不是年少时期的平面笔迹，而是纸页之间所承载的情感，以及在倥偬年代轰炸火光下的立体记忆。

抗日战争的终点，竟是她漂泊生涯的起点。甫自大学毕业的女生，选择一九四七年底到达台湾。命运的回旋滋味，比起一九四九年的流亡族群她还更早尝到。那是"二二八事件"结束不久的台湾，也是历史谜底还未揭开的台湾。早熟地承接异乡的孤独感，抗日情绪还未退潮时，就已在海岛收听《荒城之月》的日文歌谣。文化交会的奇妙荒谬，启开她后半生的起承转合。从漂泊到停泊，从生根到苗壮，从风雨飘摇到开枝散叶，那可能不是齐老师的个人体验，而是一整个渡海世代的共同记忆。如何使体内的大陆气候，缓慢改造成适应台湾风土，正是这册回忆录最生动的见证。

那种改造的过程，是双手紧紧攫住海岛的土壤，以生命以血汗全心融入。为了坚强活下去，她与同属流亡的丈夫投入台湾的铁路岁月。齐老师以这样的字句描述丈夫："我的婚姻生活布满了各式各样的铁路英雄，直到他一九八五年退休，近四十年间，所有的台风、山洪、地震……他都得在最快时间内冲往现场指挥抢修。"作为她的学生，可能很少人能够理解这位充满幽默机智的英文教授，背后竟然与台铁的升降起伏紧密联系在一起。

齐老师从最初的台大助教，摇身变成家庭主妇；又从台中一中的代课老师，再被荣聘为中兴大学外文系教授。期间的命运转折，既是无可理喻，也是有迹可循。冥冥中，文学信念引导她走上应该选择的道路。台湾社会在一九七〇年进入翻转改革的历史阶段时，她也适时回到台北，一方面专职于"国立编译馆"，一方面也在台大外文系兼任"高级英文"课程。

说台湾文学研究的世代，是在齐老师门下完成成年之礼，应该是恰如其分。在她的主导下，编译馆编辑一套《中国现代文学选集》的英译本。在她的指导下，战后台湾文学研究的学院世代也孕育成形。台湾作家在国际文坛上从来就是缺席的，经过现代主义运动洗礼的小说、散文、现代诗，应该如何自我定位，至少在一九七〇年代之前，还未具备任何信心。《中国现代文学选集》纳入的作家，第一次在艺术检验下，不分族群，并列走向国际文坛。这套英译选集，意味着台湾作家以文学力量相互结盟，一致对外争取发言。能够使不同的艺术表现共同赖以生存的土地，正是一种宽容与理解的暗示。在自由主义传统下培养起来的心灵，无疑是齐老师的最佳写照。

在一九七〇年代的大学校园，台湾文学研究所次第成立。第一世代的主持者,成功大学的林瑞明、吕兴昌,台湾清华大学的陈万益,中兴大学的邱贵芬,台湾大学的何寄澎、柯庆明、梅家玲,政治大学的陈芳明,先后都接受过齐老师的英文教学。那是无法解释的神秘衔接,历史有时会以特别的方式开启门限,容许具备勇气的行动者跨出来。这种因缘巧合,如果也无法解释,就只能聆听齐老师在回忆录中的颂赞:"埋葬了让红花开遍,生命永无止息吧。"无意中埋下的种子,竟丰收了一个盛放季节。

以一种抑制不住的感动,反复阅读这册庞沛的回忆录。终于不能不承认,这可能是近年来难得一见的时间之书。那不是抽象的时间,而是以感觉、以情绪、以汹涌的力量,探测时间的回旋流转。她告诉我们这一世代的台湾人是如何相遇相知,让我们体会这小小的海岛在共同命运里如何变得不可轻侮,更提示我们以骄傲的心情携手勇敢走下去。 记忆的长河里,每一个文字都是一颗沉重的卵石,在激流中翻滚,为的是创造更宽更广的流域。合上全稿时,禁不住记起齐老师在《一生中的一天》写下的第一句话:"对于我最有吸引力的是时间和文字。时间深邃难测,用有限的文字去描绘时间真貌,简直是悲壮之举。"巨河回流,气象万千。阅读时,无须抵御,只有顺从。

二〇〇九年七月八日于政大
(原刊登于二〇〇九年八月三日台湾《联合报》)

不废江河万古流

◎李惠绵

"佛曰：爱如一炬之火，万火引之，其火如故。"

这是齐老师二十一岁在武汉大学外文系，指导教授吴宓先生题赠的文句，他说，"爱"不是一两个人的事，要有一种超越尘俗和悲悯同情的爱。齐老师终生热爱根生的家国原乡、钟爱耕耘的台湾土地、深爱传播的台湾文学，晚年以波澜壮阔的气魄胸怀完成《巨流河》，用一甲子以上的岁月，实践一炬之火的大爱。

二〇〇六年农历年后，邀请齐老师到我们家喝春酒，席中还有几位师友，宾主尽欢。各自交谈时，我悄悄问老师："修改口述历史，进行得如何？"

齐老师接受"中研院"欧美所单德兴教授"口述历史"计划，自二〇〇二年十月至二〇〇三年十二月，整理出十七章。我知道这件事是在二〇〇五年春天，老师急诊住院。彼时她尚未住进养生文化村，我到医院探望时，她从皮包拿出第一章十几页打字稿，告诉我正在润稿口述历史，修改字迹密密麻麻，增补删改的线条穿梭其中，难以辨读。我想："好大的工程啊！"而老师病中继续修稿。

没想到这一天前来欢聚仍然随身携带。我惊讶不已，事隔一年，还是第一章，心想："完稿之日欲待何时？"第二天我打电话郑重请托简媜，一起协助老师。简媜一诺千金，重于泰山。我不相信人间存在永恒的世情，但是姐妹情深将近三十年，携手留下这一段珍贵的记忆，或许是生命至交另一种永恒吧！

为圆心，扩及历史伤痕、家族迁徙、风雨台湾，完成一部气势磅礴的叙事文学，以汪洋闳肆兼具深情绵密之笔，见证血泪苦难的二十世纪。当我们阅读书序第一行："巨流河是清代称呼辽河的名字，她是中国七大江河之一，辽宁百姓的母亲河……"霎时，脑海中立刻出现一幅纵贯古今的巨河，眼泪夺眶而出，继而随《巨流河》故事而哭，哭家国世变，哭政权崩离，哭文化浩劫，哭精英凋零，哭同窗死别，哭殉国英灵……

齐老师以八十余岁高龄，竭尽心力燃烧生命热火，那熊熊火焰将永恒照亮历史文学的巨流；纵使"浪淘尽，千古风流人物"，但此书不废江河万古流。

（原刊登于二〇〇九年八月十六日台湾《国语日报·星期天书房》）

齐家父女的台湾经验

◎林博文

曾任教中兴大学和台大的齐邦媛教授，最近出版长篇回忆录《巨流河》，叙述她从东北到台湾的经历，是一部极有价值、可读性亦高的传记。齐教授的父亲是曾被蒋介石开除国民党党籍，又和雷震等人筹组"中国民主党"的前"立法委员"齐世英。

齐世英为台湾民主运动的开路先锋之一，他曾经以"老鸡带小鸡"的方式传授康宁祥如何了解"立法院"的问政程序、如何熟悉"立法院"文化以及如何对付国民党，齐世英已于一九八七年辞世。齐邦媛生于一九二四年，在大陆住了二十三年，在台湾从事教学、编译和传扬文化逾一甲子。齐家父女在不同领域对台湾做出了不朽贡献，比台湾人还爱台湾。东北和台湾都曾是日本帝国主义的殖民地，齐家父女常怀念东北的白山黑水，但更热爱宝岛的蕉风椰雨。

阅读齐教授的《巨流河》之前，最好能先看"中研院"近史所一九九〇年出版的《齐世英先生访问纪录》，以资进一步了解辽宁铁岭出生的齐世英，怎样变成一个与日本人斗、与张作霖和张学良父子斗、与国民党最高当局斗的铁汉子。一九六〇年九月，《自由中国》半月刊发行人雷震以言论获罪，被蒋介石下令逮捕之后，胡适不敢去探监，不敢公开抨击蒋，许多知识分子暗中骂胡适"没有肩膀"，和胡适相反的是齐世英。在雷震入狱、《自由中国》被封后，齐世英成了台湾民主运动的幕后主导力量，充当党外人士的"保姆"。安排东北老乡梁肃戎为雷震辩护；郭雨新、余登发和"美丽岛"受害者都去找他帮忙；康宁祥认为齐世英是台湾民主运动的开拓者。

齐世英口述历史的最大缺点是只做到一九四九年，幸好在出版时加上了康宁祥的访谈和梁肃戎、傅正、于衡、田雨时等人的回忆文章以补全齐铁老推动台湾民主运动的史实。素有"美男子"之称的齐世英，一九五四年底因在"立法院"反对电力加价而遭蒋介石开除党籍。笔者前几天和同住纽约而又与齐家颇熟的老报人龚选舞通电话，我告诉他正在读齐邦媛的回忆录。龚老说，齐世英被开除党籍的真正原因并不是反对电力加价，而是蒋害怕当时在"立法院"拥有极大势力的齐世英出马竞选"立法院"院长。龚老又说，蒋在国民党中常会开会时痛批齐说："把他空投到大陆去，看他怎么样！"蒋又说："听说有人去齐家慰问齐世英？"讲完眼睛一扫，张道藩、谷正纲乖乖站起来"认罪"。

齐世英敢冲敢撞，齐邦媛说："以这种方式离开了国民党，在我父亲来说，那时可以说是一种解脱。"齐教授说她父亲曾批评她"胆子小，经常'处变大惊'"。然而，这位"胆小"的学者却在台湾教育界、学术界和艺文界辛勤耕耘六十多年，培育无数人才。谦虚的齐教授说："六十年来，我沉迷于读书、教书，写评论文章为他人作品鼓掌打气，却几乎无一字一句写我心中念念不忘的当年事……直到几乎已经太迟的时候，我惊觉，不能不说出故事就离开。"我们庆幸齐教授在"离开"前完成了她的"四十年来家国，三千里地山河"的人生记录，为她所走过的时代留下最真实的见证。

齐邦媛回忆说："升上高中后，脱下童子军制服，换上长旗袍；春夏浅蓝，秋冬则是阴丹士林布。心理上似乎也颇受影响，连走路都不一样，自知是个女子，十六岁了。"这个"女子"后来考进武汉大学哲学系，因英文好，受到朱光潜教授的鼓励，上大二时转入外文系，从此注定了齐邦媛浸润外文的一生。一九六五年，芝加哥大学经济学大师、殷海光最崇拜的哈耶克访问台中，齐邦媛担任翻译，在她的口译下，"封闭社会"（Closed Society）和"开放社会"（Open Society）这两个词从此流行台湾读书界。

抗战胜利后，蒋介石派江西人熊式辉担任东北行营（后改称东北行辕）主任。熊氏是个争议性的人物，齐世英的口述历史和齐邦媛的回忆录都对熊氏有所批评。去年年底，《海桑集——熊式辉回忆录，1907—1949》在海外出版，史学家余英时在序文中盛赞这部回忆录"是一部历史价值最高的回忆录，比一般老人晚年自传或口述历史更为翔实可信"。余英时年轻时曾随其父余协中待过东北，对熊式辉本人和熊氏回忆录皆颇为肯定，齐铁老泉下有知，大概不会同意余氏的看法。

齐邦媛一九四七年大学毕业时在上海收到台大外文系助教聘书，她的父亲怕她不习惯，为她买来回机票。两年后，齐铁老带着一脸的"挫败、憔悴"，搭重庆最后一班飞机到台北。齐家父女从此为这块土地打拼，燃烧自己，使台湾变得更进步、更光明。

（原刊登于二〇〇九年九月二日台湾《中国时报》）

巨流河到哑口海的水势

◎林文月

"齐先生"三个字，是我对齐邦媛教授的称呼。从初识时无论当面或打电话、书信留言都如此。我读大学的时代，对于大学里的师长和同事，无论男女都要尊称"先生"，认为称"老师"是中学以前的事情。

齐先生和我是台大同事，她在外文系，我在中文系。外文系办公室在文学院左翼楼下，中文系办公室在右翼楼上，平日大家教书，多数从研究室直赴教室，下了课回研究室，甚少到系务及教学范围外的领域走动，因此同任教于文学院，不同系的人并不见得互相认识交往。齐先生和我熟稔起来是在一九七三年时，台大外文系与中文系创立"中华民国比较文学学会"。齐先生代表外文系，我代表中文系，两人同时担任了两系十二位发起人之一，各为中、外文系的女教授。我们开会时往往毗邻而坐，多了寒暄交谈的机会。

不过，我们真正有较深的认识和情谊，是缘起于一九七八年十一月获得"行政院"推荐为台湾教授访韩团团员。访问团除齐先生和我，余皆是男教授。在为期一周的旅程中，我们被安排住在旅馆同一房间里，日夜相处，更增添相互关怀照料的机会。犹记得两人穿着合身的旗袍和高跟鞋参加各种会议及餐宴，多了一层有别于其他男性团员的拘束与谨戒，时时刻刻怀着他们所不能体会的危机意识。拜访国会议堂，走下颇具规模的宽广大理石阶，众人互让，要我们两个女教授走伸手不及两侧扶手的中央地带。齐先生和我不约而同地紧紧依偎搀扶起来。高跟鞋底下的石阶光可鉴人，似乎刻意打过蜡，万一不慎跌跤，众目睽睽下可不得了。"慢慢走。""要小心啊。"我们轻声互勉，安全步下了那不敢数清究竟有多少级的大理石阶梯。当时心境感受，宜用齐先生的词语——"革命情怀"。

正因那几天日夜共处的"革命感情"，培养出了我们日后的情谊。访问的日子里，我们白天接受韩国教育界及媒体的各种安排，也意外地会见了自己教过的老学生，有时又游览参观秋阳红叶下的名胜古迹。寒风袭人的旅邸夜晚同处一室，话题则又于文艺评论、学术研究之外，多了一些家庭身世等温馨话题，是学院回廊上或会议场合中不可能触及的内容。

韩国之旅后，我们偶尔会在课余选一个地方喝咖啡小聚。和平东路温州街口的"法哥里昂"，位于齐先生家丽水街和我辛亥路家的中间，步行约十分钟可至，是到如今都令我们怀念的地方。

其实，我们聚叙谈说最多的仍是围绕着文学的话题。尤其在接续殷张兰熙女士主编《中华民国笔会英文季刊》后，她常约我在"法哥里昂"商量封面设计、主题定调或图片安排等细节。一九九七年夏季值季刊一百期，自是意义非凡。齐先生早已用心编排内容，又郑重令我设计封面，选取主题。在商量多次后，终于采用红色与金色配合绿色的桂冠及文字，题为 The One Hundred Steps，中文为"回首迢递"，意味着季刊一步一足印走过的一百期，代表二十五年没有间断虚掷的光阴与努力，一点一滴，似遥远实可把握。我清楚记得，印刷厂甫送新印制的两本季刊，齐先生当晚就雇车到我家送一本给我。灯下匆匆翻看前前后后，我们兴奋不已。

多年来，我经常与齐先生分享她出版新书的快乐，譬如《千年之泪》、《雾渐渐散的时候》、《一生中的一天》、《中国现代文学选集——台湾》……印象最深的是二〇〇三年夏天，她到拉斯维加斯探望三子思平一家，我和章瑛自加州南飞去相聚。除了叙旧，也游览壮观的胡佛水坝，但她沿途却间歇地谈说着和王德威合编的《最后的黄埔》（The Last of the Whampoa Breed）。回到家，那本书的封面样本刚刚邮递寄达。齐先生一面摩挲着那墨迹犹热的封面,不断说着:"好快乐,好高兴!"

如今,一本六百页的《巨流河》,由罗思平千里迢迢携来快递寄到我面前。睹书如见其人,我仿佛又看到那表情欣喜、神采飞扬的模样了。 认识她三十余年,虽然多次诉说过个人和家族的一些故事点滴细节,也透过那些点滴细节故事似已经"认识"了友人;但捧读厚厚的《巨流河》,追逐一字一句,则又发现经由文字整理出来的世界里,毕竟仍有许多以前未能完整认识的齐先生。

"我的幼年是无父的世界。"齐先生以如此惊人之句起笔,写自己的成长遇难。诞生于当时多难的东北,她的父亲一生怀抱爱国爱乡的理想,公而忘私,与家人离多聚少,多赖母亲辛劳持家。对于母亲,她有很深的同情,对父亲则始终敬佩崇拜着。这个印象,从访韩旅邸寒夜的初识对谈时,我就感受到。在我们交往的三十年里,断续或重复的话题中,关于齐世英先生从事东北的地下抗日工作、创办主张民主自由的杂志《时与潮》,以及政治生涯种种,每一次的谈话里,我都听出她由衷的崇仰之情。而这一份崇仰之情落实为文学记述,遂由叙载之翔实呈现出来。于成长、逃难、求学的青春岁月,父亲的影像无时不在,笼罩着整个前半段;甚至更及后段渡海来台以后。父亲的公正无私、坚毅勇敢及明理智慧的人格特质,对她影响至深,是作者一生追随的典范。

在大陆的年轻岁月里,另一位对作者影响深远的人是武汉大学外文系的朱光潜教授。朱先生当时已是名满天下的学者,平时表情严肃,讲雪莱的《西风颂》(Ode to the West Wind),"用手大力地挥拂、横扫……口中念着诗句,教我们用 The Mind's Eye 想象西风怒吼的意象(IMAGERY)"。这种对于文学的热情和专注,启发了青春学子的心灵。"这是我第一次真正地看到了西方诗中的意象,一生受用不尽。"作者这样写着。从离乱战争的学生时代,直到战后来台教书,甚至退休后的今日,对于文学的灵敏度和热情始终燃烧未熄止。一位良师对于学生的启迪是多么深远可贵啊!只是,又有几个学生会这样细腻精致地拈出良师的特质呢？前此，我也曾经听她几度谈及衷心敬佩的"朱老师"，然而这短短几行字却重新带给我生动感人的印象，则文字的力量又是多么深刻巨大啊！

如果以炮火下辗转逃难，个人家族和整个国家都与多事多难的时局搅拌不可分割，而概括二十三岁以前为大陆经验的话；由于偶然机缘漂泊来台的"外省人"，在此成家立业，踏踏实实生活了六十年，见证台湾的发展，并且从文学的角度参考、推动文化发展，渡海后的作者已然成为不可自外于"本省人"的外省人了。

和罗裕昌先生相识于台北，征得双亲同意，回上海结婚。新婚十天离开"人心惶惶"的上海，两人再来到"海外"的台北，组成了小家庭。成为罗太太的作者，从此住在罗先生任职的铁路局宿舍，随夫婿调任，由台北而台中而再回台北，二十年间，南北迁移。

罗先生是体格高大的四川人，话不多而声音洪亮沉稳。大学时主修电机的他，予人明智诚恳的印象。五十年代的台湾，局势渐趋稳定，当局开始改善人民生活，各种大型建设在那个时代施行。日据时期的铁路运输系统已不敷现代需求，罗先生率先想到把美国中央控制车制系统的新观念介绍来台湾。他们夫妇两人于下班忙完家事，哄睡孩子后，灯下将美国铁路协会出版的《美国铁路号志之理论与应用》译成中文，成为工程人员必读之书。调职任铁路局台中段段长的罗裕昌先生，是策划者，也是施工主持者。

"洒在台湾土地上的汗与泪"记述了有关此重要工程进行前前后后的事情，在书中占着相当大的比重。今日台湾的居民理所当然地享受着铁路全自动控制的便捷与安全，多数人不知在建设时经历几许辛勤紧张的代价。放假日不分昼夜的工程，在户外施工无法抵挡风雨，遭遇"八七"大水灾，更造成未完工先摧毁的严重打击。工作人员边建设边抢修，日夜不休，吹风泡水。身为主其事的罗先生率先众工人"打拼"，为时长达数年。整个始末过程，书中没有夸张形容，罗列一件件可验证的事实，可谓台铁全自动控制化的历史；然而作者身处其间，于

"很快乐。"这是她满意的时候惯说的口头禅。"我的快乐是自备的。"这也是她常说的一句话。齐先生的快乐是自备的,因为许多年来她热情而坚毅地耕耘着文学的土地,遂有了丰满的开花与结果。如此,那源自巨流河的水势,到哑口海并没有音灭声消,看似平静,实则汹涌未已。

(原刊登于二〇〇九年九月七日台湾《中国时报》,此篇为精简版)

"我当另有天地"

◎邵玉铭

这些年来,我曾经读过两本从翻开第一页就急着把最后一页读完的书,一本是张戎女士的《鸿——三代中国女人的故事》,另一本就是齐老师的《巨流河》。作者说,这本书是齐家两代人从"巨流河"(东北辽河)到"哑口海"(台湾鹅銮鼻下湾流)的故事。这本有如史诗的家族传记,最值得注目的是有关三个题材的叙述。

二十世纪中国历史的缩影

在这个题材下,重点有四。

第一,是写一九三一年"九一八事变"前后东北政局的演变,以及抗战胜利后,政府接收东北以及国共内战为何完全失败。

根据笔者阅读本书以及对这段历史的了解,郭松龄在巨流河对张作霖兵谏失败,东北失去革新的机会,让日本人有了可乘之机。张学良发动"西安事变",此后东北人不为国民党相信,"使东北数十万人流落关内,失去在东北命运上说话的力量"。

政府接收东北之失败,莫过于中央政府不能收容伪满部队,任令他们各奔前程,中共军队训练这些精良的家乡子弟兵,中共因此壮大。中共在东北分配土地给几百万农民大众,是它后来兵源与民生物质充裕的最大原因。这代表了大多数东北人的看法。本书的第一个贡献,是它提出了东北人对二十世纪中国政局变化的看法。

第二，描写抗战时逃难状况之悲惨，以及日机长期轰炸的残忍与破坏。

作者以一九四〇年八月为例，日机就有五次轰炸记录："九日：日机六十三架空袭重庆；十一日：日机九十架；十九日：日机一百九十余架；二十日：日机一百七十架；二十三日：日机八十余架。"一九四一年六月五日，日寇飞机夜袭重庆市，在校场口大隧道发生死伤三万余人的惨剧。作者的描写令人心痛："日机投弹炸大隧道各面出口，阻断逃生之路，救难人员在大火中打通两三个出口，隧道内市民多已在窒息之前自己撕裂衣服，前胸皮肉均裂，脸上刻满挣扎痛苦，生还者甚少……这样的残忍，促使战时抗日的更大团结。这段历史上不容漏载的国仇，我至今仍感愤怒悲伤。"

第三，抗战时期两个中学艰苦卓绝的表现。

一个是南开中学。作者在该校读书六年，回忆创办人张伯苓校长在抗战时期鼓励"国不亡，有我"的志气，宣扬教育救国的理想。

另一个是国立中山中学。该校于一九三四年由齐世英先生与抗日同志在北平成立，招收约两千名初一到高三的东北流亡学生，这是中国第一所国立中学。一九三六年秋天，华北局势恶化，该校由北平迁往南京，在校门两边的泥砖墙上，有八个大字：楚虽三户，亡秦必楚。"七七事变"后，世英先生必须要将学校一千余人先迁往汉口，再前往湖南湘乡、广西桂林，又经过九弯十八拐的鸥姆坪到重庆。作者回忆说："这些颠沛流离的学生，不论什么时候，户内户外，能容下数十人之处，就是老师上课的地方。"作者又指出："中山中学到了四川之后，毕业生会考与升大学比例都在全国前十名。"抗战胜利后，内战爆发，该校就停止运作，直到一九九六年始在沈阳复校。

第四，国共政治斗争尖锐化下的大学生活。

抗战胜利前后，国共政治斗争已经进入大学校园。作者那时求学于武汉大学。她回忆："政治的氛围已经笼罩到所有的课外活动了；壁报、话剧，甚至文学书刊都似乎非左即右，连最纯粹的学术讲座也因

'前进'程度而被划分为不同的政治立场……我们那一代青年，在苦难八年后弹痕未修的各个城市，受前进教授如闻一多等激昂慷慨的叫喊的号召，游行，不上课，几乎完全荒废学业，大多沦入各种仇恨运动……身为青年偶像的他们，曾经想到冲动激情的后果吗？"

一个凄美高贵的爱情故事

一九三六年秋天，华北局势恶化，国立中山中学迁往南京。其中一位学生叫张大非，也是一位家破人亡的东北青年。张大非的父亲与作者父亲是抗日同志，被日本人浇油漆烧死（比汽油慢的酷刑），所以作者的母亲周末常请这位青年到家吃饭。作者十二岁时，第一次见到这位十八岁的青年。有一次，作者与七八位同学一起去爬山，但因为瘦小，在下山时落后而在寒风与恐惧中哭泣，这位大哥哥立刻回头救援，并用棉大衣裹着她的身体，帮助她下山。作者回忆说："数十年间，我在世界各地旅行，每看那些平易近人的小山，总记得他在山风里由隘口回头看我。"

两人从一九三八年到一九四四年"纸上恋爱"（通信）七年。大飞在一九四五年五月参加豫南会战时，殉国于河南信阳上空。作者哥哥振一转来大飞诀别的信。对于大飞的决定，作者"多年后全然了解，善良如他，要退回去他一生扮演的保护者兄长角色，虽迟了一些，却阻挡了我陷入困境，实际上仍是保护了我"。

"我当另有天地"：作者对台湾青年以及台湾文学的贡献

在书中当她细述完教授英国文学史之事后，她说："自知才华不够，不敢写诗。除此之外，我当另有天地。"读到"我当另有天地"这一句豪气干云的话，我悚然心惊！我才看到一位白山黑水孕育出来的时代女性，确有她那一份坚持与定见，她是一位"向着标杆直跑"（《圣经》语)的人。笔者冒昧地认为,她"我当另有天地"的豪语,来自于她生命中四种动力。一个是来自东北人在"九一八事变"后国仇家恨的悲愤;第二个是来自于抗战八年流亡于大江南北所给她的磨炼;第三个生命的动力,我大胆地认为,可能是她跟张大飞那份充满了真善美的爱情;第四个是她的基督教的信仰。有这四个动力,今天齐老师能从八十一岁到八十五岁,写出《巨流河》这一部可歌可泣的作品。

(原刊登于二〇〇九年十一月号台湾《印刻文学杂志》,此篇为精简版)

如此悲伤，如此愉悦，如此独特

◎王德威

齐邦媛教授是台湾文学和教育界最受敬重的一位前辈，弟子门生多恭称为"齐先生"。邦媛先生的自传《巨流河》今夏出版，既叫好又叫座，成为台湾文坛一桩盛事。在这本二十五万字传记里，齐先生回顾她波折重重的大半生，从东北流亡到关内、西南，又从大陆流亡到台湾。她个人的成长和家国的丧乱如影随形，而她六十多年的台湾经验则见证了一代"大陆人"如何从漂流到落地生根的历程。

类似《巨流河》的回忆录近年在海峡两岸并不少见，比齐先生的经历更传奇者也大有人在，但何以这本书如此受到瞩目？我以为《巨流河》之所以可读，是因为齐先生不仅写下一本自传而已。透过个人遭遇，她更触及了现代中国种种不得已的转折：东北与台湾——齐先生的两个故乡——剧烈的嬗变；知识分子的颠沛流离和他们无时或已的忧患意识；还有女性献身学术的挫折和勇气。更重要的，作为一位文学播种者，齐先生不断叩问：在如此充满缺憾的历史里，为什么文学才是必要的坚持？

而《巨流河》本身不也可以是一本文学作品？不少读者深为书中的篇章所动容。齐先生笔下的人和事当然有其感人因素，但她的叙述风格可能也是关键所在。《巨流河》涵盖的那个时代，实在说来，真是"欢乐苦短，忧愁实多"，齐先生也不讳言她是在哭泣中长大的孩子。然而多少年后，她竟是以最内敛的方式处理那些原该催泪的材料。这里所蕴藏的深情和所显现的节制，不是过来人不能如此。《巨流河》从东北的巨流河写起，以台湾的哑口海结束，从波澜壮阔到波澜不惊，我们的前辈是以她大半生的历练体现了她的文学情怀。

东北与台湾

《巨流河》是一本惆怅的书。惆怅，与其说是齐先生个人的感怀，更不如说是她和她那个世代总体情绪的投射。以家世教育和成就而言，齐先生其实可以说是幸运的。然而表象之下，她写出一代人的追求与遗憾，希望与怅惘。齐先生出身辽宁铁岭，六岁离开家乡，以后十七年辗转大江南北。一九四七年在极偶然的机会下，齐先生到台湾担任台大外文系助教，未料就此定居超过六十年。从东北到台湾，从六年到六十年，这两个地方一个是她魂牵梦萦的原籍，一个是她安身立命的所在，都是她的故乡。而这两个地方所产生的微妙互动，和所蕴藉的巨大历史忧伤，我以为是《巨流河》全书力量的来源。

东北与台湾距离遥远，幅员地理大不相同，却在近现代中国史上经历类似命运，甚至形成互为倒影的关系。东北原为满清龙兴之地，地广人稀，直到一八七〇年代才开放汉人屯垦定居。台湾孤悬海外，也迟至十九世纪才有大宗闽南移民入驻。这两个地方在二十世纪之交都成为东西帝国主义势力觊觎的目标。一八九五年甲午战后，中日签订《马关条约》，台湾与辽东半岛同时被割让给日本。之后辽东半岛的归属引起帝俄、法国和德国的干涉，几经转圜，方才由中国以"赎辽费"换回。列强势力一旦介入，两地从此多事。以后五十年台湾成为日本殖民地，而东北历经日俄战争（一九〇五）、"九一八事变"（一九三一），终于由日本一手导演建立"伪满洲国"（一九三二～一九四五）。

不论在文化或政治上，东北和台湾历来与"关内"或"内地"有着紧张关系。两地都是移民之乡，草莽桀骜的气息一向让中央人士见外。两地也都曾经是不同形式的殖民地，面对宗主国的漠视和殖民者的压迫，从来隐忍着一种悲情和不平。《巨流河》对东北和台湾的历史着墨不多，但读者如果不能领会作者对这两个地方的复杂情感，就难以理解字里行间的心声。而书中串联东北和台湾历史、政治的重要线索，是邦媛先生的父亲齐世英先生（一八九九～一九八七）。

齐世英是民初东北的精英分子。早年受到张作霖的留学公费资助，曾经先后赴日本、德国留学。在东北当时闭塞的情况下，这是何等的资历。然而青年齐世英另有抱负。一九二五年他自德国回到沈阳，结识张大帅的部将新军领袖郭松龄（一八八三～一九二五）。郭愤于日俄侵犯东北而军阀犹自内战不已，策动倒戈反张，齐世英以一介文人身份慨然加入。但郭松龄没有天时地利人和，未几兵败巨流河，并以身殉。齐世英从此流亡。

"渡不过的巨流河"成为《巨流河》回顾忧患重重的东北和中国历史最重要的意象。假使郭松龄渡过巨流河，倒张成功，是否东北就能够及早现代化，也就避免"九一八"、西安事变的发生？假使东北能够得到中央重视，是否"伪满洲国"就无法建立，也就没有日后的抗战甚至国共内战？但历史不是假设，更无从改写，齐世英的挑战才刚刚开始。他进入关内，加入国民党，负责东北党务，与此同时又创立中山中学，收容东北流亡学生。抗战结束，齐世英奉命整合东北人事，重建家乡，却发现国民党的接收大员贪腐无能，听任俄国人蹂躏东三省。中共崛起，国民党从这里一败涂地，齐世英再度流亡。

齐世英晚年有口述历史问世，说明他与国民党中央的半生龃龉，但是语多含蓄，而他的回忆基本止于一九四九年。[1] 《巨流河》的不同之处在于这是出于一个女儿对父亲的追忆，视角自然不同，下文另议。更值得注意的是《巨流河》叙述了齐世英来到台湾以后的遭遇。一九五四年齐世英因为反对增加电费以筹措军饷的政策触怒蒋介石，竟被开除党籍；一九六〇年更因与雷震及台籍人士吴三连、许世贤、郭雨新等

---

[1] 林忠胜、林泉、沈云龙，《齐世英先生访问纪录》（台北："中央研究院"近代史研究所，1990）。

二〇〇六年四月,我先着手口述历史电子档案的重整工作,初拟全书章节标题。整理过程中,许多夜晚带着老师的过往,那气魄恢宏的格局,那坚持理想主义的精神,一起入梦。逐渐发现,这件事变成生活一个重大目标,它来自老师沛然莫之能御的意志,来自老师可歌可泣的生命故事。

后来,老师深感口述文稿凌乱无章,文学情韵不足,决定重写,章节标题及内容也重新铺排。三四个月后,她时时感到力不从心,纸笺写下这段祈求:

> 主啊!求你再给我一点时间,让我说完他们的故事,那烈火烧遍的土地,爷爷、奶奶、爸爸、妈妈、大飞,和烽火里的军人,风雪中的学生,和他们后面追赶的我,请你让他们在我笔下活着。

每次与老师通电话时,总是请她务必善自珍重,写完最艰难的前三章,然后将息一番,继续攀登,老师要挺着,我们一定要共同看到这本书诞生。二〇〇九年三月底,齐老师终于完成,书名《巨流河》随之拍板敲定。寄来最后一章时,附上蓝色纸笺:

> 第十一章初(粗)稿寄上,交在你和简媜手中,心上、脑里,请磨它,剪它,重整它,一切拜托……我能缴稿至 The end,也不负你们对我的爱与信心。

这位自幼痴心文学、学贯中西的文坛耆宿,总是用这样谦怀恳切的语言文字,我油然而生的是无限崇敬之心与万分不忍之情。这位对理想生死不渝,经常用最响亮的声音将台湾与文学带到世界各地的大师,终于将"他们的故事"写完了。

《巨流河》出版日期刻意挑选在七月七日,志念史称的"七七事变",对日抗战纪念日意谓中国近代苦难的开端。齐老师以漂流的生命事实的冰冷陈述之外,更多了一份侧写台铁员工上下人员及其家属的身心感受,则又岂是台铁官方历史所能尽书的?

随着夫婿南迁复北上的作者,始终从事她热爱的文学教育与推展工作。我和她得以相识乃至深交,也是因对文学的共同喜爱与关心的缘故。我在台大中文研究所开"六朝文学专题研究"课;而她的"高级英文"是中文研究所和历史研究所的共同必修课,所以选修我课程的学生,当然也是她的学生。我常常从学生口中听到齐老师严格而热心的教学风格。一九八五年,她从丽水街的家出门,在师大人行道等计程车,突然被横冲而来的摩托车撞倒受重伤,左腿骨折,住进三军总医院手术治疗。学生们去探病,事后她告诉我:"那些学生们是参加喜宴后来看我的,个个衣履整齐漂亮,青春焕发,让我觉得很光彩!"而出院后我去丽水街探访,竟看到她坐轮椅中,把膝盖下植入钢钉、上了石膏的腿平举,手边犹校改着笔会季刊的文稿。"现在你是'铁娘子'了啊。"一时心疼且感动,不知说什么好,我只得说笑。"'铁娘子'还背英诗疗伤哩。"她也回以说笑。我想,文学已经不是一个抽象的名词,而是血是肉了。

是血是肉,与身心不可分割的文学。就是这样的状况促使她背诗、教英诗、关怀台湾的文学。多少年来齐先生所写的评论,从个别的作家到整个的文坛,总是受重视。她的文章是品评,也是指引。独创的"眷村文学"、"老兵文学"、"二度漂泊的文学"等词汇,已成为台湾现代文学史上的特定指称,被普遍引用。

对于台湾文学,她不止于赏析评论,经由笔会季刊、蒋经国基金会与哥伦比亚大学出版社合作的台湾文学英译计划,稍早与殷张兰熙女士合作,目前和王德威共同策划,持续有方向地译出许多当代具有特色的文学作品。二〇〇三年,"台湾文学馆"在台南的马兵营故址开幕,是她提议、鼓吹多年的成果。馆长与副馆长都是台大出身,眼看着"我们台湾的文学"教育与保存发展都有了晚辈稳健接续,齐先生很高兴地笑了。

人筹组新党，几乎系狱。齐为台湾的民生和民主付出了他后半生的代价，但骨子里他的反蒋也出于东北人的憾恨。不论是东北还是台湾，不过都是蒋政权的棋子罢了。

渡不过的巨流河——多少壮怀激烈都已付诸流水。晚年的齐世英在充满孤愤的日子里郁郁以终。但正如唐君毅先生论中国人文精神所谓，从"惊天动地"到"寂天寞地"，求仁得仁，又何憾之有？[1] 而这位东北"汉子"与台湾的因缘是要由他的女儿来承续。

齐邦媛应是台湾光复后最早来台的大陆知识分子之一。彼时的台湾仍受日本战败影响，"二二八事件"刚过去不久，国共内战方殷，充满各种不确定的因素。就在这样的情况下，一位年轻的东北女子在台湾开始了人生的另一页。

齐先生对台湾的一往情深，不必等到九十年代政治正确的风潮。她是最早重视台湾文学的学者，也是译介台湾文学的推手。她所交往的作家文人有不少站在国民党甚至"大陆人"的对立面，但不论政治风云如何变幻，他们的友情始终不渝。齐先生这样的包容仿佛来自于一种奇妙的、同仇敌忾的义气：她"懂得"一辈台湾人的心中，何尝不也有一道过不去的巨流河？现代中国史上，台湾错过了太多，也被辜负了太多。像《亚细亚的孤儿》和《寒夜三部曲》这类作品写的是台湾之命运，却有了一位东北人做知音。

巨流河那场战役早就灰飞烟灭，照片里当年那目光熠熠的热血青年历尽颠仆，已经安息。而他那六岁背井离乡的女儿因缘际会，成为白先勇口中"守护台湾文学的天使"。蓦然回首，邦媛先生感叹拥抱台湾之余，"她又何曾为自己生身的故乡和为她奋战的人写过一篇血泪记录"？《巨流河》因此是本迟来的书。它是一场女儿与父亲跨越生命巨流的对话，也是邦媛先生为不能回归的东北、不再离开的台湾所作的

---

[1] 唐君毅，《中国文化之精神价值》，《唐君毅全集》（台北：学生书局，1991），卷4，366 页。

告白。

四种"洁净"典型

《巨流河》见证了大半个世纪的中国大陆和台湾史,有十足可歌可泣的素材,但齐邦媛先生却选择了不同的回忆形式。她的叙述平白和缓,即使处理至痛时刻,也显示极大的谦抑和低回。不少读者指出这是此书的魅力所在,但我们更不妨思考这样的风格之下,蕴含了怎样一种看待历史的方法?又是什么样的人和事促成了这样的风格?

在《巨流河》所述及的众多人物里,我以为有四位最足以决定邦媛先生的态度:齐世英、张大飞、朱光潜、钱穆。如上所述,齐世英先生的一生是此书的"潜文本"。政治上齐从巨流河一役到国民党撤离大陆,不折不扣地是个台面上的人物,来台之后却因为见罪领袖,过早结束事业。齐邦媛眼中的父亲一身傲骨,从来不能跻身权力核心。但她认为父亲的特色不在于他的择善固执;更重要的,他是个"温和洁净"的性情中人。

正因如此,南京大屠杀后的齐世英在武汉与家人重逢,他"那一条洁白的手帕上都是灰黄的尘土……被眼泪湿得透透地。他说:'我们真是国破家亡了。'"重庆大轰炸后一夜大雨滂沱,"妈妈又在生病……全家挤在还有一半屋顶的屋内……他坐在床头,一手撑着一把大雨伞遮着他和妈妈的头,就这样地等着天亮"……晚年的齐世英郁郁寡欢,每提东北沦陷始末,即泪流不能自已。这是失落愧疚的眼泪,也是洁身自爱的眼泪。

齐世英的一生大起大落,齐邦媛却谓从父亲学到"温和"与"洁净",很是耐人寻味。乱世出英雄,但成败之外,又有几人终其一生能保有"温和"与"洁净"?这是《巨流河》反思历史与生命的基调。

怀抱着这样的标准,齐邦媛写下她和张大飞(一九一八~一九四五)的因缘。张大飞是东北子弟,父亲在"伪满洲国"成立时任沈阳县警察局局长，因为协助抗日，被日本人公开浇油漆烧死。张大飞逃入关内，进入中山中学而与齐家相识；"七七事变"后，他加入空军，胜利前夕在河南一场空战中殉国。张大飞的故事悲惨壮烈，他对少年齐邦媛的呵护成为两人最深刻的默契，当他宿命式地迎向死亡，他为生者留下永远的遗憾。

齐邦媛笔下的张大飞英姿飒飒，亲爱精诚，应该是《巨流河》里最令人难忘的人物。他雨中伫立在齐邦媛校园里的身影，他虔诚的宗教信仰，他幽幽的诀别信，无不充满青春加死亡的浪漫色彩。但这正是邦媛先生所要厘清的：他们之间的关系不容如此轻易归类，因为那是一种至诚的信托，最洁净的情操。我们今天的抗战想象早已被《色·戒》这类故事所垄断。当学者文人口沫横飞地分析又分析张爱玲式的复杂情事，张大飞这样的生，这样的死，反而要让人无言以对。面对逝者，这岂不是一种更艰难的纪念？

上个世纪末，七十五岁的邦媛先生访问南京阵亡将士纪念碑，在千百牺牲者中找到张大飞的名字。五十五年的谜底揭开，尘归尘，土归土，历史在这里的启示非关英雄，更无关男女。俱往矣——诚如邦媛先生所说，张大飞的一生短暂如昙花，"在最黑暗的夜里绽放，迅速阖上，落地"，如此而已，却是"那般无以言说的高贵"，"那般灿烂洁净"。

朱光潜先生（一八九七～一九八六）是中国现代最知名的美学家，抗战时期在乐山武汉大学任教，因为赏识齐邦媛的才华，亲自促请她从哲学系转到外文系。一般对于朱光潜的认识止于他的《给青年的十二封信》或是《悲剧心理学》，事实上朱也是三十年代"京派"文学的关键人物，和沈从文等共同标举出一种敬谨真诚的写作观。但这成为朱日后在大陆学界争议性的起源。一九三五年鲁迅为文攻击朱对文学"静穆"的观点，一时沸沸扬扬。的确，在充满"呐喊"和"彷徨"的时代谈美、谈静穆，宁非不识时务？

齐邦媛对朱光潜抗战教学的描述揭示了朱较少被提及的一面。朱在战火中一字一句吟哦,教导雪莱、济慈的诗歌,与其说是与时代脱节,不如说开启了另一种回应现实的境界——正所谓"言不及己,若不堪忧"。某日朱在讲华兹华斯的长诗之际,突有所感而哽咽不能止,他"快步走出教室,留下满室愕然"。就此令人注意的不是朱光潜的眼泪,而是他的快步走出教室。这是种矜持的态度了。朱的美学其实有忧患为底色,他谈"静穆"哪里是无感于现实?那正是痛定思痛后的豁然与自尊,中国式的"悲剧"精神。然而狂飙的时代里,朱光潜注定要被误解。五十年代当他的女弟子在台湾回味浪漫主义诗歌课时,他正一步一步走向美学大辩论的风暴。

钱穆先生(一八九五~一九九〇)与齐邦媛的忘年交是《巨流河》的另一高潮。两人初识时齐任职"国立编译馆",钱已隐居台北外双溪素书楼,为了一本新编《中国通史》是否亵渎武圣岳飞,一同卷入一场是非;国学大师竟被指为替"动摇国本"的学术著作背书。极端年代的历史被极端政治化,此又一例。但钱穆不为所动。此无他,经过多少风浪,他对传承文化的信念唯"诚明"而已。

此时的钱穆已经渐渐失去视力,心境反而益发澄澈。然而大陆经过"文革"摧残,台湾的本土运动山雨欲来,"一生为故国招魂"的老人恐怕也有了时不我予的忧愁。有十八年,齐邦媛定时往访钱穆,谈人生、谈文人在乱世的生存之道。深秋时节的台湾四顾萧瑟,唯有先生居处阶前积满红叶,依然那样祥和灿烂。然后一九九〇年在"立法委员"陈水扁的鼓噪、"总统"李登辉的坐视下,钱被迫迁出素书楼,两个月之后去世。

钱穆的《国史大纲》开宗明义,谓"对其本国历史略有所知者,尤必附随一种对其本国以往历史之温情与敬意"。但国家机器所操作的历史何尝顾及于此?是在个人的记录里,出于对典型在夙昔的温情与敬意,历史的意义才浮现出来。二十世纪的风暴吹得中国满目疮痍,但无论如何,"世上仍有忘不了的人和事",过去如此,未来也应如此。这正是邦媛先生受教于钱先生最深之处。

知识的天梯

由三十年代到九十年代,齐邦媛厕身学校一甲子,或读书求学,或为人师表,在在见证知识和知识以外因素的复杂互动。她尝谓一生仿佛"一直在一本一本的书叠起的石梯上,一字一句地往上攀登"。但到头来她发现这石梯其实是个天梯,而且在她"初登阶段,天梯就撤掉了"。这知识的天梯之所以过早撤掉不仅和半个多世纪的历史动荡有关,尤其凸显了性别身份的局限。

"九一八事变"后,大批东北青年流亡关内。齐世英有感于他们的失学,多方奔走,在一九三四年成立国立中山中学,首批学生即达两千人。这是齐邦媛第一次目睹教育和国家命运的密切关联。中山中学的学生泰半无家可归,学校是他们唯一的托命所在,师生之间自然有了如亲人般的关系。"楚虽三户,亡秦必楚"成为他们共勉的目标。抗战爆发,这群半大的孩子由老师率领从南京到武汉,经湖南、广西,再到四川。一路炮火威胁不断,死伤随时发生,但中山中学的学生犹能弦歌不辍,堪称抗战教育史的一页传奇。

中山中学因为战争而建立,齐邦媛所就读的南开中学、武汉大学则因战争而迁移。南开由张伯苓先生于一九〇四年创立,是中国现代教育的先驱,校友包括周恩来、温家宝两位国家总理,钱思亮、吴大猷两位"中央研究院"院长,和无数文化名人如曹禺、穆旦、端木蕻良等。武汉大学是华中学术重镇,前身是张之洞创办的自强学堂,一九二八年成为中国第一批国立大学。抗战爆发,南开迁到重庆沙坪坝,武大迁到乐山。

邦媛先生何其有幸,在战时仍然能够按部就班接受教育。即使在最不利的条件下,南开依然保持了一贯对教学品质的坚持。南开六年赋予齐邦媛深切的自我期许,一如其校歌所谓:智勇纯真、文质彬彬。到了乐山武汉大学阶段,她更在名师指导下专心文学。战争中的物质生活是艰苦的，但不论是南开"激情孟夫子"孟志荪的中文课还是武大朱光潜的英美文学、吴宓（一八九四～一九七八）的文学与人生、袁昌英（一八九四～一九七三）的莎士比亚，都让学生如沐春风，一生受用不尽。在千百万人流离失所、中国文化基础伤痕累累的年月里，齐邦媛以亲身经验见证知识之重要，教育之重要。

然而，战时的教育毕竟不能与历史和政治因素脱钩。齐邦媛记得在乐山如何兴冲冲地参加"读书会"，首次接触进步文学歌曲；她也曾目睹抗战胜利后的学潮，以及闻一多、张莘夫被暗杀后的大规模抗议活动。武汉大学复校之后，校园政治愈演愈烈；在"反内战、反饥饿"的口号中，国民党终于把军队开进校园，逮捕左派师生，酿成"六一惨案"。

半个世纪后回顾当日校园红潮，齐邦媛毋宁是抱着哀矜勿喜的心情。她曾经因为不够积极而被当众羞辱，但她明白理想和激进、天真和狂热的距离每每只有一线之隔，历史的后见之明难以作判断。她更感慨的是，许多进步同学五十年代即成为被整肃的对象，他们为革命理想所作的奉献和他们日后所付出的代价，往往成为反比。这就不能不令人深思知识分子和国家机器之间艰难的抗争了。

反讽的是，类似的教育与意识形态的拉锯也曾出现在台湾，而邦媛先生竟然身与其役。时间到了一九七〇年代，"反攻复国"大业已是强弩之末，但保守的国家栋梁们仍然夙夜匪懈。彼时齐先生任职"国立编译馆"，有心重新修订中学国文教科书，未料引来排山倒海的攻击。齐所坚持的是编订六册不以政治挂帅，而能引起阅读兴趣、增进语文知识的教科书，但她的提议却被扣上"动摇国本"的大帽子。齐如何与反对者周旋可想而知，要紧的是她克服重重难关，完成了理想。

我们今天对照新旧两版教科书的内容，不能不惊讶当时惊天动地的争议焦点早已成为明日黄花。"政治正确"和"政治不正确"原来不过如此这般。倒是齐先生能够全身而退，还是说明当时台湾政治社会环境与大陆的巨大差距。日后台湾中学师生使用一本文学性和亲和力均强的国文教材时,可曾想象幕后的推手之所以如此热情,或许正因为自己的南开经验:一位好老师,一本好教材,即使在最晦暗的时刻也能启迪一颗颗敏感的心灵。

齐先生记录她求学或教学经验的底线是她作为女性的自觉。一九三○、一九四○年代女性接受教育已经相当普遍,但毕业之后追求事业仍然谈何容易。拿到武汉大学外文系学位后的齐邦媛就曾着实彷徨过。她曾经考虑继续深造,但国共内战的威胁将她送到了台湾,以后为人妻,为人母,从此开始另外一种生涯。

但齐先生从来没有放弃她追求学问的梦想。她回忆初到台大外文系担任助教,如何一进门就为办公室堆得老高的书籍所吸引;或在台中一中教书时,如何从"菜场、煤炉、奶瓶、尿布中偷得几个小时,重谈自己珍爱的知识"的那种"幸福"的感觉。直到大学毕业二十年后,她才有了重拾书本的机会,其时她已近四十五岁。

一九六八年,齐邦媛入美国印第安纳大学研究所,把握每一分钟"偷来的"时间苦读,自认是一生"最劳累也最充实的一年"。然而,就在硕士学位垂手可得之际,她必须为了家庭因素放弃一切,而劝她如此决定的包括她的父亲。

这,对于邦媛先生而言,是她生命中渡不过的"巨流河"吧?齐先生是惆怅的,因为知道自己有能力、也有机会渡到河的那一岸,却如何可望也不可即。值得我们思考的是,如果在齐世英先生那里巨流河有着史诗般的波涛汹涌,邦媛先生的"巨流河"可全不是那回事。她的"河"里净是贤妻良母的守则,是日复一日的家庭责任。但这样"家常"的生命考验,如此琐碎,如此漫长,艰难处未必亚于一次战役,一场政争。在知识的殿堂里,齐先生那一辈女性有太多事倍功半的无奈。直到多年以后,她才能够坦然面对。

千年之泪

《巨流河》回顾现代中国史洪流和浮沉其中的人与事,感慨不在话下；以最近流行的话语来说，这似乎也是本向"失败者"致敬的书。邦媛先生对此也许有不同看法。齐世英、张大飞、朱光潜、钱穆等人所受到的伤害和困塞只是世纪中期千万中国人中的抽样；如果向他们致敬的理由出自他们是"失败者"，似乎忽略了命运交错下个人意志升华的力量，和发自其中的"潜德之幽光"。《圣经·提摩太后书》的箴言值得思考："那美好的仗我已经打过了，当跑的路我已经跑尽了，所信的道我已经守住了。"

而邦媛先生本人是在文学里找到了回应历史暴虐和无常的方法。一般回忆录里我们很难看到像《巨流河》的许多篇章那样，将历史和文学做出如此绵密诚恳的交汇。齐邦媛以书写自己的生命来见证文学无所不在的力量。她的文学启蒙始自南开；孟志荪老师的中国诗词课让她"如醉如痴地背诵，欣赏所有作品，至今仍清晰地留在心中"。武汉大学朱光潜教授的英诗课则让她进入浪漫主义以来那撼动英美文化的伟大诗魂。华兹华斯清幽的"露西"组诗，雪莱《云雀之歌》轻快不羁的意象，还有济慈《夜莺颂》对生死神秘递换的抒情，在在让一个二十岁不到的中国女学生不能自已。

环顾战争中的混乱和死亡，诗以铿锵有致的声音召唤齐邦媛维持生命的秩序和尊严。少年"多识"愁滋味，雪莱的《哀歌》"I die! I faint! I fail! "引起她无限共鸣。但"我所惦念的不仅是一个人的生死，而是感觉他的生死与世界、人生、日夜运转的时间都息息相关。我们这么年轻，却被卷入这么广大且似乎没有止境的战争里"。在张大飞殉国的噩耗传来时刻，在战后晦暗的政局里，惠特曼的《啊，船长！我的船长！》沉淀她的痛苦和困惑。"O the bleeding drops of red, /Where on the deck my Capitan lies, /Fallen cold and dead." "那强而有力的诗句，隔着太平洋呼应对所有人的悲悼。"悲伤由此提升为悲悯。

多年以后，齐先生出版中文文学评论集《千年之泪》（一九九〇）。书名源自《杜诗镜铨》引王嗣奭评杜甫《无家别》："目击成诗，遂下千年之泪。"生命、死亡、思念、爱、亲情交织成人生共同的主题,唯有诗人能以他们的素心慧眼,"目击"、铭刻这些经验,并使之成为回荡千百年的声音。齐先生有泪,不只是呼应千年以前杜甫的泪,也是从杜甫那里理解了她的孟志荪、朱光潜老师的泪,还有她父亲的泪。文学的魅力不在于大江大海般的情绪宣泄而已,更在于所蕴积的丰富思辨想象能量,永远伺机喷薄而出,令不同时空的读者也荡气回肠;而文学批评者恰恰是最专志敏锐的读者,触动作品字里行间的玄机,开拓出无限阅读诠释的可能。

杜甫、辛弃疾的诗歌诚然带给齐邦媛深刻的感怀,西方文学希腊、罗马史诗到浪漫时代、维多利亚时代,甚至艾略特等现代派同样让她心有戚戚焉。齐先生曾提到西方远古文学里,她独钟罗马史诗《埃涅阿斯纪》(*The Aeneid*)。《埃涅阿斯纪》描述特洛伊战后,埃涅阿斯(Aeneas)带着一群"遗民"渡海寻找新天地的始末。他们历尽考验,终在意大利建立了罗马帝国。但是埃涅阿斯自己并无缘看到他的努力带来任何结果;他英年早逝,留下未竟的事业。这样的史诗由齐先生道来显然此中有人,呼之欲出,由是我们对她的心事又有了更多体会。成功不必在我,历史胜败的定义如何能够局限在某一时地的定点?

一九九五年,抗战胜利五十年,齐邦媛赴山东威海参加会议。站在渤海湾畔北望应是辽东半岛,再往北就通往她的故乡铁岭。然而,齐是以台湾学者身份参加会议,不久就要回台。她不禁感慨:"五十年在台湾,仍是个'外省人',像那永远回不了家的船(The Flying Dutchman)。"——"怅惘千秋一洒泪",杜甫的泪化作齐邦媛的泪。与此同时,她又想到福斯特(E. M. Forster)的《印度之旅》的结尾:"全忘记创伤,'还不是此时,还不是此地'(not now, not here)。"这里中西文学的重重交涉,足以让我们理解当历史的发展来到眼前无路的时刻,是文学陡然开拓了另一种境界,从而兴发出生命又一层次的感喟。

也正是怀抱这样的文学眼界,齐邦媛先生在过去四十年致力台湾文学的推动。台湾很小,但历史的机缘使这座小岛和大陆有了分庭抗礼的机会。甲午战后，台湾是在被割裂的创伤下被掷入现代性体验；一九四九年，将近两百万军民涌入岛上，更加深台湾文学的忧患色彩。齐邦媛阅读台湾文学时，她看到大陆来台作家如司马中原、姜贵笔下那"震撼山野的哀痛"，也指出本土作家吴浊流、郑清文、李乔的文字一样能激起千年之泪。

海峡两岸剑拔弩张的情况如今已经不复见，再过多少年，一八九五、一九四七、一九四九这些年份都可能成为微不足道的历史泡沫。但或许只有台湾的文学还能够幸存，见证一个世纪海峡两岸的创伤。齐先生是抱持这样的悲愿的。她也应该相信，如果雪莱和济慈能够感动一个抗战期间的中国女学生，那么吴浊流、司马中原也未必不能感动另一个时空和语境里的西方读者。她花了四十年推动台湾文学翻译，与其说是为了台湾文学在国际文坛找身份，不如说是更诚恳地相信文学可以有战胜历史混沌和强力霸权的潜力。

《巨流河》最终是一位文学人对历史的见证。随着往事追忆，齐邦媛先生在她的书中一页一页地成长，终而有了风霜。但她娓娓叙述却又让我们觉得时间流淌，人事升沉，却有一个声音不曾老去。那是一个"洁净"的声音，一个跨越历史、从千年之泪里淬炼出来的清明而有情的声音。

是在这个声音的引导下，我们乃能与齐先生一起回顾她的似水年华：那英挺有大志的父亲，牧草中哭泣的母亲，公而忘私的先生；那唱着《松花江上》的东北流亡子弟，初识文学滋味的南开少女，含泪朗诵雪莱和济慈的朱光潜；那盛开铁石芍药的故乡，那波涛滚滚的巨流河，那深邃无尽的哑口海，那暮色山风里、隘口边回头探望的少年张大飞……如此悲伤，如此愉悦，如此独特。

（原刊登于二〇〇九年十一月二十三日～二十七日台湾《中国时报》）

一九四九三棱镜

◎王鼎钧

《巨流河》，这本书可以说是齐邦媛教授的自传，虽然书名并无明白标示，封底介绍告诉我们这是"家族记忆史"、"女性奋斗史"，因此要了解这本书的特色，就得了解齐教授的经验、阅历。她是辽宁省铁岭县人，铁岭在沈阳的外围，巨流河从中间流过，这条大河今名辽河，在著作者心目中，它是东北的"母亲河"，以河名为书名，可见怀乡的心情。当然这个名词的意义延伸了，暗指汹涌的时潮，遥远的跋涉，也许还有一往直前、惟精惟一的学术生涯。

齐教授先由她的故乡和家世写起，对她的父亲齐世英先生着墨较多。齐公早年留学日本、德国，思想新颖，回国后想改革东北三省的军政，参加了东北将领郭松龄领导的兵变，打算推翻当时东北的军阀领袖张作霖。巨流河一役兵败，郭将军被杀，齐老先生带领家人流亡，多次改名换姓逃避追捕。齐教授的文笔锐敏、深沉、细腻、简练兼而有之，我们开始看见全书的风格。齐老先生痛惜兵变失败，否则中国东北以后的变局、乱局、危局也许不会发生，表达了东北人独特的史观。

以后她历经"九一八事变"、西安事变、"七七事变"、胜利后的国共冲突和全面内战，书中甚少正面表述。到了台湾以后，对高压统治、省籍观念、改革运动（尽管她的老太爷参加了此一运动），乃至于政权轮替，也都表现得淡然甚或漠然。"曾经巨流难为水"，她的叙写贴近这条主线，也就是她家无休止的漂泊，她说："我的故乡只在歌声里。"这首歌就是"流亡三部曲"第一首——《我的家在东北松花江上》。由于齐老太爷是重要的政治人物,齐家每一次流亡都是政局变化造成。"在我生长的家庭,革命与爱情是出生入死的!"国运家运,密切相连,一部中国现代史也就在她个人遭遇中隐隐现现,挥之不去。但是她把这本书写成浊水中的青莲,不垢不染。

《巨流河》中的父亲,可能是中国现代文学作品中最成功的形象,齐老一生率领志同道合的人出生入死,国而忘家,最后都被大浪淘尽,书中说:"那些在我的婚筵上举杯为我祝贺的人,也是我父亲晚年举起酒杯就落泪的人。"这句话我拭泪重读,暗想今世何处再找这样重道义而有性情的领导人。现代作家写母亲写得很多,也写得很好,写父亲就写得很少,也很难写好。虽然齐府这位老太爷散见于本书六百页之中,并非集中独立成篇,但读者自行"拼贴",如在其上,如在左右。

齐教授到了台湾,以全书一半的篇幅写她的教学和研究生活,在此以前,她像"文人",自此以后,她是"学者",后来成了国际知名的学人,农工商学兵皆称"齐老师"而不名。看她才情功力,专注有恒,转型直上,得来匪易,写自传逢到这样的大转折,难度尤高。我读过许多学者教授的传记,几乎都是一写到他有了学问,成了权威,文章就平板枯涩,只能供专业人士做参考书了。《巨流河》流到哪里都是一条奔腾的河,没有断裂,没有淤塞,没有干涸,她写教学、研究、出国开会、学校的行政工作,都仍然是优美的散文。她的修辞考究,气度高贵,有人说源自英国散文的传统。娓娓道来之后,她善用"曲终人不见,江上数峰青"的手法,把叙事拔高到抒情诗的境地,悠然作结,令人神驰。

数十年如一日,齐老师教出许多优秀的学生,其中有人现在执台湾文坛的"牛耳"。她教学之余又写了许多书评、书序,称道作家的成就,字里行间并以巧妙的方式启示作家如何精进,作家受惠多半不曾自觉,这就是春雨润物无声,然后她再透过英译,把这些佼佼者介绍到西方去,有人说她是"台湾现代文学的知音",在我看来,她更是文学的保姆、律师和教师。一九四九年以后文学在台湾为显学,台湾有善可陈,齐教授有功可居。她推动台湾现代文学的发展,影响深远,她得到的感谢比她应该得到的要少。陈水扁和马英九前后两任"总统"都曾授勋给她,算是社会有自动弥补的功能,不过她在书中只字未提。

与《巨流河》同时段出版,且与"一九四九"有关,被相提并论的,还有龙应台女士写的《大江大海一九四九》,以及我的《文学江湖》。

作家的大忌是对宾客谈论自己写的书,作家的癖好也是对宾客谈论自己刚出版的书,箭在弦上,姑且少谈几句,知我罪我,其维读者。

面对一九四九,不揣冒昧,我觉得我也是一个有资格的叙述者,我也有叙述的责任。一九四九年,"解放战争三大战役"中的两个我躬逢其盛,这年五月,上海撤退,我也是滚滚人流中的泡沫。一九四九之前,种种前因,一九四九之后,种种后果,其中也有我的言语造作。

《文学江湖》开卷第一章我在基隆码头登上陆地,从此以写作维生,我亲历广播、民营报纸、电视三大媒体在台湾的成长,得见当时创业者的胸襟才略,略知背后的时代潮流和政治因素,我写出来了,这些内容,写新闻史的人无暇顾及。我因"历史问题"被治安机关长期关切,熟悉"他们"的想法和做法,我写出来了,有异于泛泛皮相之谈。那些年,高压手段、自由思想、民主运动,各有运用之妙,我写下我的思考与体会。反共文学、现代文学、乡土文学,我一一经心过眼,事后的论者先有成见、后选证据,许多事实湮没了,后来的论者以前人的著述为依据,难增难减。我的文章有其"独到"之处,补偏救弊则吾岂敢?聊备一格分所当为。

不幸或者有幸,那一段岁月无论在朝在野都想以文学为工具,我虽未卷入旋涡,毕竟弄湿了鞋子,因此得到许多"自传"的材料。有人引用两句诗给我看:"网中无意成虾蟹,治世何妨作爪牙。"我啼笑皆非。用我自己的比喻,就好像看戏一样,我的位子在最后一排,舞台的灯光也不甚明亮,我没能看得十分清楚,可是到底也看过了。我是退潮以后沙滩上露出来的螺,好歹也是在海水里泡过的,锥形壳内深处残存涛声。我并非最有资格发言的人,也并非全无资格发言的人。

我写文章要满足三种要求:文学的要求,媒体的要求,读者大众的要求。以我今日的境况，三者缺一，文章休想见人。写了一辈子文章，《文学江湖》实在是我最难处理的题材，我接受这个考验。在争名夺利、互相倾轧的人事困扰中，我能写出："天下事都是在恩怨纠缠、是非混沌中做成，只要做成了就好。"我在特务工作者的观察分析下生活，我能写出："他们是我的知音，世上再无别人这样关心我的作品。"困顿三十年，我能写出"我是中国大陆的残魂剩魄，来到国民党的残山剩水，吃资本家的残茶剩饭"如此修辞来取得平衡。绝交无恶声，去臣无怨词，骨鲠在喉，我能写出"鱼不可以饵为食，花不可以瓶为家"。百难千劫，剩些断简残编，常常想起贾岛的诗："二句三年得，一吟双泪流。"

一部作品就是那个作者的世界，我的世界是江湖，江湖的对面是台阁，是袍笏冠带，我见过；江湖的对面是园林，是姹紫嫣红，我游过；江湖的对面是学院，是博学鸿词，我梦过。这些经历并未改变江湖的性质，只是增添了它的风波。五十年代我们曾说："只有杀头的文学，没有磕头的文学；只有坐牢的文学，没有做官的文学；只有发疯的文学，没有发财的文学。"错了，文学也磕头，也发财，也做官，只是在江湖中只有杀头、坐牢、发疯。今日反思，我在一九七九年离开台湾的时候已经是个犯人或病人。

我想，这三本书最好合读，如看三棱镜，相互折射出满地彩霞。我尝试将这三本书作一比较，大处着眼，先说三书的结构：《巨流河》材料集中，时序清晰，因果明显，不蔓不枝，是线形结构；《大江大海一九四九》头绪纷纭，参差并进，费了一些编织的工夫，是网状结构；《文学江湖》沿着一条主线发展，但步步向四周扩充，放出去又收回来，收回来再放出去，形成袋形结构。

齐老师慨乎言之，东北发源的巨流河，注入台湾南部的哑口海。她的巧思真不可及！陈芳明教授说过，大战结束，版图重画，台湾人"失语失忆"。在齐教授看来，一九四九年以后外省人也渐渐失语失忆了。世事无常，你看"哑"字有口。"你们如果闭口不说，这些石头也要呼叫起来！"无巧不成书，《文学江湖》有一只口，《巨流河》有两只口，《大江大海》你也可以把"海"字半边看成两只连接的口，可以看见口中的三寸不烂之舌。《巨流河》欲说还休，《文学江湖》欲休还说，《大江大海》语不惊人死不休！《巨流河》是无意中让人听见了，《文学江湖》故意让人听见，《大江大海》就是面对群众演说了。

温庭筠的《望江南》："梳洗罢，独倚望江楼。过尽千帆皆不是，斜晖脉脉水悠悠，肠断白蘋洲。"有人说，如果写到"过尽千帆皆不是"就停止，那有多好！有人说"斜晖脉脉水悠悠"是名句，最后一句多余。有人说"肠断白蘋洲"这一句把前面各句蕴积的情感完全释放出来，这才摇荡心灵。也许齐老师写到"过尽千帆皆不是"就翻过一页，也许我写到"斜晖脉脉水悠悠"才另起一章，也许龙应台连"肠断白蘋洲"也一吐为快，三书风格大抵如此。

（原刊登于二〇〇九年十二月二十七日～二十八日台湾《联合报》，此篇为精简版）

邮车真好！

◎封 翁

我是一辈子奉献给邮政的人，视邮政如自己的家，荣辱与共，每见书报中有推誉我邮的话，辄感与有荣焉。在齐著《巨流河》中，叙及抗战期间，她从重庆南开中学毕业后，赴乐山进武汉大学的一段行程。她有幸搭乘邮政的运邮班车，得到很好的服务，留下深刻难忘的印象，感铭在心，以致至今仍能记忆如新，在她这一部肯定将永垂不朽的回忆录中，用她珍贵的笔触，以不小的篇幅（五百多字），把它具体地记载了下来。在那最艰辛的年代（民国三十二年，抗战已进入了最后且危难的时期了），我们的绿衣使者依然保持一贯的效率和高度敬业的精神，无论天南地北，关山艰难如"蜀道"和"大漠"中，都维持邮书通达无阻，使千万军民皆能在"烽火连三月"的战时，尽速传送家书和公文以及工商讯息。"真是异常地好！"承她赞美称誉。

教授的回想

闲话且住，却说齐邦媛教授，当年因抗日战起，随着家人由南京西迁入川，在陪都重庆，进南开中学，毕业时已届抗战后期。她又以优异的成绩，考上了武汉大学，校址在川西的乐山，比成都还远。以战时交通工具艰困，怎么走呢？幸有她父亲齐世英的交谊广阔，得知搭邮车最是妥当。于是齐女士有了一段搭邮车的亲切经历，并写进了她的大著《巨流河》，节录如下：

> 父亲安排我与一同学搭邮政运送邮件的快车返乐山；战时为了公务人员和大学生的便利，每车可正式收费搭载两人，但需验证件，以保障邮件安全。我们两人和邮务员轮流坐在驾驶台和数十袋邮件之间，觉得自己都重要起来了。靠在郑重捆扎、绑牢的邮包上打瞌睡，想象袋中每封信的情愫和收信人的喜悦。每到一站，邮务员呼叫邮袋上的吊牌地名，然后他姿态优美地掷下一包，下面投上一包。
>
> 我后来读到一本清朝史，说中国邮政是政府机关中最早实施现代化的，邮务人员的水准高、效率好，又最可信赖。到台湾后，邮政仍是安定而进步的便民机构，为政府赢得民心的力量之一。千百年来，书信传递由古早的驿马奔驰到今日的绿色邮车，在在都引起我的丰富联想。我曾有幸被当作邮包一般由川东（重庆）快递到川西，这段宝贵经验不可不记。
>
> 第一天当晚就到了成都……第二天清晨再上车，邮政车绝不抛锚，沿路有保护，安全稳妥。经过眉山也装卸邮袋，一路上但见夹道的树木，飞驰而过。当日全天不再停歇，直接驶往乐山邮局门口……

非常感谢齐教授把我国的邮政说得那样的好，不仅极口称赞邮车的效率，甚至细腻地描写那些邮务员装卸邮袋的姿态，用"优美"两个字来形容。之后，又连带地夸扬了咱们整个邮政机关的"效率好、服务人员的水准高、又最可信赖"，继而追叙我国自古以来的"驿马奔驰"，到今日的绿色邮车，引起了她丰富的联想。

齐女士在她青春玉女时代，从高中到大学一直有一位从军的义兄（是她父母关怀的抗日殉身同志之子，也是从东北一同入关的乡亲），有青梅竹马的深情，虽然关山阻隔，经常邮书往还，相互勉励关爱着。这位义兄后来成了空军飞行官，奋勇杀敌，迭著丰功，但不幸在抗战末期的一次空战中，壮烈成仁了。他俩纯纯的爱，一直由绿衣邮人为之传送，想来女士心中对传书的绿衣信使，早已深为铭感。往事如烟，到了她晚年追忆那一次邮车旅行的经验，便不禁一并发抒了她对中华邮政良好服务的印象和终生难忘的感想！

（原刊登于二〇一〇年六月三十日台湾
《邮人天地》杂志，此篇为精简版）

巨流河畔的回忆

◎胡宗驹

我的故乡是浙江绍兴，没在白山黑水的东北见过巨流河，但读完了齐邦媛教授的《巨流河》，那条载浮着中国人一甲子苦难的滚滚河流仿佛就在眼前。

齐教授于一九四七年从武汉大学毕业的那年，我在四川重庆出生，随着兵工厂入川的父母那时正负起为国军运送弹药的任务。家母生前曾告诉我们三兄弟，那时我们就跟着父母在那艘小火轮上到处奔波。有一次，汉奸趁夜以汽油点火漂流江面，企图炸掉那艘满载弹药的小火轮，父亲沉着指挥驾驶慢慢退出一片烈焰的江面，才保住了那一船用来打日本鬼子的弹药。

刚来台湾时，我才三岁，没有齐教授那些对台湾刚光复后的印象，但我却深刻记得"二二八事件"的逃难景象，加上后来父母的述说，我才知道当事件的火焰蔓烧到高雄时，我们因与当地人相处得愉悦和谐，并没有体会到事态的严重。父亲当晚赴宴归来，座车被一群暴徒拦下，即使台籍的驾驶员哭喊"他是好人，别打他"，父亲还是被暴徒在头上打了四个大洞，血流如注，昏死过去。暴徒散去后，父亲在大雨中醒来，求生的本能支撑着他一路爬回港务局。当时因为港务局预防被攻击，四门紧锁，父亲沿着消防梯爬到屋顶，幸亏有人看到沿着窗子流下的血水，才把他拖回来，救了他一命。

我们家也在那时遭到暴徒抢劫与纵火，一直与我们住在一起的一位"欧巴桑"带着她的小女儿和我们兄弟，扶着正患病的母亲逃到了彭孟缉的要塞避难。到了那里,也逃到要塞的"外省人"心怀怨恨,不肯分食物给那位"欧巴桑",母亲没有力气跟他们争辩,只好把自己的那份食物让给"欧巴桑"吃。虽然家没了,那位"欧巴桑"却始终跟我们在一起,亲如家人,直到后来父亲调到台北做高雄港台北办事处主任,她嫌北部天气太冷,才没有随我们北迁。

台湾经历了风雨飘摇时代的白色恐怖,国民党刚撤退到台湾,经济萧条,百废待举,美国还没有与台签订协防条约,中共却声称要"解放"台湾,大家都小心翼翼地过着清苦的生活,谨言慎行,生怕无妄之灾临身。

我们那时年纪小,并没有感受到那种无处可逃的危机,但不时会看到日后任东南水泥公司董事长的陈江章的哥哥陈江石每次来探望父亲,两人低声谈到时局时脸上那凝重的神情。

在后来那些动荡的岁月中,父亲一直做着本分的公务员,以微薄的薪俸上侍祖父下育妻儿,我们也平顺地完成了学业。记忆中的生活虽然清苦,但仍相当安乐,往来的亲友中有许多本省籍人士,我父母甚至能用带着江浙口音的台语跟他们交谈,渐渐觉得我们也是台湾人了。

等到我们过完了迷迷糊糊的童年,对周遭有了部分意识时,我已小学毕业了,台湾也逐渐在安定中发展,人们脸上的笑容也增多了。

许多年过去了,当蒋经国于一九八七年宣布解除戒严、开放赴大陆探亲时,祖父和父亲已病逝葬在台中,母亲也中风半身不遂,他们在大陆的亲人早已无处寻觅,加以两位哥哥已娶了台籍嫂嫂,生儿育女,我们一家就把台湾当作了故乡。

(原刊登于二〇一〇年七月六日台湾《联合报》,此篇为精简版)

林太乙、齐邦媛和她们的父亲们

◎黄 怡

读齐邦媛大作《巨流河》，让人不禁怀念起林太乙的《林语堂传》和《林家次女》，然而假使当年林太乙将两书综合写作，倒也绝不会像是《巨流河》这般壮阔的、史诗般的生命自传，林太乙一贯云淡风轻，真正擅长的是生命侧写。

《林语堂传》是一本非常正式的传记，虽然林太乙以第一人称表述，行文轻松，甚至偶尔插科打诨，但考据可并不马虎，连林语堂幼年被惩罚不得进屋子时的反抗行为，她祖父林至诚哪个节骨眼说了什么话，她母亲廖翠凤的嫁妆做了什么用途，她父亲哪本书拿了多少版税，何时写了什么，何时读了什么，思想如何转折等，都记录得清清楚楚。《林家次女》则是写她和父亲的切磋琢磨；因为以写作为业，林语堂经常在家，这个标准的居家男人，身为林太乙成长过程中最重要的生活伴侣之一，可写的材料当然俯拾皆是。

齐世英之于齐邦媛，至少从《巨流河》看来，已经不止于人生的导师，像是林语堂之于林太乙，甚至不止于是个"温和洁净的真君子"，一如齐邦媛母亲裴毓贞所形容，而是中国近代史上牺牲小我的知识分子典型。随着政治局势的奇崛万变，齐家的遭遇自是中国这类知识分子家庭的缩影。虽则全书中作者不时穿插自我消遣的神来之笔，《巨流河》的主调仍是严肃的。她以自身的成长故事为轴干，父亲的出现常似惊鸿一瞥，但此时亦多是家族甚至国族迁变的转捩点，周边的风声鹤唳迤逦而至，书中最波澜壮阔的篇章，便顺势写下。对作者而言，父亲就是"时代"的表征,父亲所成全的大我,亦铸造为作者的"超自我",是一生无法逾越的做人、做事圭臬。作者恫瘝在抱,谈到即使在中年的意识里,战鼓仍依稀在耳边响着。因为渴望给世人做交代,她在八十岁的超古稀之年,才勉力起始撰述回忆录,为公,其实也多于为私。

女儿眼中的时代表征

如果光是想知道齐世英的行迹,阅读《齐世英先生访问纪录》大概尽够了,这本"中央研究院"近代史研究所制作的口述史,厚达四百多页,访问结束了二十年(齐先生逝世后三年)才出版。访问中,齐先生知无不言,让我们深深感受到一个耿介不阿的书生,如何在诡谲的政党乃至党内的权力恶斗中,为保护关内的东北同胞以及延展东北人与主政者的关系,委曲求全地过日子。齐先生在郭松龄与张作霖的政争军变(即巨流河之役)后流亡关内,备受世人瞩目,亦自此不得不走向与国民党的合作之路,无论屡次兴学或东北协会或《时与潮》杂志,国民党掖助他,目的在于透过他收拢东北人的民心,图他日之大用。毕竟,东北遍地沃野,矿藏亦富甲中国,是当时东亚地区的工业重镇,无论对于国民党抗制殖民主义国家或是剿讨共产党,都是不可或缺的军事要地。

齐世英在一九三〇、一九四〇年代,对于中国国民党而言,有点类似台湾共产党的谢雪红之于中国共产党,在一九四七年的"二二八事件"中,中共中央通知谢撤走香港,后成立"台湾民主自治同盟"(简称台盟)。唯一不同的是,国民党与割据地方的军阀、日本侵略者、共产党数十年处于交战状态,以致齐世英具有不变的利用价值,而国民党退居台湾,并得到美国撑腰,使谢雪红等台共人士在红色中国的身价只跌不涨。在《齐世英先生访问纪录》附录的康宁祥访谈中,齐邦媛也曾说她父亲认为:"台湾和东北一样,生存与荣辱似乎都由别人决定。"

《巨流河》不多谈政争,而齐世英在《齐世英先生访问纪录》中,亦只愿谈他在国民党的党务工作,连对于与他公谊甚笃的陈立夫,也光赞陈的个人修养,无一词论及陈与蒋中正建立其法西斯政权的牵牵绊绊内幕。齐世英自谓:"自从我任职国民党中央党部以迄国民党改造(一九五〇~一九五二)以前的这一段期间,如果说党部像祠堂,我都有在旁边扫地画画的中央委员的份儿,改造以后就没有了,政治得失我本不萦怀,富贵于我确如浮云。唯见奋斗半生之拯乡救国努力,断送于少数人错误决策之中,既怨终生志业之湮没,更悲故乡重陷苦难,此心郁闷,无言可伸。"

家庭与父亲的影响

但同样是知识分子家庭,我们可以从林、齐两人乃至两位女儿,看到更多因为个人意志所创造出来的不同人生样态。

林太乙(一九二六~二〇〇三)是生在北京的福建厦门人后裔(父亲福建龙溪人,母亲福建鼓浪屿人),当时林语堂在北京大学任教,早一年的五月发生了著名的"五卅惨案",七月国民政府成立。齐邦媛早林太乙两年(一九二四)生在东北辽宁铁岭东的农村,身上有满、蒙、汉的血液。齐世英先是去日本读书,接着到德国留学研究历史哲学后归国,据齐邦媛的回忆:"十年间,我父亲曾在暑假回去过四五次,最多住两三个月。"所以她和哥哥振一,都是春天出生的。

同样是进步的知识分子,林语堂(一八九五~一九七六)在圣约翰大学毕业后,短暂任教于清华大学,后于哈佛大学拿硕士,又在德国莱比锡大学获语言学博士(一九二四),类似这样的学历背景,在当时的中国可谓做官、教书两相宜,他却在短暂的教学生涯(一九二三~一九二七,北京大学、厦门大学)后,看清了从政是悲剧、学术是闹剧,决意写作。齐世英(一八九九~一九八七)留日、德回乡后,任同泽中学校长不到一年,即应郭松龄将军之邀,一起向张作霖要求张家军现代化,力陈东北中立化(一九二五),兵变后入关,在上海加入国民党阵营

（一九二六），抗日时期成为东北志士与国民党的主要联络人，来台湾后在第一届"立委"任内病殁（一九四八～一九八七）。

　　林语堂、齐世英两人的志业大不相同。闽南人之于"中原"，本来就是边陲的边陲，由于被传统的忠孝节义濡染得浅些，心理上的距离，更使林语堂觉醒得早些："我不做梦，希望中国有第一流政治人物出现，只希望有一位英国第十流的政客生于中国，并希望此领袖出现时，不会被枪毙……我不做梦，希望中国政治人才辈出，只希望有一位差强人意、说话靠得住的官僚。"（《新年之梦——中国之梦》，上海《东方杂志》，一九三三）而齐世英呢？一九三一年"九一八事变"后到一九三六年"西安事变"之间，只为了蒋介石坚持剿共军、张学良坚持东北军要抗日，齐世英光是与沦落关内的东北政客周旋，已忙得不可开交，还必须安排救济、疏散蜂拥而至的难民与学生，"我看到解决东北问题的希望越来越渺茫"（《九一八事变后的我》，《齐世英先生访问纪录》，一九九〇），而后又必须对付东北自己人（如张学良）在蒋介石面前扯他后腿，心力上的左支右绌可想而知。

人生样态大不同

　　一九三八年，林语堂编写的《开明英文读本》已出版十年，成为中国最畅销的中学英文教科书，再版连连，被誉为"版税大王"。这十年之间，他创办过《论语》（一九三二）、《人间世》（一九三四）、《宇宙风》（一九三五）三个半月刊，都获得相当程度的肯定，他所提倡的"幽默"风行中国，而他也得以"闲适"地过他的小日子。第一本英文著作《吾国与吾民》（*My Country And My People*，1935）出版后，他在欧美文坛开始站住脚跟，于是一九三六年举家迁美，在纽约居住。一九三七年，《生活的艺术》（*The Importance of Living*）出版后畅销，更高居《纽约时报》排行榜长达二十五周。一九三八年初，林太乙正在读小学六年级，应学校里英文老师之请，在班上的屏风写上歪歪扭扭的一副对联：

"礼乐传家久,诗书继世长。"但父亲决意全家搬到巴黎,准备着手写作他此生最重要的一部小说——《京华烟云》,以致林太乙和父亲得以在塞纳河畔的旧书摊区,逍遥过许多时光。

齐家这边呢?一九三七年七月七日"卢沟桥事变",战火快速烧至南京,"到了九月,整个南京市已半成空城,我们住的宁海路到了十月只剩下我们一家。邻居匆忙搬走,没有关好的门窗在秋风中劈劈啪啪地响着;满街飞扬着碎纸和衣物……早上,我到门口看爸爸上班去,然后骑一下自行车,但是滑行半条街就被慑人的寂静赶回家门"。到了初冬,"那时的长江运兵船是首都保卫战的命脉之一,从上游汉口最远只能到芜湖。上海已在十天前全面沦陷,最后的守军撤出后,日本军机集中火力轰炸长江的船只,南京下关码头外的江上航道几乎塞满了沉船"。

齐家搭的是最后一批运兵船,"然而,我的家人却面临更大的生死挑战。从南京火车站到芜湖军用码头,母亲虽有人背扶,却已受到大折腾,在船上即开始大出血。船行第三天,所有带来的止血药都止不了血崩,全家的内衣都继床褥用光之后垫在她身下,船到汉口,她已昏迷"。再抬到医院,母亲只剩一口气。这时十八个月大还没完全断奶的静媛也严重吐泻,齐邦媛写道:"第五天,我扶在妹妹床边睡了一下,突然被姑妈的哭声惊醒;那已经变成皮包骨的小身躯上,小小甜美的脸已全然雪白,妹妹死了。"

那一年的十二月十二日,日军进行南京大屠杀。

中文世界两大女杰

因为林语堂的几部介绍中国的畅销书,西方知识大众此时已认识到中国是个文化古国,而抗日战争后,他更曾多次为文,在《纽约时报》上为中国宣传打气,是最早宣称"日本处于绝境"的少数知识分子之一,对于美国积极援华有相当程度的影响。此外,他一生在浊世中

"有所不为"的境界,也不是那些说他是小资产阶级作家的攻击所能轻易抹煞的。至于齐世英来到台湾后,不像其他万年国会的立委尸位素餐,《自由中国》半月刊发行人雷震筹组新党,他始终公开支持,并多次针对国民党的政策提出劝谏,私下也极力帮助党外立委适应国会生态等,终至被国民党开除党籍。齐邦媛说得好:"他后半生在台经历,亦是一种人格的完成。"

林太乙虽自小一无匮乏,也从未遭逢战火洗礼,长大后依然平易近人、通晓世故,能够写出像《遍地丁香》(即后来再增改过的《春雷春雨》)、《金盘街》这样刻画阶级矛盾却和暖人心的长篇小说,以及持续二十三年,把《读者文摘》中文版办成全球最畅销也最老少咸宜的杂志,让战后的华人能够分享西方世界的文明与快乐。齐邦媛自小祸难重重、危机不断,长大后却仍宁静致远、眼光如炬,数十年坚持教育岗位,桃李满天下,并戮力于将台湾有代表性的文学译介给欧美读者,让"台湾"不再仅是地球上一个陌生的地名。这一切的努力成果,恐怕多少来自两位父亲身教的影响。

姑不论林语堂的文章如何传世,齐世英承载了多少东北乡亲的感念,他们各自的女儿,两位女士对中文世界的文化贡献,就已经是任何父亲可能有的最大骄傲了。

(原刊登于二〇一〇年七月十五日台湾《中国时报》)

由巨流河到生命河

◎ 殷　颖

　　刚刚步下飞机，廖文真便送来了齐邦媛的巨著《巨流河》。近年来我本已不读这类巨著了，尤其个人的记忆文学，对我并没有太大的吸引力，所以我打算收在行李中，等回去再找时间慢慢读。不想当我不小心翻阅到第一章"歌声中的故乡"，看到齐邦媛一开始提到的几首抗战歌曲："我的家在东北松花江上……"便想找一下有没有我在白色恐怖狱中大家传唱的那首歌："辽河的水呀，松花江的浪呵，孩子们哪，孩子们哪，母亲在思念你……"很失望，齐邦媛的书中并没有我受难时传唱的歌，我却被她的巨灵之笔绊住了。齐著的史笔挥洒，如海雨天风，惊雷奔电；倾诉衷情，娓娓道来则如涓涓细流，蓬蓬远春，使我无法不坚持读下去，如同幼时读《红楼梦》、《三国演义》、《水浒传》时的热情，要一口气读完。我整整花了一天两夜的时间，将《巨流河》读毕，书中椎心的痛、刺骨的苦、浓缩的情，字字写来皆是血，是国仇，也是家恨，是那个残酷时代巨轮下碾榨出来的灵魂告白，绝不是悲痛辛酸之类的字汇所能涵盖的感受。

　　《巨流河》中的一位关键人物，为贯穿全书与作者心灵的悲剧英雄张大飞。这位东北青年飞官，背负着巨大的国恨家仇，在抗日战争中悲壮殉国。他的牺牲代表了多少抗日战争的忠魂烈士，让人肃然起敬，也赚了多少读者的热泪。更为可贵的是，他为一位虔诚的基督信徒，在其短短的一生中，在他苍白的岁月里，让我们看到一个高贵圣洁的灵魂。他有情有义，更有坚贞的信仰与爱国的情操，这位作者的义兄留下了美好的见证。他在诀别齐邦媛时馈赠她一本金边《圣经》，这本《圣经》成了作者的终身伴侣，也终于成为齐邦媛的信仰。

作者在四川乐山求学时，听计志文牧师的布道受感，并接受基督为救主，在卫理公会受洗归主。后来再在上海由计志文牧师为她与罗裕昌证婚，组织了基督徒家庭。齐邦媛的母亲在离世归天之前，从容交代了当天的家事，然后说："主啊，你叫我去，我就去了。"安详地溘然长逝。又是一个美好的见证，齐邦媛应该无憾。

是的，齐邦媛的双亲一生为国为家为理想奋斗牺牲，连同那位英勇的张大飞都放下劳苦重担，无声地安息了。齐邦媛在收到张大飞殉国死讯时，取出张大飞当年赠她的那本《圣经》，乞求指引，翻开《圣经》，展现在眼前的是《传道书》第三章："凡事都有定期，天下万物都有定时。生有时，死有时……寻找有时，失落有时；保守有时，舍弃有时；撕裂有时，缝补有时；静默有时，言语有时；喜爱有时，恨恶有时；争战有时，和好有时。"冥冥中，上帝已决定了人生的一切。神的指引，何其奇妙。齐邦媛接着说："这一切似是我六十年来走过的路，在他的祝福之下，如今已到了我'舍弃（生命）有时'之时了。所以《传道书》终篇提醒我，幼年快乐的日子已过，现在衰败的日子已近；而我最爱读的是祂对生命'舍弃有时'的象征：日头，光明，月亮，星宿变为黑暗，雨后云彩反回……杏树开花，蚱蜢成为重担，人所愿的也都废掉；因为人归他永远的家，吊丧的在街上往来。银链折断，金罐破裂，瓶子在泉旁损坏，水轮在井口破烂，尘土仍归于地，灵仍归于赐灵的神。传道者说：'虚空的虚空，凡事都是虚空。'"

人生的巨流河到此沉默了，但一切都结束了吗？否！尘土归于尘土，灵归于灵，但信徒的灵魂并不随身体结束。基督徒的巨流河是衔接着神的生命河，作者在南京误打误撞参加了义兄张大飞殉国周年追思礼拜，礼拜中有人读了《新约·启示录》："我又看见一个新天新地，因为先前的天地已经过去了……神要擦去他们一切的眼泪；不再有死亡，也不再有悲哀，哭号，疼痛，因为以前的事都过去了。"（《启示录》21：1-4）齐邦媛说："这些经文在我一生中帮助我度过许多难关。"

真应该感谢上帝，齐邦媛能靠着神的应许度过许多难关，所以她的巨流河终于可以接上神生命河的源头，因为《启示录》上清楚记载："一道生命水的河，明亮如水晶，从上帝和羔羊的宝座流出来。"（《启示录》22：1）人不必停留在哑口海，要衔接上神的生命河涌向永生，涌向真、善与美。

齐邦媛教授中年以后都在努力将台湾的优良作品推介给西方，英译是她生命中可圈可点的志业，何不将著作也译成英文，使全世界可以看到中国人的苦难，让无数沉埋在中国大地与哑口海畔的英灵们，也能在世界文坛上激起血红色的千堆雪！

（原刊登于二〇一〇年七月三十一日～八月三日台湾《基督教论坛报》，本文作者为牧师）

芍药与雪莱

◎张德明

芍药花有一个颇为悲伤的别名：将离。在亲人或恋人远行时，可表达依依惜别之情。属毛茛科，多年生宿根草本，花大而软，有色、香、韵之美，花瓣有白、粉、红或紫色，花期四至五月。芍药原产大陆北部，性耐寒冷，已有三千多年的栽培历史，是公认的花中之相，与花中之王牡丹齐名。在台湾我从未看过，直到那一天。

雪莱（Percy Bysshe Shelley, 1792－1822）是英国浪漫诗人和伟大的思想家，齐邦媛老师在中秋节送给我一本《雪莱诗集》，内页亲笔写着："这本书带着我对芍药花美好的回忆。（with fond memories of the peony flowers that came with my book.）"美丽的英诗，尤其翻阅中流出的浓甜花香，非常强烈地刺激嗅觉，却又那样的舒适松甜，我猜是芍药花香，也串起我丰满的回忆。

认识齐老师是在一个下午，在三军总医院门诊，看了她的关节，有荣幸为她诊治是因为她的妹妹齐宁媛女士有相同的困扰，也不过是一些小毛病，却让我有幸亲炙两位时代女性。

《巨流河》一书的出版，加深了我对两位齐女士的认识。果然名门之后，难怪气宇非凡。数十万文字一气呵成，本身即如同巨流，沛然而下，却涓滴不漏，直入大海；齐老师仿佛是一位雄立山巅的大将军：千军万马，指挥若定，摧枯拉朽，直捣黄龙；又仿佛指挥家，音符流泻，荡气回肠。全书写得含蓄的是儿女私情，写得奔放的是爱国情怀。以家事为经，以国事为纬，如椽巨笔，邃密却通透，浓缩了一部民国史，也为这一个巨大悲伤的时代做了见证和纪录。

　　一口气读完,但最让我感受深刻的是齐老师每次见到芍药花,就仿佛听到母亲哀伤压抑的哭声,且在她日后一生中,代表许多蔓延的、永不凋谢的、美与悲伤的意象。年前齐老师不慎骨折,托我请教她信任的林医师,再一起邀约相聚,我福至心灵地尝试着找了熟识的花店,送了台湾很难买到、据说是进口的芍药花。她看到后非常惊讶喜悦,又似乎百感交集,不忍释手。后来知道齐老师甚至把枯萎的花放入冰箱保存。那是她在台湾第一次再见芍药花,也是我生平第一次。

　　为了让国防医学院的师生亲炙这位文学大师,我邀齐老师到国防医学院月会演讲,她犹豫再三,仍排除万难,给了个戏谑的题目:"当秀才遇见兵——谈诠释"。当然不能对号入座,所以全场几乎都聚精会神地充秀才,倒也受益良多,掌声雷动。再以芍药花相赠,我相信世界上至真至美的就是母爱,也愿齐老师感觉温暖与力量。

　　《雪莱诗集》飘放的花香,仍然浓甜不散,原来是老师友人送了她一瓶芍药花香水,她洒了些在诗集中与我分享。花是人间精灵,花虽不语,我心已醉。那是一种至高的了解、默契、称许和认同。两位齐女士,人间豪杰,亦师亦友,为荣为幸。

二〇一一年一月十五日
(此篇为精简版,本文作者为军医局局长)

撒播文学种子

◎李 乔

二〇〇九年夏，甫读齐邦媛老师的《巨流河》就认定，这本书的出版，是文坛也是历史文化界盛事。当时就想，希望能有日文译本；因为跟台湾、大陆居民一样，日本人很需要读这本书。

《巨流河》在台湾与大陆旋起风潮，这表示"速度极快"的今天，这两方读书人仍未忘却身世前因，而日文译本决定于二〇一一年七月问世，真叫人欣慰。

基本上《巨流河》是文学底；内容放在历史纵深，于是深藏的更是文化底。正因为如此，多难的中国大陆，"歹命"的台湾，"了本"（赔本）的日本——三地读者勿论是现今秉权者或一般百姓，感受必然大大不同，而沉浸为心得却是相似。这正是《巨流河》蕴藏无穷的地方，因为四海心同理同也。

动乱时代中，一位坚毅小女子（无不敬意），在流浪、追寻、献身文学，撒播文学种子；回首与展望并行，遵行终身，体悟了生命的奥秘；蓦然领悟，足下就是立命安身的最佳所在。美好的行程，伟大的文学就在这里。

书中写齐父世英先生坐在逝妻埋骨的三芝乡墓前说："我们是回不去了，埋在这里很好。"

齐老师说：裕昌（师丈）与我也买下他们脚下一块紧连的墓地，日后将永久栖息父母膝下，生死都能团聚，不再漂流。如今已四代在此，这该是我落叶可归之处了吧。

请世人凝思：齐世英先生怎么能说出"埋在这里很好"？齐老师说："不再漂流了，这该是我落叶可归之处了。"何以"可归"？为什么"很好"？令人仰止而不能逼视的地方在此！

生命行程不可变的悲剧：古犹太人被迫出离家园散落四方是代表。这个行程模式，成为文学巨大主题"离散"（diaspora）的"原型"。这个主题，在台湾文学园地上，开花结果丰硕葳蕤，可是出现不少"水仙花"与浪漫化作品。相对地，《巨流河》呈现的是另一境界。 提问还是那一句：有人怎么能够说出"很好"与"可归"？怎么有人无法？

《巨流河》是个人史。喜欢历史的人，可在作品背景看到许多"面目模糊人物"的侧影，以及整个时代的倒影。其中齐世英先生以"父像点滴"形式呈现，却是崇高而清晰的。《巨流河》在此提示一个"被湮没了的庄严"议题：现实人间里"蒋介石中心"与"毛泽东中心"对峙，于是形成蒋正则毛邪、毛正则蒋邪局面。然则，蒋毛身边人，非蒋非毛人物，如何给予"比较公平"的历史评价？《巨流河》悄悄点出这个严肃议题。

以下补述一项较私人领域的话题，却攸关齐老师的清名，据说有人质疑：齐老师有偏待李乔之嫌……

依据齐老师尔雅版《一生中的一天》乙书的《鳟鱼还乡了吗？》乙文所述：齐老师注意到李乔，是读到尔雅版《六二年短篇小说选》中《孟婆汤》之作。

齐老师自一九七二年开始英译台湾文学作品。早期无李乔影子。一九八五年齐老师任柏林自由大学客座教授，曾简译一些《寒夜》梗概，影印给学生，学生颇为感动云云。

齐老师对《寒夜》的评语是："我似乎第一次清晰地看到真正台湾的面貌；百年前先民垦殖生根的艰苦。史料翔实；我尚未见到有人用这样时而凛冽，时而温柔的抒情文体写过；其中尤以人物刻画最为动人……"

齐老师另一文以"抒情诗式小说"（Lyrical Novel）指述《寒夜》。齐老师为《寒夜》英译苦斗多年，可谓世人皆知。二〇〇一年英译本出现，齐老师喜悦之情，似乎超越作者，每回思及，不由得"哽咽不能语"。

与齐老师首次见面，是一九九〇年九月，在北市"在室男咖啡室"。李乔是晚演讲"反抗哲学"。齐老师特地前来，是郑清文先生给李引见的。

从《巨流河》的流淌，可知齐老师心与情，可知齐老师的生命行程中，因爱文学，也爱土地，她读了《寒夜》三部曲，看到了客家人先祖在台湾垦殖定居和悲欢离合的真切面貌，认为李乔将人在土地上的挣扎奋斗与内心世界融合为一种抒情意象的故乡，值得让世界认识与了解。

回到《巨流河》，这本作者一生心灵风景的作品，背面是广大亚洲意象。论胸襟：万里轻存胸怀里；看气魄：澄江一望月分明。我真为她高兴，也知道她在多年渴待之后，在此书中心灵得以安歇。

二〇一一年六月十日写于公馆玉泉居
（原刊登于二〇一一年七月十九日台湾《自由时报》）

■ 注

二〇一一年七月十八日，日译《巨流河》在北市发表，此文为贺，刊于次日《自由时报》副刊

晚开的芍药花

◎钟丽慧

"自从《巨流河》出版后,从十五岁到一百岁的读者都想见齐先生,齐先生愿意见你真好。"丁贞婉教授如是说。

这句"晚开的芍药花"起源于一段不可思议的因缘。

今年(二〇一〇)五月返台,《文讯》总编辑封德屏约我去纪州庵看"穿越林间听海音——林海音文学展",触景伤情,多少往事涌上心头。随后和老友刘静娟、应凤凰餐叙,于是又白头宫女话当年——一九八〇年代台湾文艺界风起云涌的黄金岁月。

不知怎么说起的,一九八〇那年我唯恐坐月子期间服务的报社文化版开天窗,必须准备留稿,就想了个无时效的专栏——"浅谈西洋文学思潮"。初生之犊的我不知天高地厚地和多位外文系教授请益,其中请齐教授讲浪漫主义,印象最深刻,三十年了仍记忆犹新。大腹便便的我坐计程车到齐老师位于丽水街巷内的家,到巷口准备下车时,计程车司机说:"你'大身大命'(台语),要送你到门口才行。"此刻深感女人唯在怀孕时最受尊重。一进门,齐老师已准备好"教材",开始"上课",讲了两小时后,齐老师说"下礼拜你再来",并给我雪莱的《云雀之歌》和济慈的《夜莺颂》。为我那两千字的专栏,齐老师谆谆教导。初识她就为她的认真、有教无类的教学态度折服。

诸友听了这故事后,德屏立刻展现总编辑的职业本事:"你去访问齐老师写篇稿子!"向来不放弃我的凤凰接着说:"该做点事,多么羡慕齐先生、林先生、殷张兰熙和林文月四个人,见面时都在一起做事。

我们该学习。"温柔婉约的静娟则赞美说："齐老师是多么认真的教授，你这当年的记者也很认真啊！"禁不住怂恿，做了多年文艺界逃兵的我，竟不自量力地答应了，许了个大愿。

承蒙齐老师不弃，慨允于八月三日下午接见我们。于是我定于七月三十日由居住多年的泰国返台。由于我的家教——不可空手拜访长辈亲友，我从《巨流河》读到芍药花在齐老师心目中的意义：

《巨流河》第一章"歌声中的故乡"写着：

> 在我母亲哀切幽咽的哭声中，我就去摘一大把花带回家，祖母说是芍药花。我长大后每次见到芍药花，总似听到母亲那哀伤压抑的哭声。它大片的、有些透明，看似脆弱的花瓣，有一种高贵的娇美，与旁边的各种野花都不一样，它在我日后的一生中，代表人生许多蔓延的、永不凋谢的，美与悲伤的意象……

最后一章"印证今生"第六节题为"铁石芍药的故乡"写着：

> 许多年来，我到处留意芍药花，却很少看到……那瓣瓣晶莹的芍药花却永远是我故乡之花。

于是想在这个以花草香料制作精油保养品的国度，寻找芍药花制品。遍寻不着，正在懊恼时，看到报上全版广告出现斗大的"peony"压在粉红色的花团锦簇上，揉揉眼睛擦擦老花眼镜，没错是"peony"，好像是天上掉下来的。这是一家法国普罗旺斯品牌二十八日傍晚举行"Peony Garden"开幕的广告，正好赶上我返乡，太不可思议了！

见到齐老师赶快"献宝"，齐老师说：没错，peony 是芍药花，生长在寒带地方；牡丹花是 tree peony。我这不谙花草树木的土包子竟然在热带国度寻觅芍药花，幸好老天眷顾，赞叹不可思议的因缘。

在八十五岁高龄出版厚达六百多页的《巨流河》，完成数十年的宿愿,齐老师说:"《巨流河》是晚开的芍药花。""我心满意足了!"

阅读的女子

齐老师在新书发表会上说:"我一生专心读书,读书是我小小的或是大大的欲望,特别请儿子谅解。"特别是当年教书时,依教育部规定出国读书必须在四十五岁以前。"你叫我怎么办?!你叫我怎么办?!"说的声音依然清脆优雅,可是我听起来却是如此无奈,如此凄厉!

一个女子若想以读书为志业,不论十九世纪吴尔芙的"自己的房间"或是二十一世纪女子的"自己的电脑",都是得之不易的奢侈。尤其是为人妻为人母为人师的女子,更是等倍级数的困难啊!

记得曾听齐老师说,她常读书至深夜,第二天清晨起来煮稀饭,唯恐稀饭巴锅,总边搅稀饭边打瞌睡;或是边继续看未读完的篇章。这就是阅读女子的困境之一。即使被齐老师赞叹"她的一生活得如此丰满"(见《失散——送海音》)的林海音,也曾跟我说她是夏先生(何凡)的"贴身丫头"。女人有才也不能"失德"——人妻人母之德。难怪连佛经《地藏菩萨本愿经》都说"女转男身"是读诵该经或赞叹该菩萨的利益之一。

何况齐老师任教于大学学府,这学术衙门也有其官僚制度。不得不赶在四十五岁之前"抛夫别子"驮着沉重的贤妻良母之轭,去攀爬学术的天梯。一九五六年考取富布赖特交换计划奖助,首次赴美进修;一九六七年前往美国,进修兼教学,次年入印第安纳大学深造,专心读书,最后却因她父亲的"你家中亟须你回来"一句话,无法补上六个法文学分,放弃垂手可得的硕士学位。或许今天齐老师获得的学术肯定与历史定位,已无须那个小小的冠冕,但是当年的遗憾与不甘萦绕心头不知有多久,有多深!

情到深处

一般读者阅读《巨流河》最受感动或感伤的应是张大飞。

冥冥之中似乎有一条牵引的线,一段不可思议的因缘。一九三六年在随齐大哥回家的同学中"最期待他那忧郁温和的笑容";一九三七年年底张大飞投考空军军校,"他放在我手上的小包是一本和他自己那一本一模一样的《圣经》……至今多年仍然清晰可读"。"沙坪坝六年,张大飞成了我最稳定的笔友。"一九四三年四月到学校道别:"今生,我未再见他一面。"一九四六年抗战胜利后,重返南京——"记忆中最接近故乡的地方",在街头寻找记忆,突然在一座礼拜堂前看到横挂的布条上写着"纪念张大飞殉国周年";二〇〇〇年五月第二次回南京,意外找到烈士公墓,摸到了刻着张大飞出生地和生卒年月的黑色大理石墓碑。或许如书中写的:"不知是不是死者的灵魂引领我来此?"

朋友要我在访问齐老师时多问些有关张大飞的事情,我不愿意也不忍再去问那表面的情感事。因为刻骨铭心七十多年的不是儿女私情,而是共患难时代的深沉关怀相知相惜之情。齐老师已用她的大半生岁月锤炼出如此的文字:"张大飞的一生,在我心中,如同一朵昙花,在最黑暗的夜里绽放,迅速阖上,落地。那般灿烂洁净,那般无以言说的高贵。"无须外人再赘言了。

一如齐老师写的:"每个人生命中都有一些唯有自己身历的奇迹,不必向人解说吧。"

荒城之月

《巨流河》中忆述,甫到台湾巧遇武汉大学同学及生命中重要的另一半罗裕昌先生,当时已下定决心娶她回家的罗先生送她自制的收音机,可收听台北本地电台的节目。当我读到"其中我多年不能忘的是夜间听《荒城之月》，在音乐中忘记它是日本歌，有时会想起逃难时，荒郊寒夜的风声犬吠……"读到此，我十分惊讶，更为惊喜。

因为这首《荒城之月》是我的"童谣"，小时候家母常常听这首土井晚翠作词、滝廉太郎作曲的唱片，或自弹自唱，她总是说："你们不懂的！"家母就是生在如齐老师散文《初见台大》一文中所写的"昭和……有能力大规模出版文库，推广文化"时代的人。十九岁的某一天，一夜之间突然开始学习ㄅㄆㄇ，现学现卖，晚上去学国语，第二天去学校教学生。家母的朋友自东京返台，语言转不过来失业又失志；有些同事半夜不见了；家道中落了，于是很多那一代台湾受教育的人在青壮年就走入"哑口海"。

音乐无国界，谱出人类真情感的艺术，超越时空种族。何况在无知政客和独裁者操弄的荒谬时代下，百姓如蚁蜉，谁能主宰自己的命运呢？尤其在近几年蓝绿喧哗之后，出生于战后的这一代，何其有幸度过无战争、经济起飞的太平岁月，已届花甲之年，是否该彼此包容谅解不同成长背景的上一代和这一代？为下代子孙建构互信和谐的安身立命之地，让他们不再有荒城之月的感伤了。

学习齐老师海纳百川的宽容，例如肯定叶石涛的《台湾文学史》，赞扬姜贵、司马中原，也推介吴浊流、李乔。"在文学面前，没有'他们'、'你们'，只有'我们'啊！"能扩大到生活意识中呢！

虚空有尽　我愿无穷

在《巨流河》的字里行间总感觉到一丝丝的寂寞怅惘，高处不胜寒的寂寞，或许就是齐老师所用的"虚空"。

经过八年的颠沛流离烽火空袭，获得胜利后，《巨流河》第五章的标题"胜利"副题却是"虚空，一切的虚空"，真是反讽啊！最后一章"印证今生"特别提到《圣经·旧约·传道书》，其中有句："传道者说，虚空的虚空，凡事都是虚空。"最后齐老师结论是："人要从一切的虚空之中觉悟,方是智慧。"

借用我圣严师父的偈语:"虚空有尽,我愿无穷。"齐老师纵然慨叹一切是虚空,但仍努力地发光发热,过去六十多年毫不松懈地作育她的"心灵的后裔",守护传介台湾文学,直至高龄亲笔完成自传——传世之作,一一完成心愿。

《巨流河》出版年余,更加忙碌:阅读雪片似的回应信件、读后感,应北京三联书店之邀出版简体字版,准备写文章回答读者的回响,整理出版旧作《千年之泪》、《雾渐渐散的时候》、《一生中的一天》。

齐老师还有对台湾文学的大爱与大愿,希望出版潘人木的短篇小说集。齐老师说,潘人木的丈夫党先生和齐家有姻亲关系,但想出版潘人木的小说集不是亲感之故,而如《巨流河》书中写的:"在早期的女作家……我始终最佩服潘人木。""一九八六年的《有情袜》以及二〇〇六年逝世前两个月创作的《一关难度》,堪称艺术精品。"怎能让这么好的作品埋没了呢?也对着一起前往拜访的应凤凰说:"相信你可以写出客观公正的台湾文学史!"一个下午至少说了三次,多殷切的期盼啊!

悲壮之举

诚如齐老师在她的散文集《一生中的一天》自序写的:"对于我最有吸引力的是时间和文字。时间深邃难测,用有限的文字去描绘时间真貌,简直是悲壮之举。"《巨流河》的书写出版就是悲壮之举!

(原刊登于二〇一二年一月号《文讯》杂志,此篇为精简版)

心灵的后裔

◎石家兴

去年一天晚上,简宛与我在台北南京东路上散步,在一座大楼前的台阶上,无意间发现一座小书摊,我翻阅书籍之余,便与这位谈吐不俗的书摊老板谈起来,我很好奇地问他:"现在台湾出版业大开大放,旧书摊已失去往日'禁书'的吸引力,你还有顾客吗?"他回答说:"新书虽然泛滥,但是三十年以上的旧书多已绝版,我选些值得读的旧书分享读者,市场还不坏。"我接着问:"难道新书没有好的吗?"他毫不犹豫地随手便从书堆中抽出一本《巨流河》,并且说:"有一本,老兄,这本书非读不可。"我很高兴地回答他:"这本书作者正是我恩师,我同意你的看法,已经买了二十本分赠亲友。"这短短二十分钟的邂逅,让我分享到无比的光荣。

和齐老师结缘,要追溯到五十年前。那年我在台中一中高三毕业班,英文老师在开学后两周姗姗来迟,而且是校长费尽心力、三顾茅庐,才邀请到这位已辞职的老师返校任教。这位老师,清瘦,严肃,穿着一袭素雅旗袍,形象很中式,但是,从开始讲课到下课,她没有说半句中文,英语发音如清溪流水,悦耳动听,惭愧的是,我没有听懂任何一句完整的句子。全班同学相互傻眼以对,第一次接触到直接法英语教学的"震撼教育"。这就是齐老师赠送的"见面礼"——震撼。

从此一年,课堂上没有中文,也没有闲话,扎扎实实为我们开了眼界,开始粗略地体会到欣赏英文,不仅是背背生字、记记文法而已。我们这一班同学,正是《巨流河》书中所提到的"心灵的后裔",也是受教于齐老师最早的一批。

齐老师与我特别有缘，因为从台中一中之后，我们同时进入中兴大学。原因是联考将我分发到兴大，开学后，发现齐老师也应聘为兴大讲师，我们一起从台中一中"毕业了"。在兴大她教第一堂课的前两天，她悄悄地告诉我，希望我能陪她去教室，因为她有点胆怯，我颇感意外，但欣喜地接受了这份荣誉，同时也发现，在课堂上严肃的齐老师，内心也有柔弱的一面。在兴大一年，老师与我，亦师亦友，无所不谈。一年后，我重考联招进入台大，告别台中，也告别了齐老师。但是更巧的是，数年后，我从台大毕业，齐老师也转任台大外文系教授，从此台大是她安身立命之所，她在这里奉献出全部的心力，成就了一生的辉煌。前两年，台大、兴大与佛光大学分别颁赠齐老师荣誉博士学位，这是校方最高的荣誉，实至名归。

早年我介绍简宛与老师相识，齐老师就亲切地称简宛为"学生的媳妇"，对她非常钟爱，把我们当成一家人。我们在美国康奈尔大学进修的时候，老师正巧在印第安纳州当访问学者，特地来康大与我们欢聚，同时也告诉我们，她如何把握这难得的机会努力学习，几乎是无日无夜几近于"玩命"地苦读。这是再一次的"震撼教育"。

二〇〇〇年，我们一家已在北卡罗来纳州定居多年，那年简宛当选"海外华文女作家协会"会长，大会选在北卡州召开，为了支持她的"媳妇"，齐老师从台北专程赶来，担任大会主讲贵宾。她在上百人的大会上，谈女性文学应具有的"视野"与"深度"，语调温婉却铿锵有声，全体出席的女作家，深情受教，齐老师也与我们共度了一周美式生活，更深化了我们的缘分为亲情。

最近六年，我因受聘于"中央研究院"担任讲座教授，每年返台三至六个月，和齐老师见面机会多了，目睹她在长庚养生村"四年闭关"，读书查证，研究史料，用心专著，一笔一字写下了这本世纪经典《巨流河》。对我不再是震撼，而是深深的感动。她从八十岁写到八十四岁高龄，严格自律地完成这部旷世巨著，是何等的毅力！又是何等的深情!

  回首读《巨流河》,内容可分两部分,前半部描写她成长于对日抗战的年代,年轻的她,呐喊出"中国不亡,有我",掷地有声!后半部叙述她在台湾诲人不倦,苦心孤诣,追求台湾文学的世界地位。我仿佛听到她心中的独白:"台湾发光,有我!"

  在我心目中,齐老师是永远的"标杆人物",而且是永远高不可攀的标杆。她让我领悟到"高山仰止",让我怀有无限的敬意。

【大陆及海外篇】

她的历史，我们的历史

◎黄艾禾

在海峡的那一边，齐邦媛是重量级的文化名家——台湾大学外文系教授，曾任"国立编译馆"人文社会组主任并主持中学的国文教科书改革，也是将台湾文学的代表作英译推介到西方世界的主要人物。十九世纪八〇年代起，她已经同大陆作家王蒙等开始在国际会议上有所接触，但我们大陆的读者们很少听说过她。

齐邦媛的《巨流河》是去年写成的，在台湾大热，时隔一年走入大陆，获得各界一片赞誉。大陆读者们从书中所感受到的东西，一定与台湾读者有诸多共鸣，我们都喜爱齐先生那种坚忍而沉稳的叙事风格，认同她对家国的深切情怀，也同她一样，对于中西方文化的精髓及两种文化的互动交流充满探索的渴望。

然而齐邦媛勾勒出的具体人生轨迹却是我们颇为陌生的。她的父亲属国民党上层人物，她从小就归到了国内政治阵营的那一边。"九一八事变"后，她随着父亲从东北到北平和南京，又随着学校撤到内地重庆和乐山，在那里读完自己的武汉大学外文系课程。虽然我们读过那么多的抗日战争史，熟知"七七事变"、"平型关大捷"、"百团大战"、"南京大屠杀"，但是我们仍然不了解，在战争中的中国百姓是怎样逃难，他们怎样挤上火车和船，在疾病与混乱中逃出一条活路；我们也不了解，即使是在这样的战争环境中，朱光潜教授仍然能在课堂上把英国诗歌读到忘我的程度；

  老师取下了眼镜，眼泪流下双颊，突然把书合上，快步走出教室，留下满室愕然，却无人开口说话。也许，在那样一个艰困的时代，坦率表现感情是一件奢侈的事，对于仍然崇拜偶像的大学二年级学生来说，这是一件难于评论的意外，甚至是感到荣幸的事，能看到文学名师至情的眼泪。

  齐邦媛描写她这一班女学生在乐山街头背诗的情形，就像是一个电影镜头：

    一九四五年，极寒冷的二月早上，我们四个同班同学由宿舍出来，走下白塔街，经过湿漉漉的水西门，地上已有薄冰，每人手里捧着手抄的英诗课本，仍在背那首《爱字常被亵渎》……它的第三节有一行贴切地说出我那时无从诉说的心情："没有内在的平静，没有外在的宁谧"……四个人喃喃背诵，有时互相接续，从县城转入文庙广场。

  就在这里，她们看到一条刚刚贴上的大字毛笔写的布告，宣布美国飞机已经将日本东京炸成一片火海。

  这才是中国人所经历过的战争生活，这才是历史。历史绝不仅仅是教科书上冰冷的数字与结论，它是活生生的人所经历过的有声有色的生活。每一个人所度过的时间脉络，串联起自己一生所到过的空间，串联起他的生、老、病、死，这就是一个人的人生。一个国家的历史，就是这样由无数人的人生所构成，这才是历史的迷人之处——我们可以把已经逝去的时空重现出来吗？

  而以往的政治歧见和观念束缚，又遮蔽了多少这样的鲜活历史细节？

  齐邦媛的人生轨迹是从东北一路走到西南，再到上海和北平，再到台湾。这幅路线图简直就是一部活生生的中国当代史。只是，前半段她在大陆，那些战争岁月是所有中国人都共同经历的，我们感觉比较熟悉；后半段在台湾，这些生活却是大陆的中国人的认知空白。当大陆的中国人在欢庆一个新国家的诞生时，他们在海峡那边的混乱中挣扎，以本能求生，抓住每一个机遇苦苦奋斗。

我在想，其实可以隔着两岸，在双方纵向的当代史之间，画上一条横向的时间坐标：当一九五〇年大陆这边刚刚开始建立国家新政权时，齐邦媛随丈夫赴台中开始建设铁路电气化工程；当一九五六年齐邦媛考取赴美访问学者开启文化交流时，大陆的社会主义改造运动已经基本完成；当齐邦媛一九六九年在台中创办中兴大学外文系时，大陆的"文革"正进入第四年；当一九七七年齐邦媛再回台湾大学任教时，大陆开始拨乱反正，重新起飞……在读《巨流河》之前，真想不到台湾的文学界无论眼界还是水准，可以达到这样的高度，而读了《巨流河》你就明白了，齐邦媛讲的台湾史，是从她家乡的巨流河溯源的，在她的心目中，那里不仅是她的家族之根，那也是台湾的源头。她从来没有把台湾只当成一个孤立小岛。

或许齐邦媛在一九七〇年代所经历的中学国文教材改革风波，让我们读起来最为会心。在教材改革前，台湾的中学生像曾经的大陆中学生一样不爱上语文课，厌恶课本，因为那里面充满了政治说教。齐邦媛他们所做的改革，就是要把这种教材去政治化，这当时在台湾岛引发轩然大波，认为这样会把下一代教坏的担心充斥于舆论——读到这里，你会不由自主发生联想：到底两岸都是中国人，语文课本在哪里都是瞩目的焦点，而且往往承负的东西太多。

所以，如果中国的历史只有大陆的历史，那怎么能是完整的中国史？如果大陆的历史只有某一方面某一人群的历史，怎么能是完整的历史？

许多人都喜欢读回忆录。因为个人的叙述往往会摆脱所谓正史的条条框框，让你看到更多从框框中逃逸出的真实瞬间。齐邦媛自己的人生与国家的大历史紧紧缠绕在一起。那些看似是偶然的人生十字路口抉择,后面却又透出国家命运的必然转折。当年那些具体当事人做出抉择时是那样茫然与随机,而后来的命运却完全被这一选择锁定。当然,不是每个经历丰富的人都能把个人史写到这种境界,齐先生的文学修养与个人品性,让她把这种国家大背景下的个人史写得如此平和,如此典雅,又如此缠绵——特别是那份典雅,在我们这边已经失却多年了。

齐邦媛或许是想告诉台湾的读者:我们的生命之根与文化之源都在大陆,那是源远流长的一条长河;而我们身在大陆的读者,却从中读出,她的历史,他们的历史,其实也是我们的历史。

(原刊登于二〇一一年第一期《看历史》杂志)

纸上的乡愁且听她这样诉说
读齐邦媛《巨流河》的通信

◎卢跃刚

××:

有一本书在我面前是这样的厚重，拿在手里不敢轻易打开，打开了不能轻易合上，合上了心里却时时牵挂，隐隐不能释怀。这样的阅读经验，对我来说是相当奇特的。我说的是《巨流河》。

二〇〇九年台湾出了两本书，与时代扣题，为亡灵招魂：一本是龙应台写的《大江大海一九四九》（以下简称《一九四九》），一本是齐邦媛写的《巨流河》。《一九四九》出版不久，龙应台便托人带来送给我。我读完后，给龙应台写了一封长信——《谁是失败者？谁是胜利者？——一个胜利者后代致一个失败者后代的信》。不久，我托人买到了《巨流河》。两本书，两个女人两代人写出来，两个人的家族史和个人奋斗史，徜徉在台湾海峡两岸，是同样的主题，一个不规则的重叠影像，要对照起来读。

《巨流河》拿到手后，先是浏览，后再细读，心潮激涌，嗟叹不已。齐邦媛老人家背负着怎样的爱恨情仇漫长跋涉，"九一八事变"、"七七事变"，由巨流河（即辽河）畔的东北老家而北平，由北平而南京，由南京而武汉湖南而广西而重庆，由重庆而台湾，而台湾最南端的哑口海……

几万里的车载步行，往南，再往南，家乡越来越远，六七十年了，心的脚步却停不下来。太多的苍凉、悲伤、忧愁、凄惶，在老人家的心底酿造了太长的年头,你会肃然知晓,为什么她会在八十一岁的时候拿起笔来,用古老的书写方式,一笔一画,足足写了四年,"为来自'巨流河'的两代人做个见证",杜鹃泣血般地写出两代人的史诗来。

读龙应台,你会看到她在历史哲学、社会变迁和利害的迷雾里精心巧构,是家庭悲欢离合的视角,却没有贯穿到底,笔端可见踟蹰、游移,以至内容比例失衡。齐邦媛是朱光潜、吴宓名师膝下的英国文学弟子,有着老派文学的矜持和庄严,情愫一如她在四川乐山武汉大学朱光潜先生课堂上听讲身着的素袍,叙事简朴却也大开大阖,把那"国破山河在,城春草木深"的苍凉与无奈,以及家族史和个人奋斗史悲喜交加地放置在一个不可逆的历史舞台上,低回咀嚼,一唱三叹。

文化情怀　刻骨铭心

齐氏家族是辽宁铁岭望族。齐邦媛祖父是张作霖麾下的旅长,父亲齐世英早年留学日本、德国学习哲学,读过马克思的《资本论》,满腔报国救世热情。他是早被国人忘记却是十分了得的民国人物。

齐世英与张作霖、郭松龄、蒋介石、吉田茂(日本战后首相,《激荡百年史》的作者)都有渊源,早年追随郭松龄倒张作霖,兵败流亡,受到吉田茂庇护,与吉田茂这位日本战后的杰出政治家有彻夜长谈;一九三一年"九一八"之后,在国府主持东北地下抗战,创办国统区影响甚大的时政杂志《时与潮》;到台湾与雷震等筹办中国民主党为蒋介石所不容。救亡与民主,是他一生的追求。他是一个真正的爱国者,一个在日本人眼中的"可敬的敌人"。

南京、重庆的时候,齐家的五花肉酸菜火锅温暖了多少来往于关里关外行走的抗日斗士和东北子弟的不尽乡愁。齐邦媛这些东北子弟唱着"我的家在东北松花江上……"一路南行,再南行,到了台湾,还唱了十多年。我仔细聆听,与我少年时代反复看过不下十次的大型歌舞剧《东方红》的演唱场面,有着相去甚远的滋味和背景。

齐世英等一九三四年创办了中国第一所国立中学——国立东北中山中学，专门招收流落关内的东北失学青年。中山中学的校歌这样唱道："白山高黑水长，江山兮信美，仇痛兮难忘，有子弟兮琐尾流离……学以知耻兮乃知方，唯楚有士，虽三户兮秦以亡，我来自北方，回北方。"

《诗经·邶风·旄丘》："琐兮尾兮，流离之子。"流离，枭的别名；琐尾，细小时美好。琐尾流离，指处境由顺而逆。方，礼法；知方，知礼法，语出自《论语·先进》："可使有勇，且知方也。"悲愤中不失典雅，不失书生气节。我在想，这种铭心刻骨的文化情怀和对未来局面的乐观笃定，是大陆人多么陌生的情感表达啊！《巨流河》似在恸问苍冥：为什么正史说"八年抗战"？对于东北人来说，抗战难道不是从一九三一年就开始了，甚至不是从一九二八年皇姑屯日军炸死张作霖就开始了？东三省难道不是中国？东北人难道不是中国人？

说起来，我与齐邦媛是重庆南开中学的校友。我的熟人中，吴敬琏、茅于轼二位先生也是毕业于南开中学。南开中学"文革"期间是重庆市三中，南开中学的教师同时也是创办人、伟大的教育家张伯苓先生住在津南村，我就是在津南村小学（当时叫重庆师范专科学校附属小学）读完了小学、初一，升入了重庆三中。她书里写到的沙坪坝、小龙坎儿（小龙坎后面必须加一个"儿"话音，否则会让重庆人觉得你在说两个地方）、陈家湾、杨公桥、瓷器口，都是我儿童和少年时期成长的地方。不过，我的记忆是"为毛主席而战"，除了飞机，坦克大炮机关枪齐上阵，中国人杀中国人的大武斗；是沙坪坝公园掩埋造反派烈士、歇斯底里喊口号的场面。而今"唱红打黑"，充斥着戾气。

齐邦媛在重庆的记忆则是日机大轰炸，"跑警报"，警报器的鬼哭狼嚎，一九四一年六月五日大惨案，死伤三万余人；陪都军民同仇敌忾千人大合唱，也是唱《义勇军进行曲》："起来，不愿做奴隶的人们，把我们的血肉，筑成我们新的长城。中华民族到了最危险的时候，每个人被迫发出最后的吼声……"我们才知道陪都的抗战口号："一滴汽油一滴血。"整个重庆看不见私家车行驶，要节约汽油打日本鬼子。

在民族危亡、动荡不安的环境里成长,做人不能没有起码的尊严。张伯苓说:"你不戴校徽出去,也要让人看出你是南开的。"齐邦媛考上了迁到四川乐山的武汉大学,一九四五年初,战场失利,日军可能进犯四川,校长训话:"我们已经艰辛地撑了八年,绝没有放弃的一天,大家都要尽各人的力,教育部令各校,不到最后一日,弦歌不辍。"如同一九四一年八月十九日张季鸾命名、王芸生执笔的《大公报》社论《我们在割稻子》,社论说:"就在最近十天晴空而敌机连连来袭之际,我们的农人,在万里田畴间,割下了黄金之稻!"社论结尾说:"让无聊的敌机来肆扰吧!我们还是在割稻子,因为这是我们第一等大事。食足了,兵也足,有了粮食,就能战斗,就能战斗到敌寇彻底失败的那一天!"

　　强敌压境,国破家亡,生活困苦,生命便成了怎样的景观?峨眉山下,岷江、大渡河、青衣江三江汇流的地方,秋天来了,外文系的同学们来到朱光潜老师住的院子,见厚厚一层落叶,要帮助打扫。朱光潜赶紧制止,说:"我等了好久才存了这么多层落叶,晚上在书房看书,可以听见雨落下来,风卷起的声音。"

　　课堂上,雪莱的《云雀之歌》、《西风颂》,济慈的《夜莺颂》、《秋颂》,朱光潜院子里的秋天吟唱,是可谓"弦歌不辍"。"我们在割稻子"……弱者和文人的尊严、气节、顽强,更是家国和民族的尊严、气节、顽强,都在齐邦媛的笔下得到了淋漓尽致的表现,或也有些哀痛和凄美,给我们增添了一幅国统区抗战的微观真实图景。

给历史一双文学的眼睛

　　齐邦媛的一生是这样写出来的:一个身体羸弱、心智敏感的泪人儿小女生,随父母离开东北家乡,入关流浪,不断到陌生地当插班生,中学时代以日机轰炸为背景,陶醉在《春江花月夜》、《红楼梦》等古诗词、古小说的意境里,唱着她一九四三年写的"级歌":"梅林朝曦,西池暮霭……而今一九四三春风远,别母校何日重归来……"告别中学时代；大学时代在名师导引下，痴情于西方文学；到台湾后任英国文学教授，向台湾介绍西方文学，向西方介绍台湾文学，为台湾"文学馆"而奔走……由文学青年而文学中年，而文学老年，文学如同她永恒的情人，终生不渝。

所以她叙述的历史，给了我们一双文学的眼睛。这双眼睛多愁善感，在哀伤、悲悯中，在怀疑、落寞中，有一种姗姗而来的自信，把历史的碎片缝缀起来，让我们有了寻常经验触手可及的细节，有了历史的热度和痛感。也让人的颜面、情感有了高贵的气质。

一九四三年齐邦媛考上武汉大学，第一次离开父母，由重庆，向乐山，逆江而上，一路伤感。她的好朋友鲁巧珍同船，跟她说："刚才一个男生说，你们这个新同学怎么一直哭，像她这个哭法，难怪长江水要涨。"鲁巧珍知道，有两样东西终生陪伴着齐邦媛，一样是泪水，一样是文学。

近半个世纪的别离，齐邦媛来到了鲁巧珍的病床前，"泪不能止"。她得知鲁巧珍癌症晚期的消息后，专程从台北来到上海。鲁巧珍从枕头底下摸出一张纸，上面写着杜甫的千古名篇《赠卫八处士》，隆重朗诵："人生不相见，动如参与商。今夕复何夕，共此灯烛光。少壮能几时，鬓发各已苍。访旧半为鬼，惊呼热中肠。……明日隔山岳，世事两茫茫。"不久，鲁巧珍去世。留下了齐、鲁生死相会的绝唱。文学与泪水交融，解开了多少人生悲欢离合的密码，这种唐诗迎友、诀别的仪式，亦幻、亦真，给这庸俗而疯狂的时代投下一抹余晖，给人以一种不可名状的温情与慰藉。鲁巧珍在弥留之际，气语游丝，跟自己白发苍苍的老友倾诉她几十年的遭际，说："你到台湾这些年，可以好好读书，好好教书，真令我羡慕。"读至此，不禁潸然。

《巨流河》更多的篇幅是留给台湾的。在这些篇幅里，齐邦媛和她的父亲、姐妹成为几百万登陆台湾的大陆人的一部分。永远的外乡人——东北人这个时候并不孤独，因为在台湾人眼里，他们跟大陆其他省份的人一样，都被归为"外省人"，都是白先勇笔下的"台北人"。尹雪艳、金大班、朴公、钱夫人、余教授、秦义方……"台北人"人物的调子、韵致，大抵是"人生在世如春梦，且自开怀饮几盅"的风雨飘散、追怀与伤感；细嚼慢咽的昆曲节奏，依然是国立东北中山中学校歌的典雅，使你抚卷感叹汉语万劫不灭的气质。

不过，这只是"台北人"的一面。"台北人"还有另外一面，《巨流河》和《一九四九》诉说的一面。齐邦媛大学毕业后，因为就业的关系，一九四七年就到了台湾，不经意间为一九四九年的大溃退打了个前站。接下来的故事是结婚、生子、教书、读书，终生为台湾的文学事业而奋斗……

汉字简化的深层文化隔阂

齐邦媛、龙应台的历史叙述语境，有的我们熟悉，有的我们不熟悉。国共两党早期的政治文化有诸多相似之处。齐邦媛称齐世英是"革命者"，她的家庭是"革命的家庭"，到她家来的东北义士是"革命同志"……"革命"、"同志"、"单位"、"宣传部"，都是我们大陆人熟悉的名词。更多的却是我们，特别是我们的下一代所不熟悉的，比如繁体字。

齐邦媛二〇〇一年接到南开中学四三级的《四三通讯》，讣告她的同学、好友邢文卫去世。她"抗拒它的真实性"，她说："邢文衛变成了邢文卫，令我恼怒……"

这个恼怒有她的道理。中国人以汉字为标志，突然变成了两种人，一种人书写繁体字，一种人书写简体字。而简体字已经与汉字象形、指事、会意、形声造字缘起不太相干了。在齐邦媛的文化意识里，"邢文衛"与"邢文卫"似乎是两个人，突然间"邢文卫"、"邢文衛"呈现出的视觉及心理上的歧义性，实际上是一种深层的文化隔阂。

龙应台在北大演讲时说，她小时候的台湾，周边都是大标语，其中给她印象深刻的是"礼、义、廉、耻"："礼，规规矩矩的态度"；"义，正正当当的行为";"廉,清清白白的辨别";"耻,切切实实的觉悟"。红衫军高悬夜空,直逼陈水扁的四个大字,也是"礼、义、廉、耻"。

去年我去高雄,在一家叫"谈天楼"的小馆子吃饭。这家小馆子的水晶肘子做得好吃极了。天色已晚,我们是二楼最后一桌人,一个小伙计扎着围腰跑上来,一脸稚气,搓着手问饭菜做得怎么样?我们说很好。我问他这家馆子的来历和主人。他说这家馆子是他父母十八年前开的,父亲亡故,母亲老了,干不动了,他三兄弟,两个哥哥来接班,大哥是大厨,去上海旅游,二哥替他上灶掌勺,今天的水晶肘子就是二哥做的,二哥忙不过来,他来帮忙跑堂。

接替父母事业,替父母分忧,兄弟间互相帮助,是谓"孝",是谓"悌"。熟悉台湾社情风俗的人告诉我,这样的小店在台湾比比皆是,一个小饭馆,甚至一个包子店,一家两代人前赴后继,有五六十年的历史,至今不衰,并不稀罕。这说明台湾的社会结构和传统伦理价值的超稳定。

"礼、义、廉、耻","孝"、"悌",作为政治伦理和社会规范的存在,更是繁体与简体汉字文化隔阂的注脚。

历史阴影在社会潜意识

去年十月,我和朋友去了台湾。这是我第一次去台湾。在台北,我遇到老朋友、台湾作家平路。她问我,对台湾印象如何。我说,七八天的时间,只是一些直觉,不敢说。虽然关于台湾的正面和反面,我读过大量的书籍,看过很多电影,也喜欢校园歌曲,几乎每天看央视四套早上七点半至八点的"海峡两岸",凤凰卫视"3·19"陈水扁枪击案、陈水扁贪腐案都是看大片似的一天不落。而且二十多年来,我接触了大量的台湾新闻界朋友,讯息也相当灵通。

仅此或凭这几天的直觉,就敢对台湾发言?我只是隐约地感到台湾虽然完成了民主制度下的政党轮替,但是历史的阴影依然存在,并被政党政治所利用，作用在社会的潜意识里，一旦条件成熟，就可能被激活，非常恶质地吞噬台湾社会的肌体。比如族群主义，比如对蒋氏父子的评价。

在台北，导游一定会领你去看孙中山纪念堂、蒋中正纪念堂、中正广场（后改为"自由广场"），你能在台北市中心的位置看到建筑的高大、难看，感受到威权统治的霸气；转眼的工夫，你就会在桃园大溪镇慈湖看见蒋介石的灵柩和数十尊蒋介石雕塑挤在一起（像是"蒋介石克隆人"在开大会），感受到威权领袖殒殁后的尴尬与荒诞。民进党执政期间，台湾有一阵子"非蒋化"，纷纷搬走、拆除蒋介石塑像（据说全台湾有四万多座），桃园县大溪镇收留了他们。

蒋经国的命运如何？蒋经国是台湾经济崛起和非暴力政治转型的一个决定性人物。然而，台湾人好像不领情。在旅行车上，我们完整地看完了台湾公视拍摄的纪录片《蒋经国》。这是一部传记片，选材、剪辑却很"台湾"，完全没有涉及蒋经国留学苏俄、加入苏共并被斯大林流放的历史，也没有足够客观的历史评价，比如他在一九八七年顺应历史潮流，解除党禁、报禁，结束"戡乱"的重大作用。显然，拍摄者有"选择性记忆"。一如"二战"胜利后，英国选民在波茨坦的宴席上撤掉了丘吉尔的位子。

我们在花莲碰见了前花莲县长、曾任国民党中常委的谢深山先生。他是铁路工人出身，领导铁路工会，被称为国民党的"黑手"。他曾经受到蒋经国很高的礼遇。他第一次见蒋经国，如约前往，给他开门的人竟是蒋经国本人。这让他终生难忘。这样重要的采访对象，这样重要的历史细节怎么可以漏掉？

民主这样寡情寡义？威权政治家解决社会危机，维护自己的权力，有一万个理由动用武力，但是蒋经国没有。可以这么提问：如果没有蒋经国的容忍、洞悉、顺变，怎么会有台湾今天的局面？我向前《中国时报》总编辑、社长王健壮先生请教，他说，你这个问题在台湾，是政治不正确。与此相反，什么是政治正确？我在《巨流河》、《一九四九》中寻找,也没得到答案。

《巨流河》成为纸上故乡

齐世英壮志未酬,晚年哀叹跟着他敌后抗日的东北子弟,死后孤儿寡母得不到政府照顾,留在大陆的人,也命运多舛。两头都不落好。他到台湾后,成为民主斗士,一九五四年就被开除出国民党,被特务跟踪;一九六〇年雷震等因"《自由中国》事件"和筹组反对党——中国民主党——被捕,他焚烧函件、文稿,以免累及友人,尝尽了国民党的白色恐怖。但是,齐邦媛却没有对蒋氏父子进行批评、苛责。她接受大陆媒体采访时说:"我无大怒也无大乐。"

这又是为什么?蒋氏父子毕竟是台湾这条载着"亚细亚孤儿"(罗大佑的歌曲名)的大船艰难航行的船长。因为"巨流河"已经不是具体的地理坐标,而是历史的象征、心灵的归属;东北人、辽宁人、台湾人、中国人都源自这条河。抗战胜利后,齐邦媛的母亲带着她回乡扫墓;四十八年后(一九九三)她再回乡里,齐家的庄园和祖坟已被革命荡平,犁做了田地。

一九九九年,齐邦媛去南京吊唁"陈纳德飞虎队"飞行员义兄、一九四五年空战殉国的张大飞。张大飞在《巨流河》里贯穿始终。我私下揣测,《巨流河》很大程度是写给他的。他是齐邦媛的初恋。她为他而受洗,成为基督徒。她在书的结尾处引述《圣经·旧约》:"凡事都有定期,天下万物都有定时,生有时,死有时……"

巨流河,被作者称作"纸上故乡",它在静静地流淌,一如大提琴如泣如诉的旋律,舒缓而忧伤,从容而旷达。这位八十五岁的老人分明在告诉你:历史有自己的尊严,这个尊严只能靠时间来维护。

二〇一一年八月十日于北京双泉堡

(原刊登于二〇一一年九月四日《亚洲周刊》)

忧患夜莺

◎昆　布

　　我第一次知道铁岭，是从东北人推荐的电视小品上，如今许多大陆的中国人都知道，谐星赵本山口中的"大的城市"是什么意思。读《巨流河》的当儿，我才发现，这座齐邦媛女士笔下的纸上故乡，也曾经拥有过谐星之外、严肃而忧患的人物。

　　巨流河，这条大河的意象，从六岁开始就成为作者割裂原乡的起点，他们一家由此展开了流离颠沛的旅程，书末她来到哑口海，一个让喧嚣沉默的角落，在那里遥望故乡，作为回顾一生命运的呼应。故乡的概念，到了人生终点，就不光是诞生地的讲究，也是精神归宿的所在。

　　我想起有次在多伦多一所大学里办事，主事的小姐有种奇特的口音，询问之后知道原来她从立陶宛（Lithuania）来，当下我提起诞生在立陶宛的切斯瓦夫·米沃什（Czeslaw Milosz）。他虽是波兰诗人，晚年都在美国度过，却由于名声，产生了归属的争议。从出生到过世，那些流放的历程，经过的地区与国家，日后累积的评价，都会产生后续反应。 也许有一天，铁岭人会以齐邦媛女士为荣，因为文学比政治、流行都要走得更深远，更经得起时代的冲洗。这也是齐女士在书中展现、坚持不辍的精神。

　　齐女士的回忆让我们体会，战争死亡的威胁虽近在咫尺，物质严重缺乏，但求生的意志却更显顽强。还有求学的快乐、真理的探寻、对美的体会，未被轰炸撕丧，反而是大战期间最珍贵的记忆。如同何兆武先生《上学记》里记述的大学生活：思想的自由、阅读的丰盛、名师的启迪、同侪的鼓励等,都成了日后难忘的经历。故事地点不同,一个在昆明,一个在乐山,但求知精神却是同等宝贵。不同的是《上学记》的幸福只到大战结束就截止,《巨流河》却继续奔流。岛屿边陲虽备受孤立,饱经冲击,但她的学术精神却能在那里继续扩大发扬。

战乱紧迫的年代让她目睹一种景象,就是在逃难与战事进行中献身教学的老师,他们代表了中国的希望,给她最深的启迪,也影响她日后的道路。他们传授的知识与价值,让弦歌不辍,促使她早熟,也砥砺她们奋进、抵御的品性与意志:

> 我今天回想那些老师随时上课的样子,深深感到他们所代表的中国知识分子的希望与信心。他们真正地相信"楚虽三户,亡秦必楚"。除了各种课程,他们还传授献身与爱,尤其是自尊与自信。

书中还有一个让人熟悉的场景,地点不同,意识形态迥异,但作者当年目睹的丑恶形迹与苦毒心态却是一样一式,换汤不换药。一九四三年战争还未结束,校园里的政治斗争已经热烈展开。她拒绝参与共产党外围的读书会,旋即因她特殊的背景、对文学的热爱,转而成为她的罪名。那些恶毒的攻讦竟出自熟知的同学:"权贵余孽"、"不知民间疾苦"、"没有灵魂",让她第一次体会政治的可怕与谎言,也让她终生不涉入政治。外族侵略固使国家无法安宁,但人民却能同心协力抗敌,但内斗却使国家虚悬消耗,终致分裂。可笑的是,今天中共已经逐渐摆脱远离的政治语言,竟在台湾热烈流行,成了家常便饭。这岂不是中国人最深的咒诅?

从抵达台湾、面对物质依旧缺乏的年代,她就如此自许,那应该也是他们抗战精神的延伸:"而我,自台中一中开始教书,一半在台湾为人处世,处处都有俯首在那小书桌上刻钢板的精神。"齐女士的刻钢板精神,正是培育人才的精神,也是台湾逐渐振作的根据。她和当年诸多跨海而来秀异的知识分子,以不同的途径,投入不同的领域,建设台湾,作育人才,让经济逐渐起飞,让台湾成为现代化的地区。《巨流河》的历史场景在在显示,一个落后的地方要脱胎换骨,正需要诸多像齐女士和她丈夫这样具有使命的知识人,夙夜匪懈,兢兢业业。她的夫婿从事铁路建设,她投身树人工作。那些具备人文视野、涵养务实精神的许多知识人,借着学习逐步累积建设的经历,同心协力,使得台湾脱离困窘。

书中见证也记载那个政治挂帅、封闭沉闷的年代,如何散布四周,宰制文化的面相。同时我们也目睹开放的历程由来不易,这不光是那些从事政治运动者的贡献,也是许多像齐女士这样深富文化品位,坚持理想的学者,尝试冲撞禁忌,打开意识形态的阻塞,留下的轨迹。当然她们得付出代价,因为迎面而来的政治风浪,有可能打得他们摇摇欲坠,住进恶名昭彰的"保安大饭店",甚至灭顶,消殁于白色恐怖的坟茔。所以她自嘲那几年身居"国立编译馆",是她的"壮胆研究所"。

她表面柔弱,却内心坚毅,时代与家传赋予她某种韧性,使她创造了有目共睹的成绩。特别是她在"国立编译馆"任职,担任人文社会组和教科书组的主任。中学教科书在她的创意视野调度下展现新貌,不只得到赞誉,更嘉惠当日难以数计的学子。书中披露的事例让我想起《美国精神的封闭》里表述的一个重要精神,就是民主制度并不能代表一切,它必须具备一种健全的文化精神才能良性运作。今天台湾政治虽百无禁忌,号称民主,恶质的攻讦扭曲毁谤,充满"声音与愤怒",缺乏的不只是坚实的法治基础,更是那种健康的人文精神。

六十年,也许是一个不错的站口,由此探勘历史分裂后续的种种。正如齐女士在序文里指出的,犹太人书写那些屠杀的种种回忆,成百成千,但中国人经过如许深重的死亡、流离与苦痛,但血泪化成的文字却是那样稀薄,远远不成比例:

> 一九四九年中共取得政权,正面抗日的国民党军民,侥幸生存在大陆的必须否定过去。殉国者的鲜血,流亡者的热泪,渐渐将全

被湮没与遗忘了。

齐女士回望家人与自身遭遇的记述,也是对那段忧伤岁月的重估,抗拒历史残酷的遗忘,也给诸多为那块土地抛颅洒血的人留下一点记录。历史功过不只是成王败寇的判定,齐女士的书写为我们提供了一种更贴近人性、更宽容的视野。

回忆家国这几十年来翻天覆地的变局,作者感叹良多。她回顾当年的同学,有一番特殊的沉痛:

> 半世纪以后,隔着台湾海峡回首望见那美丽三江汇流的古城,我那些衣衫褴褛,长年只靠政府公费伙食而营养不良的同学力竭声嘶喊口号的样子,他们对国家积弱,多年离乱命运的愤怒,全部爆发在那些集会游行,无休止的学潮中。

而悲哀的是,和她同受教育、充满理想抱负的"几乎一整代人全被政治牺牲了"。那不光是家国的损失,更是对人性普遍的践踏。

齐女士对台湾文学特有的贡献,台湾的学者、作家早有肯定。台湾文学得以登上世界文坛,齐女士和许多有心人的戮力与心血功不可没,从书中我们也能领略其开拓的孤寂与艰困。我特别喜欢齐女士为台湾文学所下的定义:

> 自从有记载以来,凡是在台湾写的,写台湾人和事的文学作品,甚至叙述台湾的神话的传说,都是台湾文学。世代居住台湾之作家的当然是台湾文学;中国历史大断裂时,漂流来台湾的遗民和移民,思归乡愁之作也是台湾文学。

以此类推,那些远离的居民,却仍关心岛屿的各种文体的创作,岂不也是台湾文学的一部分?

作者自承太早读了许多好诗，眼界日高，让她自知才华不够，所以不敢下笔写诗。然而她一生吟咏，如同一只在温柔之夜啼叫的夜莺，以澄澈的音色，为自己寻找定位，对抗死亡与破败的忧伤，也抚慰、导引、鼓舞那些战后出生、在迷茫中探索的学子。她的回忆透露忧患的色泽，洞察虚假，以沉静从容的语调检阅生命。《巨流河》让我们看见一个老迈、清醒的灵魂，回顾她艰困的养成，也感叹自己家国的苦难。她的故事，让我们看见一个民族受苦与成长的缩影。

（原刊登于《完美的番红花：昆布阅读笔记》）

第二部 访谈 INTERVIEWS

【台湾篇】

痛苦是不能"经验"的

◎邹欣宁

采访齐邦媛那天,时候已近黄昏。面对摄影师拿出相机,齐邦媛笑说:"Poor me!我最怕照相了。"一会儿她说,带我们去某个地方拍照,因为那里对她有重要意义。那是一条蜿蜒大半社区的步道,每天齐邦媛都要沿步道走上一段长路,边走边想《巨流河》的写作细节。她说:"我喜欢这条路好像绵延不断的感觉。"于是我们一路走,一路拍,不知怎地,很希望这趟散步没有终结,无止无尽……

从前从前,在一个战乱的年代,有个六岁的女孩,她满怀报国理想的父亲因一场战役失败,和家人仓皇逃离故乡。他们从中国辽宁的巨流河畔一路南逃,逃到北京、上海,再到南京。后来,日本人来了,这家人只得再度逃,途经安徽、江西、湖北,接着是湖南、广西、贵州、四川。女孩在战乱中完成大学学业,国家也好不容易抗战胜利,但她逃亡的日子还没结束。在一场内战中,她和家人先后逃到南方小岛,一个叫台湾的地方。在那,女孩成为妻子、母亲、一位为人敬重的学者。时间过去了,她的父母先后过世,埋葬在岛国北方面向大海处,像是眺望东北的老家。如今,女孩已八十多岁,她决定写下自己的一生……

这不是"故事"。在这个岛上,你听过无数大同小异的遭遇,对你来说,这是上一代的故事。如果你从事创作,甚至有些羡慕他们,因为,战争是多么巨大的经验资料库,有无穷尽的题材可供书写。

"但你不能为了过瘾而想经验痛苦。痛苦是不能'经验'的。"齐邦媛说。

这本二十五万字的《巨流河》，不是自传，不是回忆录，齐邦媛没打算说"我"，而是从流亡展开的一生所见——书中固然有齐邦媛对家乡记忆的感怀、对父母和少时倾慕对象的思念，更多却是持平笔调，娓娓道来战争前后的政局情势，学生时代研读文学的始末，以及抵台后的观察和生活经验。

独居的生活很简单，没有人际的牵挂，齐邦媛每天写书，傍晚出门散步，走在社区蜿蜒的步道上，思索她的下一个句子、下一个章节。夜深人静，她有读一辈子也不厌倦的几本书陪伴，谈起阅读，更是满满的兴高采烈，连说："真是太有意思了！"

"你要问我影响我最大的几本书，我的美国朋友们听了一定哈哈大笑，告诉你：Miss Chi 的 bedtime reading 是什么？《傲慢与偏见》！"

年轻时读过，没想到做了祖母后跟着十八岁的孙女重看，对这本书又有了兴趣，只因"凡是她（书中女主角）有的我都没有，凡是我有的她都没有——她没有战争，只有和平，只有幸福和平安。那是神仙似的世界。而我从出生所有的，就是战争和痛苦，"她屡屡掩卷自问，"怎么会这样呢？"

这个问句，很轻也很重。即使如此，齐邦媛仍满心欢喜地把《傲慢与偏见》当做床头书，视力差了，还特别将书印成大字版，分章节装订成九小本，读到书页磨出毛边，再去重印。

另一本影响齐邦媛深远的书，是诗人维吉尔写的罗马建国史诗《埃涅阿斯纪》。她曾以此书为论文题目，因为主人翁埃涅阿斯逃出故乡特洛伊城，最终在罗马建国的流浪历程，令她神往，也生出感叹。

"可以说，我一生有兴趣的，就是流浪。我喜欢西方史诗的原因，也很简单，他们从国破家亡到建立新生活，就像我们从东北家乡逃到台湾，也是一段很长的路。"摊开中国地图，齐邦媛用手指在图上走了一次流亡路线。她不解现在的人们为何能把"抗日战争"当成美白保养品的文宣用语，或视"流浪"为浪漫的经验。"这是命运，是无可奈何之事，不可以开玩笑的。别人确实是不能了解，但这是我的一生，那样拿来玩笑，我不太舒服。"

用四年写完《巨流河》，作息与其他人不同的齐邦媛笑说，管理员只要看大楼最晚熄灯的那扇窗，就知道一定是她。"前几天还有人问我，也不好好吃饭，也不好好睡觉，岂不是诸葛亮一样吗？'食少事繁'。我说，你还有下句没念：'可长久乎？'"

然而，这是她乐在其中的生活。"很多人六七十岁就开始悲伤自己老了，我现在八十五岁，才刚写完一本书，有什么不好？平生大愿已了，我很快乐。"

（原刊登于二〇〇九年七月《诚品·学》）

齐世英齐邦媛　东北心台湾情

◎何荣幸、郭石城

祖父母汉满结合、外祖父母汉蒙联姻，族群融合造就了有"铁汉"之称的资深"立委"齐世英以及台大外文系名誉教授齐邦媛。当年齐世英被国民党开除党籍求仁得仁，如今齐邦媛仍以多元混血身世为荣。从东北到台北，这对外表温和、内心开明进步的父女，已分别在台湾政坛、文坛留下重要一页。

齐邦媛最近出版记忆文学《巨流河》，从大陆巨流河写到台湾哑口海，深刻追忆父母亲与动乱大时代，完整爬梳自己的学思与教学历程。以下是齐邦媛及曾任中兴票券副总经理的妹妹齐宁媛受访纪要：

汉满蒙联姻后代　混得很得意

问：祖父母的汉满结合、外祖父母的汉蒙联姻对家族有何影响？

齐邦媛：（以下简称"齐"）

我的祖母是雍容大度的满人，任何困难都可以解决。外祖母是很骄傲的蒙古人，算是下嫁给外祖父。当初父母亲结婚时，还到过外祖母家行跪拜礼。祖母、外祖母对于家族都有很大的影响，我们真正做到了族群融合，我对这种多元血统是很满意的。

问：齐世英委员当年在东北从事抗日地下工作，对于建设东北却壮志未酬，来台担任"立委"后更被国民党开除党籍，他和前"总统"蒋介石为何渐行渐远？

齐：父亲从一九三三年起支持东北义勇军，后来成立东北协会，组织地下抗日工作。先后送了四百位学生到黄埔军校，希望军人有国家概念。像宋长志（台湾前"国防部长"）、王多年（台湾前"金防部司令"）都是父亲培养的忠贞干部。后来父亲支持郭松龄推动改革，反对张作霖、张学良父子军阀统治，却在巨流河之役战败而开始逃亡。

我要特别强调的是，父亲和蒋先生没有任何个人恩怨。父亲反对的是一九四五年蒋先生安排江西人熊式辉进驻东北，为他的政治势力排斥多年舍生入死的地下抗日东北人，对殉国者遗族亦未照顾，军政人员甚少深入地方民间者，无法真正安定人心，才会导致国共内战东北失守。父亲对蒋先生、国民党并无恶感，但他坚持理念、求仁得仁，才会在一九五四年被国民党以反对党部提案为由开除党籍。

坚持理念被开除　小孩遭跟监

问：齐世英被开除党籍后遭到长期跟监，这种气氛对于家族有何影响？父母亲的家训有何特别之处？

齐宁媛：（以下简称"宁"）

父亲从未向我们解释这件事。我念"北一女"时，只觉得常有人陪我和妹妹一起上下学，当时"北一女"校门口常有一堆男生在等，但这些人实在老了点（笑），而且别的男生跟一段就不见了，他们却是跟好久。

后来我家有一段时间住在白崇禧将军家附近，治安非常好，我到很后来才知道这是怎么回事（指两家都有人监视）。

齐：我那时已结婚住到台中，两个妹妹还很纯洁天真。由于父亲对于东北失守憾恨，对于政治权谋厌恶，因此定下的家训是：三个女儿都不准嫁给从政的人。

问：齐世英素有"铁汉"之称，一生不曾落泪，过世前却常常哭泣？

齐：对，父亲过世前一年多我出车祸，他看到我的伤势后流泪不止。而且父亲生前最后几个月深受往事折磨，总念着留在家乡的同志部属。父亲晚年很感伤，过世前常想着被他牵连的人，因此常常哭泣。

理想主义者父亲　不要名与利

问：齐世英当年以思想开明著称，除了被归类为 CC 派大将，更重要的是他与雷震等人共同筹组"中国民主党"，并且对康宁祥等党外人士颇有提携照顾之情。除了留学日、德，齐世英推动民主最重要的动力为何？

齐：我总觉得父亲有点傻傻的，他是一个成天讲"有中国就有我"的理想主义者，一辈子只关心中国如何发展的大问题，对于政府来台后的"小长安"权位没有兴趣。他被开除党籍后说，他当立委薪水够用就好，他根本不要名利。因此，他才能从民主化的角度来参与组党运动。至于父亲与康宁祥成为忘年之交，是因为他要求国会要有水准，所以他希望把台籍人才带起来，这方面他完全没有外省、台湾之分。

问：齐世英与曾任日本首相的吉田茂关系深厚，当年致力改善中日关系，当今日本首相麻生太郎即是吉田茂外孙，齐家与吉田茂家族至今仍有往来？

齐：父亲在沈阳因缘际会与日本总领事吉田茂发展出半世纪深厚情谊，他过世后留下的少数遗物之中，有吉田茂女儿麻生和子（麻生太郎母亲）感谢父亲前往吊唁等的信。当年麻生和子来台湾时，我也曾陪同父亲接待，我们用英文成为朋友，延续两家上一代的友谊。父亲去世后渐少接触了。

嫁给理想主义者　牵手无怨尤

问：裴毓贞女士一生流离失所，晚年才从《圣经》得到安慰，她对家族的最大影响是什么？

齐：母亲是我们家安定的力量，她天性宽厚充满同情，她过了那么多苦日子，但一辈子不曾抱怨。她很爱我的父亲，既嫁给理想主义者，觉得自己的层次要高一点。

宁："知足快乐"最足以形容妈妈。举例来说，爸爸对需要帮助的人非常大方，儿女常常带一大群孩子回家吃饭，说他们过得比我们苦；爸爸手上的钱也常常用来接济别人，从来不管妈妈的钱够不够用，但妈妈全都承担下来。所以后来我们私下只拿钱给妈妈，不给爸爸，否则爸爸很快就拿去帮助别人了（笑）。

（原刊登于二〇〇九年七月十二日台湾《中国时报》）

附：

铁汉挺民主　康宁祥谢师恩

何荣幸、郭石城／专访

资深"立委"齐世英当年与雷震等人共同筹组"中国民主党"，在台湾民主化历程中留下难以磨灭的地位，但也付出急忙将十七岁女儿送去美国，以免遭受牵连的代价。自认是齐世英"在台湾入门弟子"的民进党大佬康宁祥，则强调齐世英在台湾的民主播种，实已开拓出新的生命境界。

当年筹组新党七人小组，包括了高玉树、雷震、齐世英、夏涛声、李万居、许世贤、郭雨新。一九六〇年"雷震案"爆发，《自由中国》停刊后，齐邦媛回忆："父亲不晓得接下来会发生什么事，所以就把十七岁的妹妹星媛连忙送去美国读书，连另一个妹妹宁媛也差点送出去。后来星媛嫁给美国人，从此远离台湾至今。"

康宁祥则在一九九〇年接受齐邦媛访问（收录于"中研院"近史所《齐世英先生访问纪录》一书）时指出："一九六〇年以后，（党外）全岛联系、照顾工作的总负责人郭雨新，不管事情好坏、大小，全找铁老（齐世英）；一个是绝对反国民党体制、远居南部的余登发，一发生事情，也找铁老。"齐世英对早期党外运动的支持可见一斑。

老康还透露，他进入台湾"立法院"后，常从万华坐计程车到内湖齐世英家中请益，两人定期吃喝对谈长达七八年。"他知道我没钱，每次都从口袋里掏出一两百块，等我坐上车后塞给我。我实在不好意思要，但事实上当时我实在也没钱，这一两百块对我也很重要。"以这个小故事形容他对齐世英提携新人的感动。

康宁祥因而强调："他（齐世英）种下的事业，有人在帮他推动，继续在做。甚至可以说，我就是他在台湾的入门弟子。"齐邦媛则笑称："我母亲常笑我是父党党魁。"她对于父亲始终引以为傲。

外销台湾文学 "译"马当先推动

何荣幸、郭石城／专访

大力引介台湾文学的齐邦媛，先后推动翻译吴浊流《亚细亚的孤儿》、李乔《寒夜》、萧丽红《千江有水千江月》等三十本脍炙人口作品，由王德威取得美国哥伦比亚大学出版社支持，成立现代台湾文学译丛出版英文本，让台湾文学登上国际舞台，其鼓吹设立"国家文学馆"等贡献也备受肯定。齐邦媛的得意门生则包括黄俊杰、陈芳明、杜正胜、陈万益、吕兴昌、林馨琴、邱贵芬、何寄澎、柯庆明、梅家玲等知名学者与文化人，台湾文学研究所百花齐放则让她深感欣慰。

齐邦媛的妹妹齐宁媛从金融界退休后，在阳明山国家公园担任解说员，她常援引阳明山漂亮的彩虹强调："有七种颜色啊！没必要只分蓝绿两种颜色。"分本省或外省人，对齐家人毫无意义。

出生东北却大力提倡台湾文学，齐邦媛因此莫名挨了很多外省朋友的骂。齐邦媛在台大外文系前后共教了三千多位学生，从不分本省、外省或哪里人。杜正胜任"教育部长"时的特别费案送酒名单扯上齐邦媛，她不但没生气，还为学生缓颊："秘书作业的错误，被政治利用。我一生顾念基本情谊，对此无言可说。"

陈芳明日前专程探视齐邦媛时，师生相谈甚欢。陈芳明告别前，齐邦媛紧紧握着他的手表示："我们要做知识分子应做的事。"陈芳明点点头，不必多言就能明了老师的期许，那是一份对台湾真挚的爱，对未来和平宽容的期望。

齐邦媛当年要求学生阅读乔治·奥威尔的《1984》及赫胥黎《美丽新世界》时，并不知道陈芳明会在多年后写下这段感念文字："我对言论自由的向往，对思想解放的期待……都在齐老师的文学解释中获得依靠。"

不仅如此，齐邦媛的暗示与召唤，更是陈芳明从历史、政治回到文学之路的重要关键。齐邦媛自认最重要与最快乐的教书工作，早已在无数门生的身上开花结果。对台大外文系与台湾文坛而言，齐邦媛此刻出版回忆文学，只是对其一生成就的礼赞而已。

把长庚养生村居所称为"最后书房"的齐邦媛，历时四年完成波澜壮阔的《巨流河》，即便是描述少女情怀曾景仰的飞官，她的文字依然典雅含蓄："张大飞的一生，在我心中，如同一朵昙花，在最黑暗的夜里绽放，迅速阖上，落地。那般灿烂洁净，那般无以言说的高贵。"

从东北到台北，齐世英、齐邦媛两代对于台湾民主化、推广台湾文学的贡献，"东北心，台湾情"或许已是最佳写照。东北巨流河是原乡、台湾哑口海是归宿，这对身上流着族群融合混血基因的父女，已把自己写进这片土地的历史里。

（原刊登于二〇〇九年七月十二日台湾《中国时报》）

从容不迫

◎董成瑜

齐邦媛住进长庚养生村四年半,除了刚来时认识的五个人,她几乎不与别人打招呼,更别说交朋友。到自助餐厅吃饭她总是带着书或资料坐在最后排,这样她可以看到谁接近她。当那些慕名而来想认识她或想聊天的人先自我介绍然后问:"我可以坐这里吗?"她就会说:"不可以,我要看书。"再问她就不回答了。

为写作独居独行

她对于伤害了别人情感有些遗憾,但她有她的理由:"我一开始这样,以后就不得罪他们,如果我跟他认识再来往再得罪就是背叛。"她不耐"你有几个儿子?为什么不跟儿子住?丈夫呢?住这谁给钱?"这样的问题。其他问题她也"没欲望回答"。

这位孤僻老太太,有丈夫和三个儿子,一九八八年作为台大外文系教授退休,八十一岁那年自己住进这个六十岁以上才能入住的养生村,开始写回忆录。

《巨流河》,四年后完成,堂堂二十五万字。因此我们就可以理解她说的:"时间是我唯一重要的。"她没有日记,只靠惊人的记忆力、大量史料和她的钢铁意志。《巨流河》记述的是父亲齐世英与她自己的一生,两代人面对大时代大历史,血泪斑斑但从容不迫。

为父亲了解政治

齐邦媛爱吃甜点，有人经她同意来看她，通常会带来甜点，她就当场打开大家吃掉。儿子寄来她爱吃的巧克力，她珍藏着慢慢吃。到处都是书。"我来之前把差不多的东西都丢掉烧掉毁掉，只留少数东西，因为这里摆不下。"书都捐给台大的"齐邦媛图书室"，这里的书很多都是重新买的和朋友寄赠的。为了拍照她涂了点口红，穿上红色衣裳，衬着雪白的头发甚是美丽。她说："我一生爱漂亮，至少要做到不丑恶。"对于我们一直拍照她很紧张。

《巨流河》是因父亲齐世英才有，故事也从这里开始。齐世英年轻时赴日、德留学，回国后与郭松龄将军一同办学，认同郭松龄反对内战、实行民主的革新主张，并参与郭松龄倒戈反张作霖，希望改变东北落入日本手中的命运，结果兵败流亡。后加入国民党，从事地下抗日活动多年。一九四九年来台，任"立委"，与蒋介石不睦，后因反对电价上涨政策遭蒋开除党籍。齐世英长期支持并参与党外运动，与雷震等人组"中国民主党"，雷震等人后来遭蒋介石以《自由中国》冤案入狱。齐世英幸免，一九八七年去世。

八十岁才开始写回忆录，齐邦媛说："我父亲我哥哥都不认为我能做这种事，认为我不过写点文学研究。"哥哥齐振一做过《中央社》记者，一直准备要帮父亲写传，八〇年代到美国办报，因批评国民党，报纸无人敢出钱而被迫停刊，写作计划也放弃。"他放弃得太晚。等到我想到要写时已经太晚，可是还是来得及，他们认为我不懂政治，其实政治不那么难懂。"

失东北愧对同志

齐邦媛将父亲早年与郭松龄将军反张作霖兵败，以及后来长期从事抗日地下活动,与她流离不安的童年、整个求学时代交织写成。她写出父亲当年的心情:"一路上打的都是胜仗,为什么当沈阳灯火可见的夜晚,我们就是渡不过巨流河?"巨流河是清代称呼辽河的名字,"辽宁百姓的母亲河"。

她拿出几个月前《时代周刊》(Time)的一篇回溯雅尔塔会议的文章,她指着当时的世界地图:

> 整个这样一块东北,当时在战略上是最重要的,次于德国和最早的战线日本。不是我们自己说,是西方国家都认为东北很重要,这其中的憾恨在于,我们的生命完全由别人支配,没有发言权。我父亲对郭松龄失败最伤心的是,我们曾经有机会可以把东北握在自己手里。
>
> 我父亲也不完全是为了那个地方,也为那些跟他革命的人死得冤枉。他觉得对不起他们。当初是因为他去组织,鼓动他们出来抗日,那些人都是有职业的人,不是没职业才去抗日。

齐邦媛在书中回忆,童年时母亲有段时期常要接待来自家乡的革命志士的家人和学生,有一天,一位伯母和她母亲在屋里哭,母亲要她带伯母的两个小男孩到院子玩,小兄弟说:"不知为什么我爸爸的头挂在城门楼上。"

直遭逢"六一惨案"

齐邦媛受父亲影响很大,父亲长得英挺帅气,不骂人,不说无聊话(有人说无聊话他会生气),还有:"我父亲不喜欢表演,他最早被国民党开除时,新闻界对他很有兴趣,他都笑而不答,没有一点倒霉的样子。人倒霉的时候不要看起来倒霉就不倒霉了。"

齐世英晚年接受"中研院"做口述历史，只肯讲到一九四九年来台，之后的事不愿提及。"是因为他不愿批评蒋介石，君子绝交不出恶言。"父亲的行止齐邦媛不但一生遵行，她还郑重告诉我，将来若离开《壹周刊》，不论高不高兴，都不要骂黎智英，否则将看不起我。我连忙称是。

齐邦媛自己的生命历程亦是惊险万端。她的求学过程因战事而流离，一九四七年读武汉大学最后一年时，更遇上"六一惨案"。当时正值国共内战，学生运动风起云涌，那天校园发生警备司令部进入武大校园逮捕共产党师生事件，三名学生被枪击死亡。齐邦媛由于父亲的背景，并未参与学生运动，早已被同学排挤，事件发生后，她被愤怒的同学要求写悼文。她诚心写完，同学也未再为难她。

太平轮接不到船

至于那时为何没有像大多数的同学那样左倾，齐邦媛说："因为我在那样的家庭长大，我看到中央政府重要的人物，他们都有些理想，不是那么腐败，而且多半都是知识分子。我们那些同学，或像闻一多那些人，连政治的边都挨不上。他们不知道中央那些是什么样的人，而我知道不少。我写这本书还有个力量就是，我很想留下他们那一代人的样子，这代人已经没办法了解。"

不久她毕业了，时局很乱，父亲的好友马廷英负责从日本人手中接收台北帝国大学（即台湾大学），外文系需要助教，齐邦媛便拿了聘书和父亲为她买的来回票，来到她日后将埋骨于此的台湾。

一九四八年结婚后，中国时局更乱，许多人开始搭船逃到台湾。她与丈夫时常要到基隆码头接父亲的友人。她回忆："最后一次去接船是一九四九年农历除夕前，去接邓莲溪叔叔和爸爸最好的革命同志徐箴一家六口。我们一大早坐火车去等到九点，却不见太平轮进港，去航运社问,他们吞吞吐吐地说,昨晚两船相撞,电讯全断,恐怕已经沉没……"船难至今六十年,"我两人当时站在基隆码头,惊骇悲痛之情记忆犹如昨日"。

太阳快下山了,我们要抓住最后的光线在外面拍照。齐邦媛起身带我们去她每天傍晚散步的小径。一路上都是树,树上开着各色的花,静谧而美丽。"在这个地方,我把过去一寸一寸建构起来。想下一章、下个句子要怎么写,有时脑袋很忙,但也很快乐。在城里可不能这么做。我在丽水街住时几次差点被车撞了,因为我常常在想事情。"

爱独处最后书房

二十五万字写不完这两代人,如何在历史的汹涌波涛中努力挣扎不致灭顶。几年前齐邦媛曾住在美国儿子家,每天早上媳妇开车送小孩上学,把她送到图书馆,小孩下课,把她一起接回。再之前,她有很多年都保持一个习惯:每逢生日,她一个人到垦丁福华饭店住一星期,面对大海,读书、写文章。她一直都需要独自的空间。

"我念中学时宿舍十八个人一间,一直到五十多岁了,都在人堆里活着,人山人海。"她拍拍养生村她房里的这张书桌:"我到这里来,第一眼看到这张桌子,觉得跟福华饭店那张很像,我大叫一声:'这就是我要的!'"她把这里叫做"最后的书房"时,复杂的迷惘与失落感中,心里必是也有些喜悦的。

(摘录自二〇〇九年九月十七日《壹周刊》,此篇为精简版)

巨流河滚滚冲刷家国悲情

◎张殿文

小说家白先勇形容《巨流河》作者——前台湾大学外文系教授齐邦媛："她一生只能用一个字来形容：真！"并且强调她在中国近半个世纪动乱中是"守护文学的天使"。谁又会想到这名"天使"在八十五岁高龄，在台塑养生村里耗费四年时间，一举完成史诗场景的自传，来见证中国近代史，阐释悲悯的深度。

本书最可观，也是最可贵之处，就是作者以"受教育"及"教育者"身份，见证了一九四九年前后中国往前五十年、往后六十年的发展和理想，这些理想不因台湾海峡而阻断，经由齐邦媛的《巨流河》，整个历史更生生不息，更有力量，也不枉"文学天使"退休后的毅力，远离亲爱的孙儿和学生，伏案完成巨著。齐邦媛说，专心一志下笔，总要牺牲一些生活中温暖舒适的习惯。以下是专访内容：

亚洲周刊：（以下简称"亚"）
你毕业投入英美文学教育，把台湾小说翻译给全世界，一向给人温和的形象，许多人都很难想象这样一部充满了历史能量的巨著会出自你手？

齐邦媛：（以下简称"齐"）
中国人因为无知，而被日本人欺负，愤怒其实一直在我心里，和从事教育工作无关，所以很多身边的人不一定了解，就像荷马史诗《伊利亚特》(The Iliad) 的第一句："I sing the rage of a man."我不但愤怒，而且是很大的愤怒！因为我真的在场。至今仍想不通，日本人对中国人的轻视何以至此？他们入侵初期夸言三个月拿下中国，用装甲车跑，如入无人之境。日本岛国军人可以跑到中国来搞得千千万万人家破人亡，而俄国人又在日本投降前一星期宣布参战，就可以分配整个东北资源？我更不能接受的是，张学良二十岁时在没有经验、没有训练的情况之下继承了东北，决定了东北人民的命运，这本来就是件荒谬的事。而受了蒋经国自以为是"俄国通"的影响，其父蒋介石派出了不了解东北的人去和俄国商讨东北的前途，就这样轻易地决定了东北人的命运，那些曾为东北而死的数十万军民何等令人悲悯。

亚：所以你是靠悲愤完成了这部作品？

齐：我会用这四年时间写完二十五万字，别说我的学生想不到，我的朋友想不到，恐怕连我去世的父亲都想不到。这件事就算要做，他们会想应该是我哥哥（齐振一）来完成，诚如书上所记，我的哥哥是《中央社》胜利后最早随军记者，后来又担任《大华晚报》总编辑，一直到《大华晚报》报道宋美龄出国，他被当时警总约谈，到底是哪一位记者透露的蒋夫人行踪，我的哥哥坚持不说出记者姓名，最后被开除了。不过我们认为真正的原因，还是与父亲在一九五四年被国民党开除党籍有关。一九八〇年哥哥去了美国，办报未成留在美国了。唉，我们家全都是当权者眼中"太不驯服"的人吧！

亚：不过这部二十五万字的自传式作品，震撼了台湾的读者，甚至在大陆也受到重视。

齐：写作过程之中我一直告诉自己，不要渲染，不要抒怀，尽量让历史和事实说话，所以我很高兴政大教授陈芳明说，这是一部用简单句、肯定句完成的作品，其实完整版是三十多万字，但是考虑现在读者一时接受不了，所以控制在二十五万字。像许多读者问我，为什么张大飞的父亲——沈阳警察局局长——被日本人用油漆烧死，而不是用汽油？我才另外解释，汽油几秒钟就可以把人烧死，但是日本人用油漆可以慢慢把人烧死。另外有些值得回味的故事，你知道一面逃难一面如何教书？有一位化学老师就直接把公式用粉笔写在他的黑色大衣背后，让学生一面看着他的背影一面记诵，晚上把大衣上的公式擦掉，再记另外一个，白天让学生记诵。有太多这种小故事，但我书上都写不下了！

亚：你对历史的愤怒写作是否有和强权对抗的企图？

齐：我不是赶热闹的人，更不怕历史被强权者所诠释，如世界笔会宗旨，The pen is mightier than the sword，因为在一个大的文化之中，总是会有人慢慢开始真诚地面对历史。上一个月《时代》杂志还特别刊登了一篇文章，回顾了雅尔塔密约中"伪满洲国"只是列强谈判的筹码，中国本来就不在场，却被别人决定了命运。诚如历史学家Jay Taylor 的 *The Generalissimo* 书中一再引用资料，说明了蒋介石在和中共谈判的过程中，不止一次有放弃东北的准备，东北人也无法决定自己的命运。我想探讨原因，中国和东北，为什么终于无法守在家门口，保护自己的人民，决定自己的命运？这也是为什么我的父亲从德国海德堡大学归来，决定投入教育，因为唯有教育，才能提升人民的素质，不会被军阀和列强决定fate！

亚：其他描写横跨一九四九前后的一些作者，都前往斯坦福大学参阅蒋介石日记作为重要参考，你为什么没去？

齐：蒋介石的分量在我这本书中并不重要，而且他的一些政策其实蛮清楚的。

亚：你书中描写的南开中学相当生动，张伯苓校长的"中国不亡，有我！"强调个人的力量与品位的教育相当成功，这也是近代史上文学作品少见的题材。

齐：你要知道，当时中国空军飞行员有一半来自东北，三分之一来自广东，为什么？就是因为这些地方更快接触外在世界，了解国家被欺负成什么样子，只要人民知识够、自觉够，自然就有更强的爱国意识，当时国民党其实也是相当重视教育，否则不会把这么多粮饷资源和交通资源分给学生,保护学生到大后方,这也是孙中山先生用教育来报国的理念。

亚:不过最后国民党还是在接下来的内战中失败了,历史只好让给胜利者诠释,你个人觉得在台湾的"失败者"应该如何看待这些历史?

齐:首先,我并不同意所谓"失败者"的说法,像我父亲,像郭松龄将军,像无数愿意为国牺牲的人,他们知道死亡、危险都在眼前,但是他们也都清楚自己的理念为何,以他们的条件,要在日本人、在张作霖下面做官太容易了,但是他们选择了自己的理念。郭松龄和他燕京大学毕业的妻子,死后被张作霖在广场上曝尸三日,但是没有影响我父亲改革的决心,我认为他们是真正的"悲剧英雄",他们如果不是英雄,那大家都去赚钱就好了!因为世界上有许多不同价值成功的人。

亚:据我所知,这本书已被制片人注意,被认为是中国版《飘》的绝佳题材,如果被改编成电影,你有什么看法?

齐:我希望自己有生之年都不要看到电影的诞生。商业化不是我的目的,我也还没有细想这个问题,但纯文学作品都很怕电影的刻板处理,让人物的"纯真"复杂化了,这对理想的"纯真"是一种亵渎。郭松龄将军死时四十二岁,他的夫人三十八岁,那些飞虎队的飞行员如张大飞,二十六岁就殉国了,他们根本连自己失去了什么都不知道。简单的爱情故事,或说初萌的钟情,很难成movie,把他渲染成热情,不公平,也对不起这样一个纯洁的人。再说我父亲,二十六岁留学回国,在家乡的时间不到三年,一生随着抗日、内战,最后到了台湾,最后被蒋介石开除,我不知道电影会如何表达这种命运的内涵,我只怕任何具体化的表现会亵渎了难以言说的、生死投入理想的纯真!

(原刊登于二〇〇九年十月十一日台湾《亚洲周刊》)

书房里的星空

◎ 简　媜

壹·漫谈

　　在我面前放着一个纪念性的马克杯，杯身印着一张海边大合照，那是去年（二〇一〇）早春二月，齐老师邀请在《巨流河》写作期间催逼有功的"亲友团"至垦丁一游摄下的。携家带眷共十四人，她一心要带大家去看看她的"哑口海"——去不了源头"巨流河"，到终程"哑口海"亦足以在形上层次参访这部作品的心灵历史现场：一种宿命，一趟浪与浪低吼相续的漂流之旅，一群人凋零与幻灭的心灵现场。

　　连续微雨的垦丁，天气意外地在我们抵达时放了晴，哑口海，这个无路标、不存在于观光导览手册的名字，竟在每个人的脑海澎湃着；那是灵视才能指认的风景，从绵延的礁岸辨识那宛如张着大嘴的崖湾、自奔腾而来的浪涛中听出齐老师所指的"沉默的浪群"。

　　"就是这里，哑口海。我这几个月的心愿就是要拉你们来看看，我是很认真的！这海湾的名字对我这本书有极大的意义。"齐老师诚挚地说。

　　雨幕与晴纱交界之日，微暖的春阳洒在海面上，既清晰又氤氲，一行人在哑口海边留下合影，历史的沉默与喧哗的现实同在，曾经被遗忘的，因裹入新事件遂有了新的记忆长度。

　　我们的对话之约是去年冬风最烈的时候定下的。那时，虽已过了《巨流河》出版周年庆，齐老师仍被排山倒海而来的事务缠住；每一件都独特且重要,重要到必须抽几根疏松的八十六龄骨头才能击退。由电话中喊累语气之强弱缓急,可以判断剔肉抽骨犹如反手抽箭射中敌兵之激烈程度——我十分佩服,次日老师还能从泥泞般的疲惫里爬起来,稍作喘息,继续与下一个笑呵呵胖嘟嘟的敌兵做殊死战。这还没完,勤奋的主编除了重整三本旧作又要催促一本新书;文字是芬芳的呼吸,是储存灵魂的古瓮,是不能抗拒的捕梦网,老师又栽进去了。那时的我,也被庞杂的事务绑着,每日一醒,总有上山砍柴、与野猪搏斗的想象,有时同一头猪还偷袭我好几回。不论中年或晚岁,只要还在人间就得受人间律则管束。对谈之约,好像散步时自路边摘下的小野花,放入口袋,久了,变成一朵刺青。

照说,履约之前应该认真设想严肃的对谈内容,然而耳畔响起的却是漫无边际的闲谈,都是角落里的事。

五年来,旁观《巨流河》撰写过程及其后续发展,此时浮在我眼前的都是细节。那发着萤火虫小光的细节,不会被正式的文字收留,却能从其隐没、蹿出、低飞的路径勾描出一个负轭者的人生轮廓——能同时被五六个奖坐镇的人生,岂是容易的?在只有我们相对的有限时刻,话题、情绪恣意跳荡,学术语言、文学句法、家常口吻自由切换,穿梭于战争、文学、家族、疾病、诗、历史、革命、漂流、女性、学术、情感、生活……无拘无束任意跳接,间或穿插一封意想不到的远洋来信,或推敲几行句子,或转身评论一则不像话的新闻,或翻查一段史料以佐证笔下所言不虚,或仅仅是一个突发的幽默值得笑几声,或某某学生带来的巧克力现在就吃一颗吧。我变成一个奇怪的旁观者,非亲非故,亦非课室内的门生弟子或鸡犬相闻的邻人,却无意间擦身而过,看到了某些稍纵即逝的现场。

数年前,《巨流河》写了大半,尚在匍匐前进。有一天,齐老师约我到丽水街,她说她得"亲手拆了这个家"。

隐在通衢大道后的一条静巷,朱门内一棵高耸的玉兰树,叶大如碟,每碟足以躺一尾鱼。佛手样的玉兰花在树上捻指,香氛如烟。

几栋宿舍共用的庭院静悄悄，没有人味，只有一地枯叶，几面粗墙爬着绿油油的藤蔓，清幽里透着荒凉。老师家在三楼，虽然摆设如常，收拾干净，但一间屋若欠缺人的体温渥着，就有湿木与冷铁的味道。

老邻居或搬离或大去，院内只剩一两盏灯火。此时，家人散居各处，老师也迁入养生村，决定归还住了三十多年的铁路局宿舍，满屋的起居用品，必须搬空。我问："怎不请人整理？"她说："儿子说，全部车到福德坑丢了算了，我一听，几个晚上睡不着！"我深知搬家的规模有多大，看一条瘦瘦人影飘来飘去，顿时手脚俱软。然而，这种事确实必须自己动手，谁也不能帮谁整理记忆。

必然是藏在壁缝柜顶桌底的往事听到女主人回来的声音，一起醒转了。她指着一把椅子说，丈夫未倒下前，习惯坐在那里看书报；这幅画，是哪一年哪个人送的；这棵圣诞小灯树在哪里买的，每次回来都要打开一下，看这灯就觉得温暖；这房间是儿子睡的；这整套大同碗盘是宴客专用的；这一块石头是从黄石公园带回来的；这是德国买的玻璃杯子，藏着一朵瓷烧栀子花……她走到厨房倒水，说，未到养生村前，晚上一个人在厨房洗杯子，觉得背后一阵黑浪，那阵子吃了很多小黄瓜蘸酱。卧房小几上，站着装框的全家福照片，仿佛一家五口还挤在一张大床上。她说，这些要搬到养生村，这些，要送人。她像穿了飞鞋的珀尔修斯（Perseus），在空荡的屋子里挽救只有她才能辨认的记忆，独自击退能令一切化成石头的美杜莎（Medusa）。我跟不上她的脚步与话语，只是盲从地忽东忽西看着。每件物品贴了小字条，依旧是工整的字迹，镂刻着恋恋不舍的往事，却也像一笔一画在挥别。

她说，这是书房，终于有自己的书房。这屋子厨房太大，书房太小。

我既是初次也是最后一次踏进这屋，是以，有着不同的观看角度。如果，我是一个庸俗且急于变现的小偷，对墙上的字画与月历全无认识，那么大概会暗叫一声今晚真倒霉，这户人家连个值得偷的东西都没有！如果，如果我是五十年后才出现的年轻人，偶然间在图书馆读了一本叫《巨流河》的纸本老书,被那个可歌可泣的时代、一群洁净晶亮的人所感动,竟有机缘踩着时光回转的路径,踏入作者的屋子;逡巡那狭小的书房宛如驼队旅程里的一块小绿洲,那堆叠的中英文书籍,保留古今文学心灵吹出的哨声,书桌上即将淹没桌面的文稿信件,那些重要会议照片、全家福与孙辈寄来的卡片,那墙上挂着的画 The Reading Woman,那用来标记重要事件的五颜六色的便利贴……如果我是来自未来的人,我有什么感触呢?我会如设想中的小偷一般,认为这是一个"不值钱"的人生转头就走,或是,站在这狭仄的书房里,听到不知从何处发出仿佛来自幽谷的喟叹,感觉即使是书桌上的灰尘也说了几句跟生命相关的箴言,因而仰起头来,觉得此刻的自己离星空最近。

然而,这只是我瞬间的想象,我暗自哑笑,这些都不会发生,作者正在亲手解构呢。

老师站在餐桌前唤我,指着靠墙的位置说:"当年,'两路案'在闹的时候,我先生就坐在这里写自白书,三更半夜,大家都睡了,他坐在这里一遍又一遍地写。"

一转身,她从抽屉拿出一沓信件纸片,说起先生病倒后住在关渡医院,她去看他,只能笔谈。她描述那无比折磨的病况,鲸豚搁浅在沙滩上的那种痛苦。

"我先生是真的爱我,到五六十岁了还说:'我就是爱她。'他第一次倒下,醒来问儿子:'你妈妈吃什么?'他对我很好,他是善良的人,绝不侵略别人。"

纸片中,有一张纸上交错着歪斜与端正的字迹,一行字写着:

"你还要活下去吗?"

之后,我偶然路过丽水街,弯进那庭院,玉兰树还在,气氛全无。被收回的宿舍有了新主人,新油漆新盆栽新招牌,来来往往的人都是新的。贮藏在这宁静小巷的老岁月,她的屋檐、她的书房、她的锅炉、她的根须,俱往矣,俱往矣!

贰·对话之一

今年溽暑,我到养生村,发觉老师的体力明显地下滑,疲累已淹至胸口,走几步得休息,像极了在水潦中行走的人。但即使如此,我们两都同意必须买一杯咖啡上楼,算是对这水深火热生活的小小反抗。

踏进老师的小屋,又被地上一捆捆的书给吓了一跳,数年前丽水街的书房景象重现,我问:"老师,这是怎么回事?"她说她厌倦了在人堆里行走,儿子备了屋,要接她到身边住。

我对捆绑的书有异样的感触,直指一种飘浮状态,暗示人生总有难以言说的困难。突如其来又看到准备离去的现场,我应该担心这些预兆吗?

幸好,音乐适时地冲淡了一些灰色思维,于是在混而不乱的小书屋,在随处可听闻的书册的窃语中,齐老师谈及"后巨流河时期"的种种变化:儿子们去四川,特地到乐山文庙拍了一些照片回来,大成殿——当年朱光潜老师的办公室,棂星门——贴号外的地方,用他们的眼替妈妈重温往日时光;也带了一束花去南京张大飞的墓,抗日航空烈士纪念碑上的字密密麻麻,其中一行:"张大飞,上尉,辽宁营口,1918.6.16—1945"。

一切都是真的。

"您知道他要去看张大飞的墓吗?"我问。

"不知道,没跟我讲。"

似乎有点儿气恼为什么事先没跟她说。于是,岔出去讲母子各有各的"耍驴"技巧,其描述颇具 3D 立体效果,近似电影《阿凡达》。我问,他们对《巨流河》有何评论?老师学儿子的口吻,雄壮威武:"很好,写出来很好。"顿了一顿,自己笑着补注:"不是说你写得很好,是写出来很好。"

"要不然呢?您希望他们说:我看了好感动,躲在棉被里哭到天亮。这种话是读者说的,儿子说不出口。"

由于不在场的人提供了笑料,我们的对话因此有了愉快的开头。

■关于未及书写的内容

简　嫃：(以下简称"简")
出版两年了,关于内容,是否觉得哪些地方还没写够?

齐邦媛：(以下简称"齐")
有人说,在我的书里没有黑暗面。这是真的,没有黑暗面,我父母一生没做过需要躲起来的事,没有做不能写的肮脏事情,光明磊落。在东北沦为"伪满洲国"那几年,我父亲负责策划支持地下抗日工作。大家出生入死全凭诚信,最恨背叛与陷害。说不定这就是为什么我一定要写他们,我觉得他们很难得。

简：也影响您?

齐：我尊重诚信的人和积极的活法,我看人先看你衣服上的花,没看上面可能有小洞,这应该也是很正常的人生存在的理由吧,看美好的一面。

简：您从小就这样吗?看光明面。

齐：我从来没想过要整人家一家伙什么的,其实我从小就是个崇拜者,很容易崇拜别人。什么都崇拜,我连我家那两只鹅都很崇拜。

简：哪来的鹅?

齐：我祖父有个勤务兵是个孤儿,叫赵同勤。我祖母一叫:"赵同勤!"他马上立正说:"有,夫人!"祖父去世后,他跟着我们到北京,住四合院,进门的地方,赵同勤不养狗养了两只鹅,鹅是看家的你知道吧,看到人就猫追耗子似地追过来,凶得很。我也蛮崇拜赵同勤的,他每天早上扎着绑腿,在那儿打太极拳,威风得不得了。

其实我祖父也蛮值得写的。他在奉军做到旅长也算中上等，第一次直奉战争，他的部下有些战死了，抚恤金不够发，我祖父回家叫祖母去卖田（清朝中叶鼓励屯垦荒地，耕种者可以领地。我祖父有四兄弟，领地不少。他不愿守在山村，出去投军）。我记得祖母讲过，田一天一天地卖，一天是十亩，给有困难的人家安顿。

　　我母系那边也很有故事。我大舅是被马踩死的。姥爷家在东北是大户人家，收成的粮食用马车送到火车站，马受到惊吓，发狂起来把大舅踩死了，五十多岁的外婆悲伤过度把眼睛哭瞎了。我听我母亲讲这些，庶民生活、家常经验，就觉得整个东北是活的，跟我从父亲这边听到的以及后来读中国东北史得到印证的面貌虽然不太一样，但都是一体的。我母亲蛮有说故事的才能，如果我的体力精神能好一点，应该写一写姥爷这边。

　　事实上，我姥爷对我父亲而言就是个知音，他认为这小子有出息。他明明知道我父亲不是个能安分守己的人——从小就想反抗这个反抗那个，可是他喜欢这小孩，从一见就喜欢这小孩。他把宝贝女儿给他，而且是主动给他。我听了很多他的故事，觉得姥爷很了不起。当年，他听到女婿在南京不能回来，放女儿在家，这事该怎么个了局？他对我祖母说："亲家母，他们能团聚就团聚，不能团聚，女儿我带回家养着。"

　　他把我们送到南京，对我父亲说："我给你送来了，你想想，你怎么个主意？"

　　我父亲说："爹，您放心，这么多年她帮我撑着这个家，我不是没良心的人。您放心，您回去吧！"

　　姥爷对我父亲是赏识的，他始终认为我父亲是对的，如果他来台湾，肯定也是我父亲一党。这很难得不是吗？

　　我记得姥爷第二次来南京的时候，我七八岁。我父亲不让我们小孩到处跑也不让看电影，姥爷对我说："来，我带你去看电影,别让你爸爸知道。"我们到南京新街口看电影,我记得非常清楚。

简:蛮时髦的。

齐:是啊,他是个处处对人生充满好奇、很精彩的人。我听我母亲讲,姥娘瞎了以后,坐在炕上,姥爷始终舍不得这个老伴,无论什么外头的事,回来就讲给她听,很细心的。后来姥娘死了,姥爷天天去坟上拔草,又把每天的事情讲给她听。他自己身体也不大好,最后一次上南京看我母亲,看她操持一个家又怀了孩子,蛮幸福的,回家后对别人说:"我这回心里没记挂了!"没多久就死了。我觉得姥爷是个很棒的人,真希望能多写写他。

简:知音这部分很难得,还把女儿嫁给他。

齐:是啊,我父亲跟我母亲也像那样,也许表面上外人看起来不够亲密,也没送花也不会买好吃的甜点,不过晚上回到家等孩子睡了总是慢慢说些话,人间的感情怎么说呢!我母亲是很能专情的人,也曾是革命伴侣。中年之后来到台湾,父亲的内心世界一片荒凉,也许不是我母亲可以完全进入的。我母亲虔诚地信奉了基督教,且积极投入儿孙的世界。七十岁跟孙子看少棒赛,很内行地帮红叶队、金龙队加油。一生从北到南,何等人生!

■关于搬迁与离去

简:老师您打算什么时候搬?

齐:七月。我是二〇〇五年三月来的,六年多了。前几天,我请阿霞把夏天的衣服拿出来,我说,没想到能穿上第七个夏天的衣服。阿霞说,老师您怎么这么说!每年收夏衣时,我都想,不知道明年能不能再穿上!

简:听起来很伤感!

齐:找你来,就是要谈谈生死的事情。

简：您真的想谈？

（书桌上，有个牛皮纸袋装着《预立不施行心肺复苏术意向书》，靠墙站在显眼的位置，这已是宣告了。）

简：终究，我们要碰触终极主题：生与死，永恒与刹那，流传与消逝。老师您这一生摄取了古往今来文学、史学、哲学精华，想必有不同的看法，您怎么看待自己这一生，有没有遗憾？您经历过不同的死别，怎么设想必然会发生在自己身上的事？如果那也是一种旅程，您有所准备吗？您设想过旅程最后的归宿吗？如果，当您阖上眼睛之后，不再有人珍惜您的文字，不再有人记得您曾经做过的努力，您会预先感到怅惘吗？如果，舍不得您、呼唤您的人像湖面上不止息的涟漪，您会留给他们什么话语？如果，有一面光滑的石碑交给您，您会写下什么样的墓志铭？

（这小书屋顿时像地底三尺的小地窖，门紧闭着。）

齐：我从小看过各式各样的死亡。弟弟三岁夭折，我陪我母亲每天去小坟上哭他，西山疗养院跟我同病相怜的张姐姐忽然去世，一岁半的妹妹在逃难途中夭折，祖母病死，抗战时到处都是触目惊心的尸体，张大飞殉国……死亡对我这一代人而言，太稀松平常。

我的睡眠很糟，每天得吃一颗安眠药，换得一宿无话，第二天就像活过来一样，又是另外一天，好像另一个人生。我没有觉得恐怖。

我现在常问我自己问题：我还舍不得什么？急切地舍不得什么？你说山这么美，月光，花树，当然会舍不得，但基本上我不贪心，我觉得自己享受过很多很多。我每天吃完安眠药，没有感觉，睡着了什么都不知道，地震、声音都不知道，没有惊醒的时候。已经十多年了，不是很自然的睡眠，不像一般睡眠会像河一样流动，比较像一种死亡现象。舍不得什么呢？……

靛蓝夜色从窗口飘了进来，更衬托这话题的重量。我们之间存着薄薄的一片沉默，灯光下，小书屋好似融入一望无际的黑沙漠，眼前的路径纷歧，星光闪烁，挥别的时刻到了吗？

"现在几点了？"老师猛地问。

"快七点。"

"哎呀，这么晚了，阿树等我们吃饭！"

真好，回到人间了，回到阿树厨师亲手料理的猪脚花生汤与油饭的包围里。

叁·随想

回溯过去不可计数的话语中——讨论文稿的电话空隙、餐会后一小段散步、旅馆房内闲聊，有一个主题时常以朴素的面貌跃出：

"简媜哪，如果有人觉得我的一生很幸运，那真是个笑话！"

必然是一阵极深沉的疲倦袭击着衰弱的身躯，肉与肉、骨与骨挡不住了，遂被推入深渊状态，以至于瞬间无所依靠，积存在内心底层的一股累意时撑住了她，那一生的累意像是荒漠中的线索，她依随着，开口，叹息，寻得语句，才能回到生命的现场。

"不是吗？我猜有人会认为您是个受恩宠的人，得天独厚。"

"简媜，我的四周太多现实人生的炸弹，就是没把我炸死！"

沉默。

"其实，老师，"我说，"在《巨流河》之前，您给我的印象是单纯、清晰的，就是一位学者，进入《巨流河》，我发觉您变得复杂——怎么说呢？我隐约发觉您大半生都处在一种艰困的对峙，处在铜墙铁壁的夹缝中，而您用厚重的布幔把这些都遮住了；我现在明白您心里积着一代人的历史郁闷情结渴望高声喊叫，除此之外，还有别的。我是以一个作家及挑家庭担子的女性心理来感受的，您在字里行间不经意流露了油锅日子，当然，后来大部分文字被您删减了。可是，我看过口述记录完整版也读过原稿，很难忘记那些事件。譬如，您曾经申请出国进修，原本通过了，竟被黑箱作业做掉，您跑去主办单位问明白，那人老实告诉您：获选的那个人是个有力人士。您写到，那个人已是有钱有名望的社会知名人士，为什么要跟您这么想读书的穷年轻人抢机会！您气疯了，竟冲到墓地像牛一样狂奔，精神受到很大的刺激，气这么大的学术机构为什么这样对待您。我知道那时您家的经济能力不好，没有奖学金等于毫无希望出国深造，您追求学术天梯的梦几度被敲碎，必须回到活生生的油锅边。也因此，当我读到您在印大（印第安纳大学）时拼死命读书，却无法再延长半年拿学位，坐在草地上俯首哭泣许久，我有很强的感受，那几乎是哭自己的学术梦的挽歌。也许，别人很难理解，为什么对您而言这会是个遗憾？"

"我这一生，为读学位打了很长的烂仗，吞咽了很多失望，但是今天回首，似乎都不值得了。"

"您怎么能够一面打烂仗一面维持优雅的学者形象？"

"跟我父亲有关，"老师毫不迟疑地说，"尊严很重要——你从我书里处处可以看到，绝不妥协，个人的、国家的、民族的。我自己的事，我够强，不需要得人同情，我个人的完整性很重要，忍受得了要忍，忍受不了也要忍。"

"我打从内心喜欢美、宁静、和谐，但油锅边的日子不会是美与宁静。我一向知道我够聪明能念书，却不得不把最好的时光拿来打烂仗。孩子小的时候，没有电锅、洗衣机、冰箱，长期睡眠不足。我几度想逃，such a life！我们这一代女性没有太多选择，别人也不明白你为什么要做这种选择。我在课堂上不必打烂仗，唯一可以说心里想说的话。当年去印大，我对三个儿子感到抱歉，儿子在日记里写：为什么妈妈不在家……我记得他们小时候，台风天停电了，我回家看到他们躲在桌底下。……我以为他们长大了，其实正是需要妈妈的年纪。我一生充满亏欠……"

沉默。一个母亲的沉默。

"如果时间重返，"我问，"您还会出国念书吗？"

"会。"坚定地。

既然如此,就以无论如何都能长得雄壮威武的壮汉之手,把一个母亲的歉意拔除掉吧。人生,总有各自的憾恨,只能经历,无法多言,因为憾恨从没有可对应的语言。

"我一生郁闷,多少想做的事埋在心里。"老师说,"八十一岁搬到养生村,套我母亲的话'玩完了',没想到忍死以求时间宽限,能把书写出来,争了好大一口气!"

"是啊,虽然打了烂仗,最后完成心愿,也算不虚此生吧!"

行进间,走在前面的老师停下脚步,回头看着我,说:

"何必此生。"

肆 · 对话之二

桂花飘香的九月,在天母的花园之屋,我们继续对话。

宽敞的屋里,甫安顿的样子,熟悉的书椅、惯用的家具都在,把旧生活都搬来了。客厅连着餐厅,都已书房化,因为餐桌、茶几、书桌都是书。老师的老年生活跟别人不同,上了这年纪的老者家里到处都是药袋,齐老师仍然到处是书,书比药重要。别的老者热切宣布、讨论、阐述、研讨、注解、传播自己一身的病痛,齐老师不想花时间背诵病历,顶多以金圣叹眉批法说:"觉得累""会喘""不爱吃东西"。讲得最多的是:"我的心肺功能弱,左半肺纤维化,需要受照顾,却不太习惯。做了检查,医生说,心电图正常,我听了蛮失望的。"说完咕咕笑了几声,这算是幽默小品文的规模,听者本能地跟着笑,笑完才觉得不成体统。

日文版刚出版不久,也开过研讨会,话题自然从各版本讲起。

简:您对大陆版、日文版有什么看法?

齐:台湾读者对这书好奇我能理解,大陆读者读它,我蛮高兴的,也许时代不一样了,他们也想听一点官方说法之外的话。日文版,太意外了,因为这是生死决斗的敌人,能出日文版我很兴奋;当年,你们在头上炸我的时候,我在想什么。多少炸弹从空中下来,好漂亮,像银珠一样,被炸死的人焦炭似的,路边到处都是,这样疲劳轰炸,你说我能怎么想!

我不爱吃黑色烤焦的东西,一生很怕,可能下意识跟这个有关。我也受不了烤肉。

中秋节刚过,满街还有BBQ的味道,战争记忆与节庆烧烤联结起来,这让她很愤慨,甚至用"绝望",不明白为什么这么美的节日要用乌烟瘴气的烧烤来庆祝?我都同意,两人花了不少气力批评文化里的庸俗成分。我想起去养生村,看到她散步时捡回来的红叶,日记里也写到弯腰选哪一片红叶最美,处处流露她对美有一种先验且不让步的坚持。

沏了茶,老师要我用一个有小屋图案的马克杯,她说在德国买的,想家,看到这个杯,好开心。

日记里有一段,儿子到养生村来探,要离开了:"小龙上车,车子一阵子未开,小龙竟然走下车来,朝我走过来,我又得以握住他的手几分钟,他又上车真离去了。原是知道,有一天谁也不绕谁了。"如今,回到家人的围绕中,老师看起来跟养生村时期不同。形式上的家屋拆了,家人在的地方就是家,不必一定要三间瓦房或一块土。

简:您有写日记的习惯吗?
齐:没有。到养生村才写,为了遣怀吧。
简:《巨流河》写的那些事件,不是靠日记?
齐:不是,我在心里写了无数回,所以都记得。书房的岁月,心愿已了,现在这最后的岁月,希望留在家人身边,过一段好日子。他们对我是真心的。

第二部 访谈 INTERVIEWS

干净的屋子，随时补充的鲜花，过去的油锅日子换得三个壮汉围绕，看得出是被珍惜的，亦是晚福。墙上仍挂着"读书的女人"，桌上仍见到那只牛皮纸袋。上回未竟的话题，此时飘了出来。

简：我最近重读歌德作品，读到他历五十多年写成《浮士德》，完成时非常快乐，说：以后的生命，可以把它看作纯粹的赠品。老师您也有这种感觉吗？

齐：是啊，我每天感谢上帝，跪在床边祷告，现在不跪了怕爬不起来，感谢上帝赐福。回想过去，常常有光影交错的感觉，有时，生出很多不切实际的力量，有时又觉得欠那么多人情，累得厉害。

简：您怎么看自己的一生？

齐：我这一生，很够，很累，很满意。出生时，我那一把不足五斤的小骨头竟然活了下来，这一生有了后代、孙子孙女、那么多学生，他们对我是真心的好。我一生都在奉献，给家庭、学生，但愿服务期满的时候，从这个人生到另一个人生，当我过了那个界线时，我的船没有发出沉重的声音。

（我指了指牛皮纸袋，是这个意思吗？）

齐：我跟医生讲，万一我被送来，请你不要拦阻我。

简：您害怕吗？

齐：我对死亡本身不怕，我每天吃安眠药，第二天就像另一个人生，怕的是缠绵病榻。如果还能有自由意志，我绝对不要像我先生那样。我祷告，能不能拥有上帝的仁慈，让我平安而且流畅地离去。

简：您想象过死后的世界吗？

齐：我对死后的世界毫无所求。

日影一寸寸地移动，植着树的中庭安安静静地，有风吹动窗帘。这是忙碌的生命的世界，有人准备诞生，有人预习离去。

简：您有没有想过最后的时刻?

齐：济慈《夜莺颂》写：

> 我在黑暗里倾听；啊，多少次
> 我几乎爱上了宁谧的死亡，
> 我在诗思里用尽了好的言辞，
> 求他把我的一息散入空茫；
> 而现在，哦，死更是多么富丽……

我希望我还记得很多美好的事情，把自己收拾干净，穿戴整齐，不要不成人样到要叫人收拾。我希望最后有两个小天使来带我走，有薄薄的小翅膀……

老师立刻起身到厨房冰箱取来有翅膀的小人偶磁铁，说明是这种小翅膀，不是但丁《神曲》里那种拖地的大翅膀。我说我明白了，仿佛我是裁缝师助手，记下款式型号，回去跟师父报告，齐老师不要大翅膀。

简：不要哭哭啼啼?

齐：至少自己不要哭哭啼啼。到这年纪"驾鹤西归"，别人不嘻嘻哈哈，已算圆满。（顿了一顿，老师说）我希望我死的时候，是个读书人的样子。

读书人的样子！

这是多么珍贵且难得的话题，当我们大大方方地谈论死亡，仿佛收回本来就属于自己、最重的那一件生命证据，意味着我们强壮到能自己保管了。老师一生喜爱美好事物，且以无比的尊严与异于常人的意志，重视每一桩结局,在最后的驿站,她仍然坚持自我的完整。为了这,她事先备课,仍是一个老师。

离开花园小屋,我想着,如果那一刻来临,站在岸边的人该双手挽留还是如她所愿,高高地举起右手挥别?岸边一群人加起来是否抵得过她一人的坚强?

那么就用读书人的样子来挥别吧。我想象,老师理应拥有被应允的那种甜美时分,书房幻出了星空,夜色悄悄降临,她栖在稿纸上,听见由远而近嘹亮的鸟啼,云雀的、夜莺的,置身于茵梦湖般的森林美景又仿佛返回年轻时响着天籁的深林,遇见她想遇见的人。

我想象,那两个薄翅小天使抵达之前,老师刚念完一首济慈。

(原刊登于二〇一三年二月号《联合文学》)

■ 邦媛注:
  这篇对谈原是特别邀约简媜为《洄澜——相逢巨流河》而写。面对人生最后的生死大限,我深恐来不及表达最后想说的话。然因本书出版之前踌躇思索太久,文章先收进了简媜的新著《谁在银闪闪的地方,等你》,主题相契,解我悬念,更可做我二人友情纪念。

【大陆及海外篇】

以书还乡,亦喜亦悲

◎吴筱羽

《巨流河》繁体版的腰封上有一句动人的话:"读了这本书,你终于明白,我们为什么需要知识分子。"与许多同类型的书不同,尽管经历过战争时代的颠沛流离,建设台湾时的艰苦,描写的是家族从东北到台湾的变迁,反映的是两代中国人的苦难,《巨流河》的字里行间却散发出沁人的温暖和乐观,让人可以通过文字轻易触摸到齐邦媛内心的火热。

这种温暖正是香港中文大学中国文化研究所前所长陈方正为《时代周报》推荐书目时所说的:"同样颇具史诗风格,但味道却截然相反的,是齐邦媛的自传《巨流河》。"它只是一个中国女孩子在抗战、内战、辗转流亡台湾的艰苦岁月中,奋斗、成长、追求幸福与理想的故事。然而它是如此平实、充沛,如此充满温暖、希望,读后我们禁不住要相信,中国人对人性,对未来的不可救药的乐观虽然好像很肤浅、幼稚,其实还是有道理的。

时隔一年三个月,《巨流河》出版简体中文版,首印一万两千册。繁体版全书的二十五万字略有删减,删减部分主要是国共时期的历史观点,封面从日军战机轰炸下血光冲天的重庆,变成了东北家乡深蓝色蜿蜒的巨流河。尽管此前四年的写作已消耗了大量的心血,加上近年身体欠佳,齐邦媛仍极为重视《巨流河》简体版的出版。她亲自执笔重写了第十章"台湾·文学·我们",对新的封面颜色、文字颜色、署名,以及书中图片选用都一一给予意见。至于受到关注的部分删节,她说在不影响全书的完整性和著书的意义时,都可以体谅与同意。

齐邦媛的认真也反映在采访之中,在收到《时代周报》记者的采访函后,她花了三周时间,亲笔手写了整整五页纸作为回复。对于她来说,《巨流河》可以接触到中国大陆的读者,是代替年迈的她真正"还乡"了。

"《巨流河》是我一生的皈依"

时代周报:(以下简称"时")

看到简体中文版出版的消息非常意外,简体版出版的过程是怎样的?

齐邦媛:(以下简称"齐")

此书出版不久,即有数家大陆出版社表示出版简体版的兴趣,由王德威教授推荐,决定由北京三联书店出版。我六岁离开东北故乡,一九四七年应聘来台湾大学任助教时年满二十三岁,从此无故居可归,以书还乡,亦喜亦悲,心情很是复杂。大陆这么大,人这么多,《巨流河》会引起怎样的反响,对于我是个神秘的期待。

时:听说你为简体中文版也花了很多心血,其中第十章"台湾·文学·我们"甚至整章重写。

齐:我确是用了时间和心力在读一校稿,重整此章,删减大陆不熟悉作家个别的论述等,希望减少编者的困难,删减不多,也不伤我文学作家的骨气。

时:过去你多是推荐别人的作品或编著,自己的作品不多。你写这本书的初衷是什么?

齐:我写文学评论的时候一直很注重作品的格局,教书的课程内容也都与文化、时代发展有关,所以我很少写零星文章,更不勉强成册。但是半生的时间里,都想写我父亲那个时代,写他们的理想与幻灭,可以说到了魂牵梦萦的境界。真正动笔写《巨流河》时,已八十岁，写出的虽是一本惆怅之书，却也是个人生命完成之书。

　　对我个人来说，《巨流河》是我一生的皈依。我幸运能受高等教育，启发我日后进修研习文学思想，终能取得感情与理智的平衡，回顾百年世事写出《巨流河》，这是一本惆怅之书，但也是充满了希望之书。我自六岁起就是"外省人"，到了晚年，常常幻想在北国故乡，若是还有祖居三间瓦房多好。春天来时，也许会有燕子来到屋檐筑窝。

时：张大飞是《巨流河》的读者最熟悉的人了，你和张大飞最后一次见面的那一段文字让人极为感动。在你心里最深处，真实的张大飞是怎样的角色？

齐：最初我原只想写我父亲齐世英，自从巨流河一役失败，终生流亡的事迹。但是我没有能力，也没有资料写那个壮阔的场面。我终于决定，只能从小我的观点写我跟着父母生存过的那个时代。印象最深刻的是抗战时期（一九三七～一九四五）我长大成人的八年。张大飞与我密切通信，大约每周一封，好似一同成长。他的生与死都让我难忘。

　　在那八年里，未被敌人占领的西南各省已有公平严格的大学联合招生考试制度，政府在极困难的战时国库中拨出专款作战区学生公费，坚持不到最后一日，弦歌不辍。我父亲在政府工作，也是启动这种公费制度的决策者之一，因此他与同志才能创办国立东北中山中学，至后来各省来人办数十所国立中学，收容流亡青年数十万人，而且维持应有的教学水准。我在这弦歌不辍的政策下，幸运地受完大学教育。——张大飞放弃了这个教育的机会。抗战初起之冬，学校流亡至武汉，轰炸日夜不停，他悲愤家园处境，投靠空军，二十六岁战死。在我写《巨流河》的时候，他的生与死有很强烈的象征意义，我想写的是一个（和更多）人投身那样的骨狱血海之前和之后激荡、复杂的心路历程。在他写了七年的信里，有许多述说，可惜我一封也不能保留，无法详述他在作战的那些年心灵的声音和愤怒。我十二岁认识他，看到两代东北人以身殉国的悲怆，那不是美丽的初恋，是尊敬、亏欠、患难相知的钟情。

时：今天的年轻一代所处的环境与你经历那段历史的时期相距很远了，他们对这段历史感兴趣吗？

齐：据我所知，台湾的读者中固然有许多中老年的读者，为了共同的回忆读《巨流河》，也有更多的年轻读者因对过去不久的这段历史关心与好奇而读。希望大陆的读者也是这样想。年轻世代的新世界来临，变化太快了，多思考历史真相，才能建立温厚悲悯的文化，世世代代得以活下去。

时：最近刚颁出诺贝尔文学奖，有人认为国外关注中国文学主要还是关心政治因素，因此关注港台文学的外国评论家不多。事实上，台湾、香港有这个年代很好的小说家。你毕生向外推荐台湾文学，怎么看待这种冷落？觉得可惜吗？

齐：你问我诺贝尔文学奖和台湾、香港等地文学作品可能被冷落的问题，令我想起大约二〇〇〇年，我在香港为华人青年文学奖作评审，曾发表一篇呼吁成立华语文学的我们自己的诺贝尔奖，各报也登载，鼓吹了几天。当然没有下文，因为这样的事实要真正有人有钱去做的啊。现在华语世界有钱的人不少，甚至也可能有此宏愿，但是做的人必须是超越政治意识形态的真正的读书人，或者将来会有一些志同道合的人共同推动这样的大愿，也以百年济世的坚定宗旨，为华语作家恒久定位，甚至可每年并设一个"五四"以来重要作家纪念奖，让未来的世代看到过去百年被政治淹没的优秀作品，这样才会有完整的历史。当然，任何新创的奖达到世界信誉并不容易。

　　华文作家想得到诺贝尔奖肯定是很难的，因为文字语言决定文学的认识。我们如何能让西方人深入了解华文作品中变化多端却又延续不断的文化？何必苦等他们十年二十年一百年给你一个奖？华文华语世界这么大，我们为什么不自己设立一个足够强的、有说服力的、可以在政治浪潮下坚持文学价值的大奖？过去百年，我们的文学作品里否定的太多，肯定的太少，今后的世界，我只希望少些急功近利的口号，人民永不再流离失所，建立较精致的文化，平静，和平。在建立较精致文化方面，台湾和香港确是有较好的成绩，但很难简单地用"奖"来评。

（原刊登于二〇一〇年十一月十日《时代周报》）

"你懂得我的痛吗？"

◎钟瑜婷

二〇一〇年十二月十三日，台湾桃园县某养生文化村。天色阴沉，山峦间，一排排暗红色的现代化高楼于平地拔起，有少许老人在花园散步。

八十六岁的齐邦媛已经在这里生活了五年，二〇〇五年春，经过多次考察，她终于定下在这里的一间小书房写作《巨流河》。跟记者见面后，她缓缓走到大厅一侧的咖啡机旁，边熟练地操作机器，边用细软的声音说道："我很现代的，喜欢喝咖啡。"她披着杏色针织衫外套，嫩黄夹紫丝巾衬着温和的脸，从容优雅。

"战争是世上最坏的事情"

在她称为"最后的书房"里仍然还有一些书，繁体版《巨流河》的腰封上附有一句话："读了这本书，你终于明白，我们为什么需要知识分子。"

齐邦媛却对这张腰封感到生气。书柜里的数本《巨流河》一旁，垒了好些被她揪下的腰封。她语气稍重地抱怨："这书腰把封面上的房子遮住了，那是我们在重庆时被轰炸的房子，我心里面只有这些房子！"

她性格敏感、讲究。在新书上写下签名，双目像小鹿一样警惕地问记者："你们广东不可以称呼'小姐'的，是吧？"

采访在齐邦媛手写《巨流河》的小书房里进行。落地窗外，墨色的山丘舒缓贴在天际,日升月落仿佛近在咫尺。"在这里,我可以完全有尊严地活着。"这是台湾一家医疗设施很不错的养老院,她每日于房间、餐厅、花园三点一线间独来独往。

一九二五年,齐邦媛两岁,父亲齐世英带着国外的民主革新思想回国,跟随郭松龄兵谏张作霖,战败巨流河,被迫流亡。六岁时,齐邦媛跟随父母从南京、北平,跟着撤退的路线一路往西南,在南开中学四川分校度过少女时期,后就读国立武汉大学的外文系,师从朱光潜、吴宓等人。

这段时间,齐世英加入国民党,曾被邀任中央政治委员会秘书等职。齐世英也从事教育方面的工作,抗日初期创办东北中山中学,招收两千多名流亡学生,撤退到重庆时创办了《时与潮》杂志。

卢沟桥事变后,齐邦媛跟着家人,还有父亲安排下的七百多名初中学生,一起从南京逃往汉口。途中听到无数凄厉的叫声,有人从火车顶上被刷下,也有人因挤着上船掉下海。

"战争是世上最坏的事情,"她很明白,自己此生都不要原谅日本人,"为什么人可以这样伤害其他人,""我非常讨厌暴力。小时候被人欺负,不能反击,只会在一旁哭。"

让众多读者"八卦"的齐邦媛初恋对象、飞虎队成员张大飞,在她心目中,足以代表被日本残害的那些人。

令齐邦媛唏嘘的是,这场还来不及发生的爱情却成了今日《巨流河》的大卖点之一。在筹拍电影《飞虎队》的导演吴宇森曾公开表示:"看了非常感动,但我没有取得版权,不能纳入片中。"齐邦媛不愿将张大飞的故事拍成电影,因为"那无论如何将会是一种扭曲"。

声调虽低,齐邦媛仍稍带字正腔圆的东北口音,"直直"地表达不满:"合着有个张大飞的爱情故事,你们觉得好看,张大飞就是个倒霉的小年轻人!我要讲的是更大的沉重。"

人与人之间的感情,不只有爱情。她同情他:"他多可怜,父亲被油漆慢慢烧死。到了他自己,二十六岁什么都没想清楚,就死了。"她还感谢他,在天上用生命保护地面的百姓,而自己只会躲,什么也做不了。

齐邦媛一生爱美:"美的东西常常都是对的。"有读者评价《巨流河》:"书中最让人感动的是,苦难人生中永远不会消失的美、爱、崇高、勇气、正义、悲悯。"

她在《巨流河》中一笔一画地纪念,朱光潜老师对枯叶之美的疼惜;英美文学课上遇到雪莱诗歌的生死呐喊;遍地战争却无意发现一片河岸小净土的安心平静;又或是一个未及欣赏的眉山明月夜。

坐在对面的齐邦媛双手慢慢抚摸眼前盛满多彩环针的白色浅口水晶笔座,表情开心、明亮:"你看,它又重又不复杂,像精神上的快乐。还有这缤纷的夹针,真美。"

年轻时,在台中一中教书,她每天都穿着旗袍上课,优雅的身段让学生至今难以忘怀。

今天她八十六岁,出门前口里念叨:"这个丝巾要系着,不系会丑。"要拍照,她转身走到卫生间,涂上口红。读记者手机里的短信,好奇地问:"你们喊我,齐老太太,好好玩噢!"

"知识分子要有一个冷静的头脑"

诗歌和人世情怀融合在一起,齐邦媛在大学里像个炸弹下的文艺青年,沉浸在对美、对诗歌的感受里,不参加政治运动,被同学嘲笑为"不食人间烟火"。

"山水多可爱啊,诗歌又那么美。为什么我要参加那些政治活动?"

还在乐山上大学的齐邦媛,曾经参加过当时"前进"的读书会,会场上会唱很多俄国民谣和《东方红》等歌,气氛激昂浓烈。她写信将此事告诉父亲,父亲劝她,吾儿年幼,要利用对功课的兴趣好好学习,不必参加政治运动。

齐邦媛从此没再去读书会，却遭到一些好友的排斥和讽刺。

到了"二战"结束后，学潮运动在全国各所高校蔓延，校园充满了政治动荡的叫嚣。

"我们同学百分之八十都迷共产党，越是知识分子越是迷。"齐邦媛对此表示理解。

一个没有阶级差异、所有人爱所有人的世界如何可能？曾到德国海德堡读历史哲学的齐世英对此持怀疑态度。他告诉齐邦媛："过度的允诺都是有问题的，过度的热情也是有问题的。"家庭的训练，让齐邦媛对政治的东西总是保持一种审视的距离。

"知识分子要有一个冷静的头脑，对于任何主义，宁可在心中有距离地了解，慢慢地作选择。这是尊重，做人要有个样子。"闻一多的例子让她印象最为深刻："一个那么有才气的人，竟然像个孩子一样疯狂。"

回忆当年学潮运动中同学们狂热的表情，齐邦媛说："我没有什么政治观，只是喜欢自然进展，不可能一个答案解决所有问题，也不赞成任何形式的夸张。"

访谈进行到一半时，因为要给另一家报纸回信，齐邦媛在纸上写字，表情专注，下笔郑重缓慢，有点害羞地说："我喜欢涂涂改改哦，标点符号也要花时间看看。"

她看今天的政治选举，是看热闹。虽看报，但是对大陆还是充满陌生感，她临别拥抱记者，顽童的表情又出现："你们那边的家庭今天有什么禁忌吗？"

对于《巨流河》在大陆受到的欢迎，齐邦媛实在意外。她说，自己并不想要发表什么观点，而是尽量按事实说话。但书中关于闻一多"临死前可能有所懊悔"的推测，还是遭到某些读者的质疑。她解释："闻一多遗物中一枚印章刻有'其愚不可及'的史实，是出自于他儿子写的书。"

对于张学良的看法，她拿出大陆出版的历史资料。"一切都是有来龙去脉的。那么大的东北,世袭制似地就交给一个二十多岁的年轻人,这从理性上来看就有问题。"

齐邦媛特别看重知识分子的客观性。因此,对话中稍不留意,她就给你质问一句:"请你讲话科学一点。"

"我反正就没有家"

聊着聊着,窗外的天边只剩一丝暗红的光。齐邦媛要到楼下慢走一圈。出门前,她一定将房间的灯全部熄灭。坐在楼下的花圃前,下颚稍抬起,瞥见自己的房间和四周山峦暗影一般黑。"不想有人看到我房间灯火辉煌。"

她乐于享受这种接近隐居的氛围感。

齐邦媛平日不常跟这里的任何人来往,但一路走来,总是有人对她微笑:"齐老师好啊!"

散步回来,她取一份《联合晚报》。回到二楼的餐厅,点菜的过程不止一次对餐厅师傅礼貌地说"谢谢""对不起"。如果不是有访客,她经常买含鸡腿、青菜和白饭的便当回房吃。

儿时读了七个小学,台湾对齐邦媛来说,是个定居的地方。做那么多事,也是为了回报这场不错的收留。

巨流河一战失败后,一家人从此流浪了一生。这对齐邦媛而言,是最大的痛处。

"六岁离开,从来没有家,在这里,我并不觉得差。我反正就没有家。我没有丢掉什么。"齐邦媛说她不要麻烦别人,也不喜欢别人侵犯自己的空间。这栋安静的大楼太大,她经常带其他迷路的老人找方向。

王德威、陈芳明、陈文茜等人曾评价《巨流河》:齐邦媛把所有过去的波涛汹涌化为了波澜不惊。谁能料到,她在这小书房里,经常一面看史料,一面哭得不能自已。"哭八天八夜也没用,我反正就没有家。"

《巨流河》一书出版后，齐世英的亲人朋友都感到惊讶，这个看似弱弱的女子，竟然如此愤怒。

"'二战'的那些法国人、德国人、捷克人等到战争后，终于回了老家。可我们回不去了。"爱国的人没有家可回，这个难题齐邦媛怎么也解不开。

齐世英到台湾后曾任"立法委员"。一九六〇年，因反对陈诚"内阁"提出的电力加价案，齐世英被开除出国民党。生活清俭的他于一九八七年去世。

"父亲已经死去二十多年，现在说什么也没用了。"齐邦媛也为后代担忧，在国外生活的儿子说："妈妈，你不在了，我们不会再常回台湾去了。"陌生的大陆更不在他们的人生规划内。

"我跟别人说我是辽宁铁岭人，那不是滑稽吗？""我最大的愿望，只是老的时候，有一个真正认识我的故乡，有三间瓦房可以回去。"

"一切就好像被沙土掩埋了一样。"

年老的她重读《老残游记》，甚是喜爱："味道贴近北国故乡。"

然而，回不去的不只是他们。二〇〇四年，齐邦媛跟王德威合编《最后的黄埔——老兵与离散的故事》，书中收入了与老兵、眷村、探亲有关的散文和小说，叙说了各种角度的离散思乡令人心碎的故事。"非常多的老兵，虽然政府有给生活费，但是他们却娶不到老婆，成不了家，一辈子孤独。"

作为外省人，在台湾六十几年，齐邦媛也没有落下根。"永远有人会说你是外省人。"

历史充满各种吊诡，令齐邦媛和其父亲辈伤心的是，那些没有来台湾的旧识，虽然留在大陆，却有不少在新中国成立后的短短几十年内遭到迫害。这两年齐邦媛读《杨宪益传》，想到她在武汉大学的老师朱光潜、吴宓、袁昌英等，感慨万千："那一代最重要的文人却受到那样待遇。"

把最深的情绪讲出来,耗费了她很大的精力。但她仍觉得不够,一次又一次地问我:"你懂吗?你懂我的痛吗?"

最后,她还是选择了笔,在我的采访本上重重写了几个字:Sing the anger of a man.(歌唱愤怒。)那是荷马史诗《伊利亚特》中的第一句话。

失去了,能怎么办?时常,齐邦媛安慰自己:"有没有故乡怎么样,我至少还有灵魂。诗里面就有灵魂。"

(原刊登于二〇一一年一月十五日《南都周刊》)

"我无大怒也无大乐"

◎姜　妍

二〇一〇年，台湾学者齐邦媛的回忆录《巨流河》由三联书店出版，书中的家国记忆感动了无数读者，这本书也因此成为各种年度好书评选当中最热门的候选。二〇一一年一月，《巨流河》当中最重要的人物之一——齐邦媛的父亲齐世英的口述自传也由中国大百科全书出版社出版，两相对照，读者自有感怀。一周前的台北书展期间，适逢齐邦媛女士八十七岁生日，本报（《新京报》）约得老人的专访，并邀请读者一起再次回到记忆当中……

教育·写老师，更写时代

新京报：（以下简称"京"）
看《巨流河》的时候让我特别感慨的一点是教育，虽然在那样一个战火纷飞的年代，但是可以看到你受到了非常完整的教育，不论是学校教育还是家庭教育，包括后来你自己当老师，又把一些理念再往下传。你用了很多笔墨谈南开中学的老师们，对他们也有非常深厚的感情。

齐邦媛：（以下简称"齐"）
是，我们老师那一代恰好是最后受到完整教育的一代，那些老师都很凶，他们是从小在私塾里被打大的（他们不能打我们，大概很伤心）。他们受私塾教育，从小背《千字文》、《百家姓》，他们什么都背，所以什么都知道，长大以后又进清华学堂，有了很多新的观念，比如朱光潜去香港念书，朱老师在国外十几年，就是念书，没有花样，所以很扎实。

京：张伯苓校长离开海军一心办教育，感觉已经在你身上种下了和教育有关的种子。

齐：张伯苓校长真了不起，我相信他有一个非常简单的信念，他没有受那么多的文科教育，他就是说，国家要强，你自己要强，因为你强，中国有你就不亡。那么简单的话，他说得那么诚恳。我年轻的时候，有那样的老师用那样的声音，给我们打的底子蛮厚的。那时全世界有人来中国抗战首都重庆，都去看南开中学。现在我们一些南开大学的校友说我们是"小南开"，我说不是，你们是靠我们出名的。我从小很受张校长感染，觉得校长讲的话就是我们应该做的。我想到张校长，就像冰山融化了。

京：还有教物理的魏老师，也很了不起，今天的老师不会再这样给学生打分了。

齐：对，我前几天收到一份从大陆寄来的报纸，中间有一页是报道二〇一〇年去世的文化人，其中就有那位老师，魏荣爵，九十五岁。魏荣爵那四句话真是很棒！我们有个同学考物理交了白卷，在试卷上写了首词，意思是，我本来爱文学，干吗学物理。魏老师回了四句话——卷虽白卷，词却好词，人各有志，给分六十。后来那个学生考上西南联大法律系，毕业以后回北大教书。可惜那批人后来自身难保，很快变成政治牺牲品。一个人说违心之论是很伤心的，朱老师最早被斗争，说了很多检讨否定自己的话，可是不说不能生存。

京：所以在《巨流河》里你把大量笔墨留给了这些老师。

齐：写这本书，中间写我老师很多，我其实是在说整个一个时代。抗战时候，政府确实困难，但战区的任何学生那时都可以公费吃饭（不是四川的地方都是战区）。政府维持二十多万学生的生活费，也是很大一笔钱。我父亲在国民党做文化教育的工作,他们做决策,影响是深远的。

传承·我反对所有过分的东西

京:这些后来都影响到你自己作为一名老师传授知识时的态度?

齐:是,在台湾,许多以前的课程连名字都没改变,大学教育维持相当高的水准。我的学生到美国念书没有补习英文的,我们这里很多大学是用原文书。一则翻译不容易,二则老师也习惯用英文书。我上课用英文教课,有一天不小心说了些中文,他们说:"哦,你会中文呐。"

京:这样教育下来的效果怎么样?

齐:大陆开始炼钢时,台湾开始有留学生去美国,台湾那段时间出了许多科学家,受教育,维持基本的伦理。那时候我还跟别人说,我们的小孩没有变坏。(后来我们的小孩也"现代化"了)。

京:作为老师,你希望学生从你这里传承的是什么?

齐:我希望他们肯深思。我个人最讨厌的就是"暴民",我觉得一个理智的人最反对的是暴民政治,我不赞成任何狂热的东西,爱情也是,狂热的东西都不持久。我父亲跟我最常说的话是:"任何事要沉住气。"我们小孩时觉得沉住气没意思,可我后来知道这个很重要。《美丽新世界》和《1984》是我要求每个学生必须要念的书,他们要明白、要想到政治后面的个人思考是怎么回事,《美丽新世界》这本书更好。

京:你提到了父亲,那你受到的家庭教育的部分是怎样的?

齐:我如今回想,当年父亲对我的教育是 Q&A(问题与答案)的方式,他在我面临困境的时候常给言简意深的答案,让你自己去想一辈子。台湾小,大家都竞争,所以家庭投入很多,希望孩子能进好的学校、好企业。最近全世界都在讨论《虎妈的战歌》,那本书我整个看完了,觉得里面有的内容也过分,我反对所有过分的东西。所以我写的东西不过分,愤怒也不过分。我只有对日本人是真正的愤怒。我们从南京逃出来的时候,坐江南铁路的火车,是个小的窄轨火车,从南京开到芜湖需要几个钟头,结果,日本人跟着火车炸,火车里都是逃难的人,后来我们上船又追着船炸。那是我们的国家,为什么我们这么大,给他们从那么小的地方来的人在我们自己的国土上追杀?

人生·将来可以"含笑而死"

京:你在《巨流河》里也提到,学生时代很多同学去参加学生运动,你觉得文学和现实的关联是什么?

齐:我生长的环境,我至少知道政治的复杂性和实际的重要性。我就是喜欢文学。其实应该鼓励少数书呆子,这些人绝对不多。我们同学都参加学潮去了,像我这么坚持做书呆子的(很少),但是每个社会都靠少数我们这种人撑着,很多基本东西都是文人传承下来的。我当初在学校他们认为我不食人间烟火,人间烟火里有社会秩序,不是激情喊叫游行所能推翻或建立的。学生长大了可以全身投入政治,才有用处。

京:你按照父亲的教诲认真读书,却也因此被同学们嘲讽。

齐:学潮的时候我没参加,他们很跋扈,我不吃人家跋扈的一套。我后来在台湾教英国文学,在英国作品中读到英国人最反对法国革命,譬如《双城记》里有对法国革命生动的描写,深恐那样的暴力对立会影响自己的社会,它对我很有启发。

京:有人评价《巨流河》是把波涛汹涌转化为波澜不惊,是什么力量可以做到这一点?

齐:我必须理智地思考下笔,才能把事情叙述清楚。一九四九年到现在已经六十多年,国家与个人的命运已看得很清楚。心里头仍是不甘心，我觉得我的故事真的代表很多人，我死了就没人知道了。我出书时已经八十多岁，我知道的，在我之后的人都不知道，在我之前的人都死了，所以我要说的是别人不知道的事。

京：如果这些故事没写出来呢？

齐：那就像我父亲说的，与草木同朽吧。现在既然还活着，能写多少就写多少吧。

京：书出了以后，想到过会这么受欢迎吗？

齐：没想到，尤其是在大陆，我觉得和台湾有生活、思考的距离。他们为什么有兴趣，我猜想开始是好奇吧。

京：有人说你是用个人史写出了家国史，同时对历史不仰视也不俯视，所以不光是好奇。

齐：二十世纪中国的命运是我这样流离人生的大背景，这些，在我以后没有人知道，我确实在场，看到的比较多。至少知道他们为何而死，而后来三十年大多数的人不知为何死。当初抗战，死了那么多人，大多是诚恳献身的人。我的写作态度是非常客观的，这就是我人生的态度。我教了大概三千多的学生，我并不是对少数人说话。我希望作品经得起时间考验，我已经没有时间了。

京：这本书受到关注，你现在是什么心情？

齐：如果说"含笑而死"这个词的话，我想我将来就是（我觉得最后来不及了，居然完成了，印出来了）。我真的好高兴。我无大怒也无大乐，是很平静的快乐。这是我人生最大的满足。

（原刊登于二〇一一年二月二十五日《新京报》）

■记者手记

抹不掉的只有乡音

◎姜　妍

　　见齐先生那天是正月十五，她的生日，地点是台北著名的明星咖啡馆，她热情地招呼大家吃好一点，还说要她来埋单。一落座她就介绍起咖啡馆的历史，周梦蝶曾经在门口摆个书架卖诗集，黄春明、白先勇曾经在这里写稿子，自己办事的年代常来这里。对店里的东西，她也熟悉得很，告诉我们，最早是白俄人逃难来开的，以前蒋经国和他的俄国太太有时也会来这边吃饭。

　　已经八十多岁的齐先生走路需要借手中雨伞的力，可思维却清晰得很，讲起话来喜欢开玩笑，不经意间，就引得桌上的人大笑。她系一条很漂亮的丝巾，是某个学生送的，送了丝巾的学生会要求她同学拍了照寄回来，以证明物品的确有在使用中。每次有学生去养生村看她，也会翻找自己曾经送的卡片，看看老师有没有保存。这对教出过三千多个学生的她来说，应该是幸福的吧。

　　关于大陆，她说大概轻易不会再回来了，一来已经没有直接的亲人，二来也不大喜欢跟一些人半深不浅地谈话。而尽管这么多年过去了，她的言语间还能听出一些东北口音，将其称之为乡音吧，是抹不掉的。

（原刊登于二〇一一年二月二十五日《新京报》）

"我已无家可回"

◎杨时旸

今年八十七岁的齐邦媛独居在台湾桃园。她没有想到《巨流河》的出版如此突然地改变了自己安静的生活,来自两岸记者的探访让她应接不暇。但是她说,能知道大陆的读者如此关注这本书,她很高兴。在电话那端,齐邦媛的声音平和温婉,口音早已是台湾的腔调,丝毫听不出她故乡东北的味道。她关心大陆的变化,谈到历史中的流血与革命她仍会愤怒,对于当下大陆的转变也充满好奇。而对于《巨流河》这本书的每一个问题,她都希望能"深思熟虑,希望能回答得慢一点"。齐邦媛用两周多的时间手写回复了《中国新闻周刊》记者的问题。

齐邦媛:(以下简称"齐")

多年来我原只想写我父亲一生的理想与失落,真正下笔时我发现我没有真正的资料。我叙述的笔调也做不到,我没有庄严肃穆的论文能力。所以我只能以一个小女子有限的观点记载他的一生。既然知不足,我只能写他办国立中山中学和《时与潮》杂志社这两件事。他的抗日工作和在政府的地位我实在无从详述。前者是国家机密,后者是炫耀或者更大的伤痛。他晚年与家人团聚从来不谈。只说:"我的一生一事无成,死后与草木同朽吧。"而在我心目中,他当年放弃所爱的读书生涯去革命,三十年间都因国家巨变而一切幻灭,是一位真正的悲剧英雄,值得尊敬也值得留下记忆。也愿后世读者看到在二十世纪的中国错综复杂、悲怆遗憾的历史中有许多理想至死不渝的光明人物。只可惜我个人能写的有限。有时自责为何不早些动笔。但是再想想,也许晚到今日才写是为了看到中国百年变局的全貌。到了这个年纪,真有一些宏观的自信了。

中国新闻周刊:（以下简称"中"）

与其他类似的回忆录相比,《巨流河》的叙述更加内敛和冷静,这是你一贯以来的写作习惯还是为写作这本书而特意设定的写作基调?从书中的内容看,你学生时代似乎就对于那些过于热情的举动和话语方式有所警惕,这与你父亲的教育有关还是有其他原因?

齐: 我的一生一路行来,真是步步都留下脚印,印证我们一家的颠沛流离。回首那样的一生,实在轻松不起来。叙述沉重,充满了忘不了的人和事。说清楚就不错了,不能再去用文字雕饰。发言立其诚。自幼的家教,深受父亲与生俱来的性格以及他的德意志教育方式影响,凡事不张扬、不夸大。中学住宿教育的南开精神都是教我们脚踏实地,热狂的性格和举动是不鼓励的。但是热狂和热情是不同的。我爱文学和爱人是热情的。

中: 对于《巨流河》的大陆出版,在你写作之初有过这个计划吗?大陆的很多读者对于此书的兴趣其实是希望从书中看到那段历史和政治的另一面,但是书中你对于一九四九年之后台湾的政治生态直接描写并不多,更多地侧重描述你学术工作上的状况。这样的取舍是什么原因?

齐: 写此书时原是还终身之愿,没有想过成书后的景况。原还想只给亲友看看,给他们做个交代。想不到在台湾收到许多温暖的回音,书卖得很好。写的时候当然常常想到当年在大陆的人与事。但台湾与大陆隔阂太久,从没有想到此书能在大陆出版。对于大陆的反应我最初只有好奇,很快有些回响,渐渐地引起复杂的感情。六十多年后,我能从此书还乡,亦喜亦悲。

中: 对于大陆版本,有无一些让你觉得可惜的删改?对于大陆的出版政策和文化环境你了解多少?

齐：大陆三联版的删节实在不多，不到全书百分之三吧。他们删也得我同意的，譬如有关闻一多、梁恒的内容。我虽然不知道大陆现在的文化政策，但各有难处，我可以谅解。我的书因叙述的时间、地方较长，可以说是走过中国百年沧桑，但是我不敢以写史的心情自居。

中：你父亲齐世英先生的身份比较特殊，父亲的身份给你带来的直接影响大吗？影响主要体现在哪些方面？他的事业和经历对于你看待政治的态度有改变吗？

齐：我因父亲的地位，在大学曾受同学揶揄纯为立场。但是他的政治名誉清高，在台湾是受尊敬的。我的一生单纯地教书，写文学文章，几乎不受影响。但是在那样的家庭长大，看到大变局的真相较多。深知任何国家长治久安，必须有深厚的文化教育（也是我父亲当年在政府的主要工作）才能善待百姓，增强国力。抗战时期，万事艰困。他们在重庆的政策是战区学生人人有公费，维持弦歌不辍，希望战争后有建国人才。这些事的影响，历史必有公论。

中：到台湾之后，你对于大陆的状况是否还一直关心？一九四九年后一共回过大陆多少次？分别是什么情况下的回访？

齐：前三十年伤心悲愤，一九八八年开放探亲后，我一直不愿回去。直到一九九三年去上海与老友诀别；第二次到威海（一九九五）参加"人与大自然环境文学会"；第三次去北京与南开中学班友重聚；第四次二〇〇一年为捐献东北中山中学齐世英图书馆。此后没有再去，因已无家可回。

中：如今在你心里，故乡是哪里？铁岭还是台湾？

齐：在我心中，辽宁铁岭是我父祖之乡，亦是我生身故乡，根源所在。但是连乡村都不存在了。台湾是我安身立命六十年的家，却仍被称为"外省人"，我的故乡在《巨流河》一书中也许比较稳妥。哈哈。

（原刊登于二〇一一年三月十日《中国新闻周刊》）

巨流河:一段温婉回忆的政治想象

◎杨时旸

国民党著名政界人士后代、台湾著名作家齐邦媛的个人家庭回忆录《巨流河》在大陆一经出版,即引来各方关注和猜测,大家对其出版过程和是否大量删节的兴趣高于内容本身。事实的出版经过远非想象的复杂,对于一本回忆录,两岸心态却是耐人寻味。

"北京是不是前几天下了雪?我再问你啊,现在春天有风沙的时候,北京年轻的姑娘们还戴不戴那些不同颜色的纱巾呢?"身在台湾的齐邦媛在电话那头对《中国新闻周刊》记者感慨,"其实我对大陆的好奇比你们对我的好奇还要大得多呢。"

听到来自北京的电话,齐邦媛说她就会想起她小的时候。那时,还是小姑娘的齐邦媛,看着同住的姑姑们各自戴着漂亮的纱巾就异常羡慕。那时的她还不懂世事,不知道自己将面临怎样的流离,不懂得战争意味着怎样深长的创痛。她更想不到,几十年之后她会将这些经历写成一本名为《巨流河》的书。

她书中所写的是中国一代人抗战时的热血、内战中的无奈,以及一九四九年之后失意者的沉默、理想幻灭的孤独英雄和被大陆历史淹没掉的悲怆细节。她原本近似隐居的生活因这本书的出版改变了。大陆的知识界与媒体在《巨流河》出版之后,才发现了这个前国民党高官的后代、一个推动了台湾文学史的学者。

就在读者怀疑简体版能否面市的时候,简体版《巨流河》由三联书店出版了。实际上，简体字版本的前半部分并没有如坊间传的进行大段的删除，主要是修改了一些敏感的称谓。例如将"共匪"改为"共军"，将"蒋总统"改为"蒋介石"，并且统将一九四九年之后的民国纪年改为公元纪年之类。更大的改动却在读者容易忽略的后半部分。作者详细叙述了台湾文学发展历程，出版社删减了涉及一九四九年之后一段时间内台湾特有的反共文学的内容。"那段关于台湾文学的内容与大陆读者的关系比较远。作为编辑的想法是，能否整章地拿掉，把有用的内容分散到之前的篇章里。但是台湾文学是齐先生一生的事业，她非常看重。为了顾及让读者容易了解，她愿意重新梳理，再写一遍这个篇章。我们就欣然接受了。"三联编辑刘蓉林说。

二〇一〇年十二月一日晚，齐邦媛给刘蓉林写了一封信。她写道："我希望更正至此为止，大陆简体字版出来后我一直在兴奋中……已经没有体力再研究了……我们同意删除的大约是5%吧，绝不是只喝白开水的没味了。我仍努力快乐，'自我感觉良好'。"

至此，经过一年的讨论，大陆版最终定稿。为了尊重齐邦媛的意见，大陆版封面上的作者名字保留了繁体字。

《巨流河》一经出版，两岸反响极大。台湾看重的是台湾文学的重要推手出版了一部极具个人语言特色，温婉、内敛、冷静的回忆录；而大陆则更愿意从这本书的字里行间读到国共交替缝隙中的政治，以及败走台湾之后，国民党官员及其后代在台的生存状况。

一九四九年之后，大陆经历了多年连续不断的政治运动。日后，大陆作家更愿意寻找记录新中国成立后岁月里的惨烈记忆，而对于一九四九年之后的台湾却极少有人了解。对于大陆读者来说，失意的国民党和他们的家属更像历史教科书中固定的模样。直到日后，对立的意识形态逐渐褪去，两岸才愿意平静地看待双方同样因为革命而被改变的命运。在这样的背景下，齐邦媛"绝无意写史"的《巨流河》却成了人们一窥历史的途径。即使如此，这本书在大陆的流传却几乎只局限在媒体和学界。在电话那端，齐邦媛缓缓地说："台湾的年轻人都喜欢那些热热闹闹的书，不知道大陆怎样。"实际上，大陆的年轻人喜欢更加热热闹闹的书。对于这些承载着历史的、厚重的文本，更多的人并无太大兴趣。

这样的现实，似乎是比审查更为严厉和冷酷的对历史的删除。

(原刊登于二〇一一年三月十日《中国新闻周刊》)

"我用诗的真理写他们"

◎刘　芳

二〇一〇年,《巨流河》简体中文版在大陆面世,激起很大的反响。但八十七岁的齐邦媛先生很少出席公众活动,且新年身染小恙,不便面访。本刊记者于二〇一〇年十二月发采访提纲至台北,时隔两个多月,终于收到回复。手写,十页纸,密密麻麻。

笔答外,齐先生另附有一信:"你一定吓了一跳,收到这样的手写访问稿。我收到三联书店转来你的三十四个问题时也吓了一跳,数了两次确是三十四题呢。它们在我心中竟然盘旋不去……我在一切年节喧嚣之间一点点回答,思考回答,终于答了三十二题,可以交卷了。我一生教书总是考别人,如今自己回答试题,很似报应……

谢谢你对《巨流河》一书的关切,更谢谢你花了时间问了我那些很中肯、令我愿回答的好问题。你们这一代的女孩子,喜爱文化,能如此好好地做文化记者工作,是我那一代女子年轻时所想不到的。"

下笔如此悲伤,也如此愉悦

瞭望东方周刊:(以下简称"东")

支撑你写完《巨流河》这二十多万字的动力与情绪是什么?你曾提到心中一直有很大的愤怒,这种愤怒为何能化解为如此温情、泰然的文字?

齐邦媛：（以下简称"齐"）

我前半辈子恨日本人……但是我的家庭和学校教育将此家国大恨的愤怒化为激励：你能读书就扎扎实实读书，爱国有许多方法。我教书时即以此激励我的学生。写《巨流河》时，往事历历在目，对父母师长感恩怀念，对漂泊所经山河充满温情。

东：通过对父亲与自己人生轨迹的描述，辅之以张大飞、朱光潜、钱穆等支线脉络，你最想厘清的是什么问题？

齐：人生有许多道路，每条路都有许多人在行走。我有幸（或不幸）出生在革命者的家庭，所见所闻影响我一生思路的选择。八年抗战中，我由少年长大成人，曾深切投入英雄崇拜的感情。这些人是我的英雄，文学教育教我更客观、深层认识人间悲苦与活着的意义。教书时也以此为目标。

东：《巨流河》的出版日期选在二〇〇九年七月七日，选这个日期想要表达的是什么？

齐：纪念卢沟桥事变和抗日战争的开始，更是为了纪念那些有骨气的英雄。

东：龙应台女士在差不多同时期出版《大江大海》，据说不少读过此书的朋友们互相问"你哭了没有"，而王德威先生认为你的书把最催泪的材料以最平实的方式表达出来。同样的题材选择了完全不同的感情基调与表达方式，你如何评价？

齐：我用文学书写我所经历的、怀念的二十世纪，写我的家庭由家乡巨流河漂泊到台湾哑口海的长路。一九四九只是一个转折而已。我一个人来到台湾，往事全被切断，但是我也必须停止哭泣，诚如蔡琰《悲愤诗》："旦则号泣行，夜则悲吟坐。欲死不能得，欲生无一可。彼苍者何辜，乃遭此厄祸？"我书中忘不了的人和事，几乎全为国奉献一生，绝非失败者。我用诗的真理（the poetic justice）写他们，下笔时如此悲伤，却也如此愉悦。

东：你能否设想一下，假如令尊能读到这本书，当作何评价？

齐：我父亲来台湾后常言，自己一生奋斗成空，死后与草木同朽。我却一直觉得他始终坚持爱国爱乡的理想，极可敬佩，半生思索要写此书，以我所知记录我家两代漂泊的故事，思索的主干是我父亲的一生。但是我对他反军阀、抗日的工作并不知详情，只知道在"九一八事变"之后他负责国民政府在"伪满洲国"的地下抗日工作十五年。

我曾随母在天津居住，也只是看到他出生入死、飘忽的身影，听见他的同事说他是了不起的汉子。但是他自己从无一字炫耀。我自幼病弱，骨子里却最仰慕在故乡那样雄伟土地上跃马千里的保卫者。

你问我父亲读到这本书的话，当作何评价，他一定会说我对他的政治生涯所知有限。因为当年革命和抗日工作都是国家机密，不能在家中与妻儿多谈。而且他的一生深知政治幻灭之苦，个人在大的变局中常常是无能为力。反对儿女从政。

我所写国立中山中学和《时与潮》杂志事业，只是我所能看到的他生命的一隅。我只能写我所知部分。此书出后当去他墓前酹酒焚寄。如希腊史诗之 libation。祭告求谅。

知识分子关怀国家社会，并非只有政治一途

东："东北不应变色而竟变色"，让无数亲历者、研究者对历史报以无奈的慨叹，你是否曾设想过，假如东北无恙，假如郭将军当年打过巨流河，历史又会如何发展？

齐：假如当年郭松龄将军渡过巨流河，东北即有革新自强的机会，历史必会重写，至少二十世纪的中国少些耻辱，人民少受些痛苦折磨。他兵谏身死时四十一岁，已在军旅经历过南北多省的动乱，天性爱读书、能深思，且结交天下有识之士，明悉家乡事，也清楚知道大局面的处境，正是有效报国的好年纪，却在渡河之前被部下出卖而

兵败，至死坚持大义，人格上是成功者而非失败者。

我父齐世英在巨流河战后到南方投入政治，原是相信中国这么大，可做的事太多了，充满了报国的理想。

我初次在台湾南端听到哑口海之名字，站在海湾岩石之上，想到郭将军和我父亲那么大的憾恨，真如太平洋的汹涌激荡流入此湾，声灭音消，哑口无言。遥想那些岁月那些人，"长使英雄泪满襟"。

东：抗战结束时期，你回家大哭一场，说"受不了这样的狂欢"，当时的心情是怎样的？为何战争胜利之后没有众所期盼的喜悦，而只剩下"虚空"？

齐：胜利之夜欢声震天，火把照亮了每一寸黑夜。张大飞在胜利前三个月战死，生者狂欢，死者默默。我为所有战死的人恸哭长夜，这狂欢中有太多的亏欠。更何况胜利后很快就是混乱，更多的死亡离散，对许多人而言只剩下虚空。

东：与政治保持距离，一方面是你性格使然，一方面是令尊教诲。你书中说："当年许多政治活动的学生领袖，由于理想性太强，从解放初期到文化大革命，非死即贬，得意的并不多。"八〇年代回到大陆探亲时，也亲见了当日意气风发的同学们经历了怎样的苦难，当时你做何感想？

齐：我自幼受限于时代、性别与体能，是一个很安分的人，很早爱上文学，书中自有天地。大学里学潮的热狂与毁灭性令我反感。游行中唱的歌那么幼稚。家庭和中学老师教我的是建设国家、奉献才能的教育，先充实自己，自会有报效国家的能力。

东：你说"我们这一代是被时代消耗的一代"，这消耗的原因即是战争？仅只是战争？

齐：抗战八年，政府在万分艰困之中实施公费教育，维持弦歌不辍。大多数师长学术水准和态度都不错。我们这一代不仅是被战争消耗掉的，是战后的时代，多数没有适才适所的工作选择，在政治狂风中如同柳絮。

像我那时仍一心想读书、在高深学问中求发展的年轻人竟似无路可走，整个中国都在非右必左的政治旋涡中，连鸵鸟埋头的沙坑都找不到了。

我如留在上海何能生存？勇敢孤身一人一九四七年来到台湾，原是自我流放之意，但来后结交了一些建设台湾的人，深感庆幸。

东：关怀家国命运的知识分子们似乎很难不卷入政治，然而卷入之后又往往迎来悲剧结果，这是试图有担当、有责任感的知识分子不得不面对的选择和悖论。你如何看待知识分子与政治、与社会关怀之间的分寸把握？

齐：政治是一种专业，并非人人适宜从政。在卷入政治之前，必须先有政治认识，也必须有自知之明，最好还有些具体的理想。知识分子关怀国家社会，并非只有政治一途。我六十多年在台湾从未涉足政治，教书写作自得其乐。

东：若干年后在台湾你也面临政治上的艰难选择，一则编选教材时要面对是否"政治正确"的非议，二则此后评介台湾文学，也会面临"你是不是爱台湾"的诘问。面对这样社会性的政治舆论，如何自处？

齐：现在的台湾几乎没有"政治正确"的问题，什么都是"正确"的，什么都有人反对，一般人也不太当真。

似乎近年来连发财都不太令人兴奋。大家共同怕的是地震，但是常常小震，也不怕了。当年的奋斗，"往事只堪回味"。

我们心灵自由，终能用文学留见证

东：抗战时期虽然情势动荡，但是你笔下的南开中学、武汉大学仍然坚持着教学品质与标准，师生的行为都令人感动。

你长期从事教育事业，认为一国之教育最重要的是哪些方面？一流的中学、大学又应该具备怎样的特征？

齐：教育是分很多层次的，但是任何一个国家长治久安的稳定力量都来自真正的知识分子。大学都很多了，但是师资都待加强。

科技也许短期可授，人文思考却需真正的读书人，耐得住长年的寂寞，给他们较单纯的环境，才能多作抽象的思考成智慧。

东：在颠沛流离之际，仍有偌多知识分子坚守理想，仍有文学安慰心灵。

在此想借王德威先生的评论一问："在如此充满缺憾的历史里，为什么文学才是必要的坚持？"

齐：王德威在研究文学史多年后才有此叹息，百年动荡埋没了多少智慧心灵！我们这一批人，两代退居海隅，却从不认为自己是失败者，因为我们心灵自由，终能用文学留见证。

文学是什么？让我引用一年前席慕蓉赠我的《一首诗的进行》，有几行说：

> 在字里行间等待着我解读的
> 原来是一封预留的书信
> 是来自辽远时光里的
> 一种　仿佛回音般的了解与同情
>
> 直指我心啊，天高月明……
> 是否　只因为
> 爱与记忆　曾经无限珍惜
> 才让我们至今犹得以　得以
> 执笔？

东：由此有一个大问题，我们为什么需要知识分子？你如何看待知识分子的责任和使命？

齐：知识分子的定义很广，大约多读些书，有些见解吧。

《巨流河》的书腰上说我是知识分子，大约是因为我写了一本有意见的书吧。社会需要知识分子，我确也做了许多传承的努力。

例如一九七〇～一九八八年间我曾在台湾大学教文学院研究生"高级英文"课，专做英美文学选读。近二十年间教了至少四百个研究班学生，他们今天五十多岁，在台湾文化教育方面都有些分量，都是继往开来的知识分子。

在我其他课上的学生数倍于此，在各行各业有成就的甚多。环环相扣，形成台湾今日的文化。

像我这样的人很多，应该可以说尽了知识分子的责任与使命。

东：在与白先勇先生的对谈中，你曾提到，如今的人"生活好，有吃有喝，心情却茫然，这个才是大问题"。你年轻时也曾对自己的前途和国家的茫然难以消除，感到"当年想读哲学了解人生，如今连自己这渺小无力的心灵都无处安放了"。这种茫然与当下这一代人的心情有何差别？以个人经验而言，这茫然又当如何解脱？

齐：一九四七年我到台湾后所遇师友都是做建设性工作的知识分子，在此开始一生服务态度，然后结婚生子，有家庭责任，渐渐走出茫然的心境。

我不使用电脑，不能精确地比较电脑时代的人生态度和书本时代到底怎样不同。

也许活在太平、充裕的时代，电脑上零碎的知识也足够使他们快乐了，没有大的忧愁又何必强说愁。有些年轻人文章中说茫然，总得自己走出来。

（原刊登于二〇一一年三月十四日《瞭望东方周刊》）

"我现在还有一个精神在"

◎ 韩福东

见齐邦媛之前,我将《看历史》编辑杜兴的信,从台北给她快递过去。她住在桃园,很少会客。那封信打动了她。"我很喜欢。很好的一封信,非常感动他那封信。"

那封信是这样写的。

齐邦媛先生大鉴:

我是大陆《看历史》杂志编辑杜兴。《看历史》由成都传媒集团出品,发刊词题为"人人都来书写历史"。本刊认为,每个人都是历史的亲历者和见证者,这是一个"公民写史"的时代,它给了我们每个人一支笔,以打破被官史和史官垄断的历史书写权和解释权。本刊创办三年来,被各界誉为大陆最敢说话、最客观的历史杂志之一。有海外学者将《看历史》与台湾《传记文学》并提,与《传记文学》不同的是,本刊还有相当多的内容是中下层人民对历史的记录和思考。

目前,由《看历史》杂志发起并主办的"国家记忆2010·致敬历史记录者"评选活动正在进行。评选旨在支援惯于寂寞的历史记录者,呼唤公众关注历史的保存与传承,从历史中寻求前行之路。秦晖、高华、吴思、张鸣、朱学勤、长平、曹景行、展江等十四位大陆著名学者和资深媒体人担任评委。将产生"年度记录者"、

"年度行动者"、"年度历史写作(媒体)"、"年度历史图书"、"年度历史影像"、"年度公民写史"、"年度历史公益"、"年度特别致敬"八个致敬奖项。

我们认为,每一个人的命运都值得记录,每一份抵抗遗忘的努力都值得尊重。历史记录需要公共参与,需要民间立场,需要传播和共用。这是没有奖金的"大奖"。本次评选活动纯属民间行为,很多候选人或作品,与国民党抗战、大陆"文革"等历史有关。拜读先生的《巨流河》,看到的不仅是个人史、家族史,还有颠沛流离的命运与乡愁。大作已经被提名为"年度历史图书",而且就目前评委回馈的资讯看,极有可能最终获选。

二○一一年一月十五日,我们将在成都建川博物馆举行盛大的致敬典礼。(建川博物馆是大陆最大的民间博物馆,内设大陆唯一的"国民党抗战馆",连战题名)一百多位历史学界、传媒界知名人士以及杰出民间历史记录者与会。拟定出席的嘉宾,还有不少重大历史事件的亲历者、见证者,例如南京日军受降仪式警卫营长赵振英、上海四行仓库"八百壮士"唯一的幸存者杨根奎等。

致敬典礼,实质上是一群寂寞写史者的聚众"取暖会"。本想邀请您出席,很多朋友建议,您年岁已高,出行不便,不要勉强您移驾。但如果您的音容出现在现场,则会给"取暖会"添加一把大火,于两岸之沟通、族心之凝聚,都是一大幸事。故此,我们让现在台北的特约记者跟您联系,恳请先生谈一谈——在辛亥百年之际,怎样看待历史,怎样面对未来。

即颂

安康

杜兴 上
2011.1.2

于是,我得到了采访她的机会。

她的谈话从《巨流河》简体版的出书开始,以下是全文记录:

这本书大陆敢出版,算蛮勇敢的。台北出书后,我没有去大陆,是美国的王德威教授介绍给三联书店。你们问我删减有多少,我觉得删的内容不多,不到一万字。譬如第十章"台湾、文学、我们"部分,我删了部分人名、书名和内容,对大陆读者来说,这些事可能比较陌生,没有兴趣。但是删了之后,我又把它重新做了连接,以免造成破碎、不连贯。后来也有大陆读者反映,这部分内容有助于了解台湾文学。他们并没有随意删,都是我同意的。他们有什么要求,给了我一个单子,我看了一下,觉得可以的,我就同意删。我不愿删但他们删了的,只有关于闻一多那两段。

我最伤心的就是我们很崇拜闻一多

我写闻一多那段,是对导致国民党失去大陆的学潮运动的一个很大的反省。他对中国学生的影响太大了。闻一多我们崇拜过,他有两篇诗我到现在还会背,他是我真正的偶像,也是很多人的偶像。我最伤心的就是我们很崇拜闻一多,因为崇拜他,所以觉得他会变成那样,很伤心。那时他每一次公开的演讲,学生简直疯狂。

闻一多那时候骂国民政府骂得实在太厉害了,而且他并不知道那个政府在做什么。他说这个腐败的坏政府绝对要打倒,不能再让它存在下去,他用一种很强烈的"一定要立刻打倒"这样的说辞。我非常失望他后来这样子闹。

那时候不像今天有那么多的媒体,每个人知道的就是自己所能看到的。我希望在"中央研究院"做近代史研究的学生,有人肯在论文里做一点关于国民政府当年腐败状况的研究,那个时候到底有多腐败?所谓腐败,要有些具体的东西。

我不敢说那些官员都好,可是,我们穷到什么程度?确实不像今天这样满地都是金钱诱惑你去腐败。那时没有那么多诱惑你腐败的东西。那个时候衣食住行生存是个很重要的问题。

人与人之间，要多少的善待

为什么这本书在八十岁开始写，我认为这时候写非常恰当。我看得蛮清楚的了，我对台湾、对大陆的大形势都有些了解，除了大形势，也看到两岸的开放交流，如老兵的返乡和他们的处境。

我知道很多实际的例子。有的老兵把身上最后一件毛衣都脱下来给他弟弟。他什么都想补偿他的家人，可是他发现他的家人因为他在台湾，受尽了迫害，这是补偿不了的。我先生的母亲，她只有二十几亩地，给没收了，翻不了身。我先生是她唯一的依靠，儿子在台湾，她去不了海外，已经很可怜……

"善待"这两个字是中国很古老的东西，我这个好像很洋派的人，对中国古老的东西非常地欣赏。善待，我们对动物也好，对其他什么也好——台湾一直提倡善待动物。我们对人类和对动物的善待还是很重要。

我写《巨流河》的时候，已经八十岁，我这个年纪不能算冲动，想到朱光潜和吴宓老师在大陆的遭遇，不仅不是善待而已了，我在夜里一面写一面哭。我到现在都不能提这件事。我常常在想，怎么把一个人摧残成这个样子？人与人之间，要多少的善待！

我对大陆本来是一片热望

我对大陆本来是一片热望，我甚至在没有开放交流的年代去北海道，去韩国，都很激动，就是心理上觉得北海道与韩国离老家近，很想靠近故乡。往北去，就想看到东北是什么样子。

开放后我先生常回大陆探望母亲，他觉得母亲辛辛苦苦把他养大，他对不起母亲。我常去机场接他，一次在机场，他让我把身上的所有钱都给同机的一个台湾老兵，甚至把毛衣脱下来给这个老兵，他说这个老兵连回桃园"荣民之家"的车钱都没有了，是个非常底层的知识也不够的老兵。

我最近看到《联合晚报》登了一张温家宝在英国的照片，和欧洲的政要在一起，温家宝坐在主讲席的位置上，我觉得很高兴。我记得的中国，在我二十三岁之前，都是逃难、朝不保夕，现在在国际上有地位了，真的很好，我讲的是很实在的感受。

我希望大陆能在平安和安定中求进步，所有的风风雨雨、起起伏伏都是难免，台湾也一样，任何社会都有争权夺利。大陆这么大，人口这么多，教育还没有很普及，我是希望大陆能够和平、安定地像现在这样进步。包括贫富不均等很多问题，可能需要靠智慧来解决。如果大陆好，我们也是生死都很开心。父亲临终，没说死后要归葬东北，归葬东北也没地方可去——葬到哪里？可是我们一直都希望大陆好起来，看到中国人在国外受到尊敬，也是高兴的。

我一直希望两岸有和平的、各守本分的进展。希望包括海归派能做些长久、深刻的努力。

没有一个国家是靠零碎的知识拼凑起来的

我父亲一直是宏观地看世界。我也是。我父亲（齐世英）的传记，因为是口述的，有很多事情没说明白。他确实很希望深化教育。如果郭松龄革命成功的话，东北第一件事就是办教育。你们可能不晓得，东北是中国第一个有洋小学的地方，清朝政府办的。因为皇上说是他的家乡，什么好东西都给东北。父亲想多办中学，认为中学影响最多。

郭松龄兵变，我想历史上已经认同它是一个非常大的转捩点。如果当年兵变成功，东北一切的资源都有，稳下来的话，日本人不可能过海来侵略东北。没有东北侵略，哪有后来那些事。郭松龄是真正懂知识的。我对知识救中国是深深相信的。

我来台湾，并不是流亡来的，我是受聘来的，是战后台湾大学第一个受聘于外文系的大陆人，虽是助教。我觉得有权利公平说话，不是逃来，而是清清楚楚知道自己来做什么。

在台湾，教育上没有分本省外省，任何在台湾的小孩六岁都要入学，按学区制，任你是谁都一样，没有地域分别，没有教育等级分别，只有考试，凭的是个人努力。我教书写了好多封推荐信，好一点学生出国我都写，只要他们请求我，因为我是系主任。记得一年最多写过七十多封。中间有几个学生真的很好，我信上写最好的赞美。

国民党把那么大的地方丢了，跑到台湾，但教育的事他们用心做了。抗战八年，军费那么高，教育上始终是战区学生都有公费，不收学费，整个教育无论中学、大学在抗战时期一点没有停止。那么困难的时代，政府教育是弦歌不辍，弦歌不辍是中国在那么困难的时候保存最好的一件事。也许这个就值得一说了：弦歌不辍是最重要的事。

总有一天，民国史的争论会少一点。

天下很多人，是精神大于肉体

我总感觉像我父亲、吴宓、朱光潜那一代那么精彩的人，现在已经很少了。他们都傻傻的。吴宓穷到那个程度，还帮助学生。我的意思是，天下很多人，是精神大于肉体，心里想的精神上的东西超过了物质。

我是汉满蒙血统，父母是满族，外祖母是蒙古族，我的汉人血统占四分之一。我自己蛮得意的。

我的家国情怀，确实继承自我的父亲。我六岁出来，自己谈不上有真正的家国情怀。我写这本书时，确实是眼泪不干地在想当年，这么多年来我也确实是不断想回家乡而不得，等后来回去时，又感觉到没有什么意思了，因为太晚了。所有该流的眼泪已经流过了。我现在能够很冷静地写当年事，我主要写我父亲当年的爱恨，一九二五年到他逝世的一九八七年，有整整六十多年。我对父亲的遭遇很不平。

我父亲一直反对家天下，任何的父子继承，都是不理智的。雷震和我父亲是很好的朋友，但雷伯伯很爱说话，我父亲不爱说话。两人的表现方式不同，手段不同。

有人说不喜欢齐邦媛的书，主要是她太好命了，怎么有那么好的父母，在那么好的学校。大陆那个时候虽然那么多的痛苦、那么多的折腾，但是生在很好的家庭，享受很好的父母的爱，还是很多。我的父母真是那个样子，太单纯了。

我父亲的那本口述史很琐碎，但对一九四九年以后就没有说一句话。父亲觉得买卖不成仁义在，对蒋先生不讲恶言。他一九五八年去过美国，有人问蒋介石怎么让他去美国，不怕他在那里骂你么？为他出境担保的人士说，齐世英不是那样的人，他不会出去骂的。

我现在也是，不能忍受别人骂台湾，有人骂台湾我眼泪就流下来了，我不知道为什么——虽然台湾也不把我当自己人，当"外省人"。往大了说，我也不希望有人骂大陆。

（原刊登于二〇一一年三月号《看历史》杂志）

■注

齐邦媛著《巨流河》获得"论道竹叶青——国家记忆二〇一〇——致敬历史记录者"年度历史图书奖。

本文来自《看历史》杂志社二〇一一年三月刊"抵抗失忆——民间历史记录者的中国叙事"

"历史可以一笔带过,文学不能"

◎田志凌

南方都市报:(以下简称"南")
这次你获得的是华语文学传媒大奖的年度散文家奖,你对《巨流河》的定位是怎样的,文学还是历史?

齐邦媛:(以下简称"齐")
这是一个文学作品,我用"诗的真理"来讲它,就是想让读者从我的字里行间做一个自己的判断。我不能写历史,我知道写历史常常有政治的偏见。我没有特别的政治立场,我在台湾,他们说我不蓝不绿,也蓝也绿,反正没有什么偏见。

南: 你写《巨流河》时,有没预料到它会在两岸引起反响?

齐: 我写的时候完全没有想到大陆的反应,因为我以为在大陆这书是出不了的。但我二十三岁以前都是在大陆,因为回不去了,我最怀念的其实是那二十三年。我一生中最好的、最坏的时光都在那二十三年。

南: 在你收到的评论当中,有何印象深刻的?

齐: 有一位外交官读者最早写信来,他一百岁寿诞前看了我的书,手里拿不动心里放不下,写了很长的信给我。他当年到南京读书的时候是我父母招待的乡亲。后来我又接到很多九十多岁、八十多岁的人来信。他们说这么多年了,终于有人说我们的事情了,在台湾还活着能写这个的已不多了。年轻学生也很多,写信来谈他们对旧时代的看法。

不能回家乡很不甘心

南：我不知道你写的时候状态是什么样的，你好像提过，你在写的过程中一直在流泪？

齐：因为关于个人的生命，总觉得很多事情很不甘心。当然你能了解，我们从东北那么大的地方到了台湾，一来就是一辈子，现在我的儿孙多半都不回去了。所以心里很不甘心，这算什么呢？打日本的时候打成那样，打了那么多年，你拼命保护自己的家乡而打仗，结果你回头一看家乡已经没有了。我们当时以为抗战胜利了，就可以回老家了。我父亲是家中的独生子，家还得靠他撑起来，结果没有家了。我们那样的流离终生并不是浪漫的故事，而是真的无家可回了。所以一直到今天，我们这一代的人都不甘心。

南：所以写的时候你的情绪是很饱满的。

齐：我总觉得这个话要说出来。像我经历这么多事情的人，如果不说的话，就没有人知道了。像我这样从中国的极东北到了极西南的，这样的人大概也不多。我离开东北的时候是六岁，离开南京的时候是十三岁，抗战的时候，我在四川读中学，上大学，在战火中成长，所以我已能看得清楚。我的书写实在的情境，我最关心的是不要写错了什么。

南：你在写作过程中，是不是要看很多历史的资料？

齐：跟二十世纪中国历史有关的书，我都尽量看看。资料是很重要的，虽然我写书没有引用太多学术资料，但是我要参考。第一我不愿意有错，我是想做一个可信的记录和见证。

南：对，你在书中基本没有引用任何史料。

齐：我看资料，但要回归到我的生活。我要以自己心中记忆作为一个基础，做一个负责任的判断。一个人所能知道的就是这么多，而我恰好站在一个比较高远的地方来看。我并不是为了个人抒怀出一本书。

南：有一种责任感？

齐：我只是想把这件事很认真地写出来留给后代——不只是我个人的后代，是我们这三百万人的后代。这么多年我在等人家写，但是我没有看到。想了许多年，还是自己写了。我总觉得有这个使命感。

南：那为什么一直拖到八十岁才开始写呢？

齐：我一直很忙，我不想写零零碎碎的东西，我必须整体地写。整体写的话，就需要心神宁静。这十年里，我先生生病，孩子们也不在家，现实生活让你没有办法坐下来。后来我到美国跟孩子们住了一段时间。在美国没有相关的资料没有书，所以我决定回来，那个时候年纪已经大了。但是既然活着，就写多少算多少。幸运的是有三位年轻朋友非常诚恳地来帮我忙，她们帮忙整理大纲，催稿，给初稿意见，过一两个礼拜就打电话问你，现在写到哪儿了？就这样差不多四年，总算写出来。

《巨流河》亲手删节

南：我很关心一个问题，你写的时候心里有很大的感情，但是为什么写出来会那么冷静、克制？

齐：我想控制情绪也是我教书的时候训练出来的。我教文学作品时，有时候讲到一些文章会想掉泪，但一定要控制。下面有时一百多学生，我必须把情绪控制在一个学术上能够接受的范围。

  我也知道，能让别人看得下来的东西，就是你写的时候心里冷静一点。如果你哭哭啼啼的，写出来让别人怎么看。我们讲英文作文，写得最好的句子是 Simple and direct，简单直接明了，别人知道你说什么，会产生应有的回响。而且《巨流河》里我要讲的事情那么多，不能停留在一个地方太久，和生命一样，必须往前走。

南：听说《巨流河》在台湾出版之前删掉了很多字？

齐：我一开始写了四十多万字，后来删了很多。尤其像写从前逃难的事情相当多，可是觉得后面还有很多内容，所以前面就尽量地简短了，包括我父母的事情，写得都很简单。删字主要是担心书的厚度。出版社说，你要不就出上下两册，要不就出一个一本书能够放下的。上下两册的话，我猜想别人都会看上册，不看下册。因为下册都是到台湾之后的，比较平顺，上册有很多的动荡。所以自己下定决心删一些。很舍不得，因为还有很多话没说。

南：你曾说"我用诗的真理（the poetic justice）写他们，下笔时如此悲伤，却也如此愉悦"。诗的真理，这应该怎么理解？

齐：诗的真理，我倒是做了一点研究。亚里士多德说，一个人的倒霉、不幸，通常只能令人感觉到难过，可是你不会引起大的怜悯和恐惧。因为大的怜悯和恐惧，后面还要有更深刻的意义才行。比如莎士比亚戏剧里面的《哈姆雷特》、《奥赛罗》，只是一个可怕的死亡，可是它成这样的结局是有原因的，是一步一步走来的，这些走来的路都是合理的，都是必然的。有性格的、命运的、家庭的、不能违背的规律，好像命运一样。

所以就像你读诗一样，在诗的最后，你知道它还是有一个意见，可是那个意见有很多酝酿的因素。它必然的结局就是我们所说的终极真理，这个真理也可以称为诗的真理。我无法用简单的叙述说明我那个复杂的时代，所以我一定盼望有诗的真理。

南：在《巨流河》里，诗的真理是什么？

齐：有些人或者认为来到台湾的都是失败者，但是我们很多人并不赞成。因为这不是个人的失败，甚至也不是全体的失败。至少我个人，或者我对我父亲那一代，我不觉得他们是失败者。不是说我们嘴硬或者不肯服这口气，你到了六十年后还不服气，而且是几百万人不服这口气，那么就不是嘴硬了。那些老兵也不是个人失败了。他们像进网的鱼一样，你不能说这条鱼很差劲，所以才被网住了。所以我说要用诗的真理写。你能想到那些老兵没有工作，没有妻儿，没有家乡，几十年来睡在一个荣民之家的床上，跟其他什么都没有的老兵在一起，最好的时间就是下棋，听听收音机，就这样过了一辈子吗？他们当初当兵打仗的时候，都相信我们要打倒日本，就可以有幸福的日子。那么我仗也打了，我一条腿没了，我眼睛也瞎了，活着未能奉养父母，死后也无人送终，我怎么会什么都没有？回荡在这些生命幽暗的山谷中，是《老残游记》序中所说有力的哭泣："感情愈深者，其哭泣愈痛。"

历史可以一笔带过，文学不能。我沿着巨流河追踪自幼年起的漂泊往事，即开始寻求受苦的意义，或者诗的正义能解释我写的意义，或者不能，但是我写此书至少是有寻求诗的真理的努力。

南：写这本书你是想记录一段历史，为什么最终选择从个人回忆的角度来写？

齐：因为我没有办法写大的历史，像东北的情况，我就不太清楚。我写当年我父亲的事，也多是根据他的口述史资料。我事实上比较了解他办学校跟他办杂志的两件事，所以我重点写这两件事。他是国民党的中央委员，还是东北的党务负责人，抗日的时候有一百多个据点在东北做地下抗日工作。但我的资料实在是不够，我也不能随便写。我不确定的事，我可以不写。文学创作是可以多写，可以少写的。

刚才你问我为什么到了八十岁才写？还有一个原因。

南：是什么？

齐：八十岁之前，我有两个最大的困难。第一个是到台湾之后，我与我从前的生活完全是失落了，自一九八八年后，大家回大陆探亲、旅游的多了，对大陆的情况比较了解，我也渐渐能够印证自己前半生，把那二十三年的事情写得清楚一点。

另外书里写到我感情的事，八十岁之前我也不希望别人拿来作为一个故事来读。而且我还有丈夫、儿子，我不希望让他们误会。对于像张大飞这样的人，在我少女时代是一种崇拜和象征，觉得他代表很多年轻人在国家生死存亡的时候，以自己的生命来做了忘我的贡献。恰好因为我在那个时候碰到这样的人，也有这样的机会跟他深入地了解。他很爱诗，写的信很有文采，内容也常有刺激，可惜我未能存留下来。

南： 张大飞的故事打动了很多读者，很多人说那是一段很美的恋爱。

齐： 在今天来说很难称为恋爱。对我来说，是一种钟情。"钟情"这两个字在现在当然是很过时的了，可是那个时代，第一见面很难，第二也有很多的顾虑，不是像今天这样交通便利。所以回忆当年就是那么简单，又是那么诚恳，那种钟情因是一生只有一次。人家那么轰轰烈烈的生和死，我很怕别人拿来亵渎，那样亵渎的话，会很对不起他。你了解我的意思吗？

但到了八十岁我怕以后一切都来不及了，就都把它写出来吧。那个时候跟人看电影，看两三次就要嫁给他，不然别人就说你这个人随便，蛮恐怖的。今天你们很难了解，我对那段感情，感觉非常可贵，终生难忘。如果我还没有写完就死了，也许是个遗憾。你刚才还有一个问题问我，《巨流河》要不要做电影。我书出来以后的第二个月，就有导演来找我。

书在有生之年不改编为电影

南： 听说不止一个导演。

齐： 他们用各种方式找到我，有很多。他们甚至做了一些计划，我发现我不能接受他们的方式。所以我就公开地说了，在我有生之年不拍电影，我希望我的书先站稳，保持自己的价值。

南： 电影看重的是其中的爱情故事吧？

齐： 他们一定要把张大飞那个感情写成一个热烈的爱情，因为不这样做电影就不能卖。这样做我受不了。在现实里他是个木讷寡言的人，连人生都没想清楚，二十六岁就死了。他死得那么干净，全心全意的，就是为了报国。我在有生之年，不愿意看到他短促的一生成为一个热闹的电影。

我觉得也是亵渎我们当年跟着老师念书、背诗的时候想的境界。如果我不在了，那么这个书成为什么样子我也管不了。但是总得有一个基本的态度存在。

南：读《巨流河》有一个突出的感受是，抗战时期你比较早地选择了走专业的路，安静读书，而当时你周围的同学是不是大部分被卷进政治了？

齐：最早其实并没有。卷进去是在抗战胜利后，从一九四五年学潮开始的。抗战末期大家都苦得不得了，衣食都不够。当时也不知道该怎么气，就生气这个政府无能，怎么把我们搞得这么苦。但我想无论任何一个政府，到了那个地步，已经打了八年那样的苦战，确是很艰难。我对闻一多确实伤心，因为我以前很崇拜他，他是一个了不起的写诗的偶像，我们都把他的诗拿来抄和背。学潮时他突然跳进政治，喊叫打倒，推翻，不是好好讲话，他每说一句话就影响很多的学生。他没有想到我们把这个打倒以后，用什么去代替。我父亲是坚决反对儿女从政的。我父亲一直觉得在中国做政治是很划不来的事，少数人决定大多数人的命运，而在他从政的时候，并没有看到真正的理想的力量，他是很失望的。

南：你的父亲对你最重要的影响是什么？

齐：我觉得他对我最重要的影响是 taste，不光是趣味，还是一个品位，一个人做人的态度。他跟朱光潜老师他们几个人，有一种潜移默化的行为方式。我父亲觉得很多东西是很俗气的，很让人看不起的，这些事情我们就是不做的。

南：比如说什么样的事是俗气的？

齐：比如无聊、没有焦点的议论，自吹自售的名利追求。他不喜欢我们多看电视，绝不允许年轻人打麻将。他说麻将桌上都是一些闲话，没有出息，你有时间就去看看书。不读书的就常常言语无味，缺少奋斗的目标。他宁静温和，认真的话，静静地说；认真的事，静静地做。

南：像朱光潜、钱穆那些老一辈的知识分子，他们对你有什么特别的影响吗？

齐：他们对我最大的影响，就是有一个基本的做人态度，要有思考的深度，而且"稳重"这两个字蛮重要的，因为我常常觉得不好意思，自己内心很激动，就很难稳重。所以慢慢地变成了自己的一种警惕了，学习耐得住寂寞，把重要的作品写出来。他们的人生情趣也给我们很大的启发。像朱光潜老师，就连他院子里落叶不扫，对我的影响都很大。

南：落叶不扫？

齐：落叶堆在他的小庭院里，他不许扫，堆了一层又一层。他说下雨的时候，会有雨打到叶子的声音，有风的时候，能听到叶子卷起的声音，他觉得很好。这些事情对我们来说蛮重要的，生活很苦的时候，想一想其实那种快乐也很好。

　　朱先生后来在大陆的经历我知道得少，我也找人问过。我写信问他当年的助教，是我学长。朱老师后来的情况有没有人写？他说没有。我大概知道他"文革"中所受的迫害和侮辱是很厉害的。每次想起当年他讲那些诗文中美的意象，我就觉得自己不能太俗气。后来朱老师变成什么样子，我不能想象。在乐山我们曾很近距离地看他，看了好几年，知道他原来是什么样子，不能想象他后来变成什么样子，那种变化是很伤心的。后来我看到他出的几本书，只是在序或者后记里写一点，可是我觉得够了，我已经知道他受了相当多的侮辱，一再地解释或者否定自己那种侮辱应是他最难过的事。

南：接下来还有写书的计划吗？

齐：我现在身体不好。我收到台湾读者手写的来信已经四百多封。我不用电脑，他们说电脑上的信更多。读者来信多半就是希望我再说一点,你为什么不说这个,你为什么不说那个?我正思索怎么给那些真诚写信的人一些回应,然后有几本旧书在台湾要重新出版。我的编者大约很怕我被称为"一书作家"吧。

(原刊登于二〇一一年五月八日《南方都市报》)

华语文学传媒大奖

【传媒大奖授奖辞】

《巨流河》既实录个人命运,又深思国恨家仇。淡笔抒情,怅然悲史,那殉国者的鲜血,流亡者的热泪,回不去的故乡,连同沉潜于少女心中长达七十年的恋慕与柔情,历经岁月的风霜,已从灿烂归于平实,从时代的主题退隐成了记忆的残片。齐邦媛本着史家的诚恳、作家的生命关怀,以文立心,目击成诗。一个乱离之人的心痛或许渐行渐远,但绵延在巨流河与哑口海之间细小的情爱、无法割舍的挂怀,以及作者对文学安妥心灵之力量的张扬,使得这种绵密、整洁的叙述,成了二〇一〇年度海峡两岸共同珍视的浊世清音。

【齐邦媛获奖感言】

自从一页计算机打印的讯息,通知我得了华语文学传媒大奖,而且得写一篇得奖感言,除了荣幸,我对文学奖的记忆和感想就不断盘旋心头。电话来访问我的记者田志凌说,我是"近十年历史上第一个台湾获奖作家"。华语、文学、传媒……波光帆影,心灵舟楫往还,流动的意象很强。在我已暌别六十年的乡土,一个文学奖的评审会,读了我追怀二十世纪中国的《巨流河》,投票给一个台湾作家领受这个奖,我应当欢欣呢，还是应当落泪呢？在台湾，我们仍有时被称为"外省作家"或者"流亡作家"。在历史的长河里，这些称呼将都会存在，没有褒贬，只显示了事实和困境吧。

也许我们共同的语言——华语——可以称作一个共同的故乡吧。

中年以后，每次长途旅行，到不用华语的国度，我必带一两本中文书，好似由故乡土地上掬起一把土，夜间旅舍读读，不觉孤单。当年常带《老残游记》，觉得他忧国忧民，明喻暗讽，文字简洁明朗，很有精神。已不知读了多少遍，近日突被他书前自叙所吸引，竟似诉我写《巨流河》意念。这篇自叙五百字，只写哭泣的意义。作家述作，"不以哭泣为哭泣者，其力甚劲，其行乃弥远也"。刘鹗一九〇四年开始写游记，借此抒其抑郁，五年后病死于流戍地新疆，未见民国之诞生。

整整百年之后，我重读他自叙的结论时，已亲经二十世纪血泪历程。如今棋局已残，吾人已老。隔着六十年的海峡，传来这个奖，如是惜别会上的掌声，令我如此悲伤，如此愉悦，却也如此温暖。

祝福二十一世纪的华语文学作家，祝你们在和平相处的世界成长，不再被政治逼迫而漂泊，能稳定地达到文学思想的高度，被聆听，被珍惜。

（原刊登于二〇一一年五月八日《南方都市报》）

八十岁仍心灵未老

◎陈书娣

已年届八十七的台湾翻译家、文学家齐邦媛，回忆写《巨流河》之际已八十岁，"终于有了完整的属于自己的时间和空间，大病中重得余生，自知每一天都是上天恩赐"。她说，文学不能重建城邦，但是它安慰，甚至鼓励用各种方式重建自己一片天的有志气的人。而这一切都源于她至今仍抱持大大小小的使命感。她称赞大陆作家文字里已有大悲悯情怀，是一种新的阅读深度。

大陆作家文中有大悲悯　形成新的阅读深度

凤凰网文化：（以下简称"凤"）
您对现在的大陆文学了解多吗？有哪些作家和作品您个人比较欣赏的？

齐邦媛：（以下简称"齐"）
我做中西交流文学翻译那些年，很少得到大陆的作品资料。一九九〇年代读到阿城的《棋王》、《树王》、《孩子王》和张贤亮的《绿化树》，印象最深。最近有人赠我一本莫言的《生死疲劳》，书的后记"捍卫长篇小说的尊严"谈到大悲悯的问题，令我看到大陆作家的一种新的阅读深度。

凤：谈到个人写作，您曾说在梦里也会用到英文，为什么会有这样浓厚的英文情结？

齐：凡是写作者都有浓厚的文学情绪，我对英文的情绪，大约和真正爱好或深研音乐的人一样，日思夜想中都有牵萦。用中文写作好似弹琴，开始的时候常怕文字出错，不敢海阔天空。

凤：您曾拿您的父亲和吴宓先生举例说："天下很多人，是精神大于肉体，心里想的精神上的东西超过了物质。"但这个时代似乎精神层面被逐渐扩大的物质世界所取代。台湾年轻人是否有同样迷惑？

齐：我父亲和吴宓老师那一代的人生活方式、物质环境都相当单纯，从国外留学回来更看到国家积弱的真相，他们想由教育救国，抵抗外侮，充满了积极的使命感，也很能钻研，物质要求小，所以受诱惑亦少些吧。

凤：许多人说，写文章需要有史观，你有怎样的史观？

齐：写文章的史观，各自不同，有人似不需要什么史观。文字后面自有心灵境界，天性有些基础，自年轻起读书、观察、对人生持肯定态度，自然有话可说。

文学不能重建城邦　但能安慰人

凤：《巨流河》您总共写了多长时间？您身体不太好，是怎么克服这漫长的体力与脑力的双重折磨的？有没有细节的故事可以分享？

齐：在文学研究中，我最尊敬西方的史诗，感怀身世，尤其喜爱维吉尔的《埃涅阿斯纪》。它用生动翔实的文字写特洛伊城毁于大火之后，一批移民奋战，阻挡一切艰困，最后到达命中注定的台伯河，建立罗马帝国的基业。

　　那种心中有目标的英雄气魄才是真正的王者态度，文学不能重建城邦，但是它安慰，甚至鼓励用各种方式重建自己一片天的有志气的人。

凤：《巨流河》通过您的家族史来描述中国近代史，但您提笔写时已经八十岁，为何要拖到这么晚来写？

齐：到了八十岁，终于有了完整的属于自己的时间和空间，大病中重得余生，自知每一天都是上天恩赐，我一字一句写我数十年心中念念不忘的人和事，如同埃涅阿斯一里一岛地前进，又得到单德兴、李惠绵、简媜三位小友四年如一日的督促、支持，终于完成《巨流河》一书，虽然不够详尽，也没有仔细修润叙述文字的时间，但是百年行来，梗概已植，如我序中所说，盼望为来自巨流河的两代人做个见证。

我写此书时，身体年龄固然是八十岁，精神却依然清朗，回首今生，往事历历在目，尤其奇妙的是我至今清晰地记得一些人说的话和说话的声音，而我自己在叙述的流程中，如王德威在他为《巨流河》写的后记"如此悲伤，如此愉悦，如此独特"结论说："……时间流淌、人事升沉，却有一个声音不曾老去。"我的心灵未曾老去。

凤：在您青少年时对一生的回忆，与老年时的回忆，最不一样的感受在哪里？

齐：我在中学读书时，很爱地理课，常常希望长大了，有一天能去看长江的发源地。在那个时代一个女孩子也只能痴心梦想罢了，而如今这么多年，这么遥远的山海隔着，我至少找到了自己生命巨流河的发源地和出海口。

这些年也并不是都很容易过的，也有许多虚掷的，浪费的，但我总是抱着一些大大小小的使命感，有许多关怀的事，譬如文学教育、老兵和眷村的记忆，国际的文化交流。我的一生多半是全神投入地工作，是值得积累的，值得感恩的，这就是我最想对年轻朋友说的话。

（原刊登于二〇一一年十月十日《凤凰网文化》）

"巨流河和哑口海,存在于我生命的两端"

◎李　菁

这是一篇延续时间颇久的采访。因为齐老住所变动,加之身体原因,几个月后,才得到她手写的书面答复,上面那认真的笔迹实则是一份诚挚的心迹:"我终于回答了访问提纲上的问题,自己感到欣慰,因为这并不是容易做的事啊。在我的回答中有关读者好奇关心的事,我做了最清楚坦白的回答,希望也是我今生的答案。虽然这些答案做了两个月,在我今夏变换住所等等变动中,这已是我体力心力的极限。我想把这最后一次的手写答案给《三联生活周刊》,因为我的《巨流河》在三联书店出版,三联即是它在大陆的家吧。"

无处安放的乡愁

三联生活周刊:(以下简称"联")

写这本书的想法,是从什么时候在你心中"生长"的?父亲生前是否鼓励你写一本家族史?在写作此书的过程中,你内心都经历了什么样的情感体验?

齐邦媛:(以下简称"齐")

我自一九四七年到台湾后,用了六十年的时间想念那留在大陆的二十三年青春。这漫长的六十年间,有激荡,有平淡,也有似乎遗忘的阶段,但是那历史冻结的短短的上半生却横亘在我心灵深处,从未消退。

一九四九年大断裂之后，我有足够的阅历，读了许多诠释二十世纪世界史的书。自信也可以很冷静客观地评估自己成长岁月中的人与事。对于当年那样真诚献身的人，有超越个人关系的尊敬与怀念。

联：东北在中国近百年来的命运也令人感慨。到你这一代，铁岭只是"纸上的故乡"，精神上的故乡永远遗失了吗？你的乡愁，是否成了无处安放的乡愁？

齐："乡愁"二字实在说不尽我们近百年漂流的境况。我父母有生之年若回东北，面临的只有死亡。政治力量之暴虐，无须我在此多说，读者都能了解。用"乡愁"或"惆怅"来形容我们一生铺天盖地的乡思，实在是太温和了。我父亲前半生坚定地相信，勉励别人也勉励自己，无论面临什么困难的局面，"有中国就有我！"中国是一直存在的，以各种方式存在着，而他们那一批人，抛完了头颅，洒尽了热血，连容身之地都没有了。他的后人连故居在哪里都不知道。我们幸运地在台湾度过平安自由的后半生，到淡水山上给父母上坟的时候，面对太平洋，右前方是东北方，他生前说埋在这里很好。埋在哪里其实并不重要，生者有时会想，像他们那样傻乎乎的理想主义者，死后若有灵魂，必也仍在往东北痴痴地眺望着吧。

　　《巨流河》出版之后，我收到了数百封贴了邮票的信（因为我不用计算机），有几位已九十多岁，走过那个时代，知道我父亲那样的人，他们会老泪纵横地读当年事，那是多么令人怀念的，有骨气，有共同目标的时代！像我父亲那样的充满正气的人已经不再有了。因为世界不一样了。

"寂寞身后事"

联：《巨流河》这本书里，最令人唏嘘的就是张大飞的故事（注：一九四五年,张大飞自陕西安康出击河南信阳日本空军,与敌驱逐机遭遇,在空战中中弹阵亡)。目前你在大陆已有很多读者,因此书影响,他们继续追寻张大飞的故事,这种"热"是你期望看到的结果吗?

齐:你这个问题也许代表了现在年轻人对感情的态度吧?你我之间这六七十年的代沟在此似乎很深。因此我回答很慢,很难跨越这现实层面的种种距离。我曾试过一些答案,都不能令自己满意,也无法令你们这一代完全了解,如同上世纪四〇年代由四川到云南一样,需要多少的跋涉!

多日的思量、尝试之后,我终于明白,《巨流河》中写张大飞的故事,是我纪念他唯一的方式。一个十二岁、瘦骨嶙峋的病弱女孩,遇到一位满心创伤的十八岁无家男孩,他在寒风中曾由山上牵她下山脱困,在十九岁投身战斗前,赠她满载信、望、爱的《圣经》,祝福她"可爱的前途光明"!——在那个烽火遍地奔跑求生的年月,谁会梦想"可爱的前途"?我漫长的一生时时感到他的祝福,努力令他灵魂欣慰。

八年抗战全部的历程中,我们不停歇地写信,两个在战火中摸索成长的心灵,一个找到了战斗救国的枪座,一个找到了文学的航路。——那些信,哪怕我只留住一封,也必能胜过我今日的千言万语。

我在书中用他的名字并不是他的原名。一九三二年他十四岁,父亲被日本人浇油漆酷刑烧死,他离家逃亡时,把父母取的吉祥名字"张乃昌"改为"张大非"。十九岁时考上空军,改名张大飞。他的一生木讷寡言,他笃信基督教,对人生有更深一层的思考,读者何不多追寻他为国献身的诚心和他那个时代爱国的真挚?何不多去研究当年"飞虎队"以少击多的精湛战术,救了多少黎民百姓?他二十六岁的生命如流萤,却有难忘的价值,我很为他高兴,在他为国捐躯之前享受了短暂的家庭温暖。"寂寞身后事"又何必追寻。我们祝他安息吧！也请《巨流河》的知音留给我文学上的宁静。少年时代的钟情，隔了半个世纪，应已潭深无波（Still water runs deep）。

文学情怀走人间

联：书中更令人迷恋的是战火纷飞时代的读书岁月，文学在彼时的孱弱，却在此时证明了它恒久的生命力，呼唤了人性的美好与纯真，在那个时代，文学在你的生命里扮演了什么样的角色？

齐：影响我最多的中学老师孟志荪、大学老师朱光潜，将一生一切美好的、悲切的、含蓄宁静的文学情怀传授给我，开启了我年轻的双眼，使我一生走在人间，学会观察、了解，永不目盲。

联：在那时的政治洪流里，你成了"连鸵鸟埋头的沙坑都找不到"的孤独的读书人，而从后来看来，也正是你这种态度，成全了自己。你怎么看待这种人生变迁？

齐：我就是喜欢文学。其实应该鼓励少数书呆子，这些人绝对不多。我们同学都参加学潮去了，像我这么坚持做书呆子的很少，每个社会都靠少数我们这种人撑着，很多基本东西都是文人传承下来的。

后来我回到大陆与当年同学见面，我记得我看到的人说话的表情，和他们对事情的反应，跟我以前记得的不一样了，因为他们饱经忧患。他们说羡慕我这些年可以一直读书、教书。当初他们觉得我们多么的落后。我并没有一点得意，我只是觉得很伤心，那些同学当初都是很优秀的人，都不到二十五岁，对政治所知有限吧。我自己也检讨我们当年，因为我始终不是主流派，所以我可以讲，我没有个人的得失感。

最后一程

联：我还想问你一些技术问题：书中描写了大量细节（比如朱光潜讲课的方式和内容，你与父亲的交谈细节等等），你是靠当年的笔记或日记还原这些细节的？

齐：我从前一些仅有的日记、信件全没有带到台湾来，但记忆中难忘的人和事栩栩如生，下笔时参考一些可靠资料，只求事实无误。我的后半生教书，在文学史研究和传授时，深信笨拙或奇妙的"煽情"都是很危险的事，有时会对你必须虔诚追忆的人和事形成一种亵渎。

当我真正动笔写《巨流河》时，辰光真是晚了。我似那朝圣的人，一天走一程，一步一步攀上最后一程阶梯，只求天黑前完成全程，不敢再去详述看到朝云和夕阳的灿烂光景时，并未忘怀的感动。或者这也是自己文采不足的原因。

联：《巨流河》面世以来，被人称道的原因之一，是它内敛而又深沉的叙事方式。这种风格是你在文学上一种刻意追求使然，还是与你本人的性格有关？用通俗的话讲，有些部分可以写得更"煽情"，你为什么回避掉了这种可能？

齐：读者评价《巨流河》是用内敛深沉的叙事方式，我想这原是自幼在忧患中，父母不断地训诫、劝告，不要遇事即"处变大惊"，那很"没有人样子"。长大后遇到文学，老师和作品中都处处有深沉宁静的启发，自己总惭愧做不到。但是二十三岁结束了上半生，在政治的大断裂中回不去可倚靠的过去。自己须独立为人，努力沉稳比较可以进可攻，退可守，培养出为人尊严。也许已深切受教朱老师的告诫。

联：《巨流河》表面上是一部家族史，实际上它牵起的是近百年来中国的大历史。重新回顾这段历史，你想对现在的年轻人说些什么？

齐：我希望中国的读书人，无论你读什么，能早日养成自己的兴趣，一生内心有些倚靠，日久产生沉稳的判断力。这么大的国家，这么多的人，这么复杂、环环相扣的历史，每个人有不同的爱国方法与能力，再也不要用激情决定国家及个人的命运；我还盼望从动乱仇恨中出来的两三代，能培养一个宽容、悲悯的胸怀。

（原刊登于二〇一二年一月十七日《三联生活周刊》）

潭深无波《巨流河》

◎明凤英

明凤英：（以下简称"明"）

您的大作《巨流河》让我深深体会"先做人，再做学问"这话的含义。二〇一〇年，您在该书发表会上说："这本书是要纪念一个有骨气的中国。那个中国很倒霉，但是很有骨气。"这本书里记载您一生的淬砺和优雅，给许多读者振奋和感动。我也为您那句"自问这一生做事，无不力尽所能"的话而动容。谢谢您以一生学养写成此书，见证一代人的情操。但愿这次访谈，可以是向您致敬的一个方式。

今年初，您在一次访谈里谈到，没有想到《巨流河》的反响会这么大。您也提到自己可能跟时代有些脱节。这里我们为您带来两封信，是两个美国长大的华裔学生，在加州理工学院的中国文学作品导读课上看了您的书以后，写给您的信。给您做个纪念，或许您会了解为什么年轻人喜欢您的书吧。

齐邦媛：（以下简称"齐"）

啊，这么长的信，有五页。在美国长大的孩子能看懂这样的书？他们这么小，大概跟我的孙子差不多年纪。

我对我的书并不满意，自己知道写得像流水账。有人说我的书，前半好看，后半不好看。我的书后半写台湾的事情，是不是写得太多了？但是，我那些老朋友老学生们说，你要多写一点我们台中一中的事情，台大，编教科书，办笔会季刊，和台湾文学的事情。我在台湾六十多年，他们给我找了好多资料，让我写。这六十多年的事也都很重要啊。

一件事一件事地写下来，似水流年，真写得像流水账。我知道不好，本来我想多用些文学技巧，但日落西山，实在不敢逗留，也许因此更多真情和诚恳。我想，一定有人可以写得比我好，不用我写。但等了这么些年，一直很少人把这些故事好好地写出来。我想好吧，那我就写吧。

当年，我跟《联合报》副刊主编痖弦一起在《联合报》副刊上，办过"抗战文学征文"。抗战时期，很多人都有惊心动魄的故事，那些征文作品里也有不少切身动人的经历，比如参加过哪场战役，经历过怎样的生活等等，但是都还是比较片段，没有写出那个时代大的、全面的图景。

《巨流河》出来以后，台湾有人在报纸上写社论，说，这些"流亡作家"都纷纷出书了，讲述他们在台湾"流亡"的经历。号召"台湾作家"要加紧努力，不要让台湾的事都让"流亡作家"给说掉了。我心里想，我二十几岁就到台湾，现在已经八十八了，在这个岛上生活了六十多年，难道现在还是个"流亡的"吗？如果一个人在一个地方生活了六十多年，把一生的努力奉献给这个地方，还是不能算这个地方的人，那该怎么办？你说那该怎么办？真是很难过的事。这对我写此书的心情，影响很大。

明：读者的来信中，您印象比较深的是哪一方面？

齐：在书出了之后，大多读者对那时代的苦难感叹，但是也有很多人都想知道更多跟张大飞有关的事情。也有知名的电影导演找过我，想拍这段故事。

但我不希望张大飞被拍成"热闹"的电影。那时我们都很年轻，我最后一次看见张大飞，是高中三年级那年。那个时代的感情，家庭的因素，大环境的因素，都和现代人的理解是不同的。你想，我的父母那么照顾他，把他当自己的孩子。他对我的父母是有责任的。他在天上飞了三年，我母亲和我也为他悬心、担忧了三年。他打了三年硬仗，战功不少，都没被打下来，最后是在空战中以身殉国，我必须替他维持军人的尊严，不能让他受到亵渎，变成一个热闹的故事。

现在，我似乎必须写一封长长的回信。《巨流河》出版以后，很多人来信，写评论，访问我，我欠这些人很多回答。

明：您曾说自己不久将回归天地，留下《巨流河》一书，为战乱中的两代人做个见证。容我冒昧请问，您希望自己怎么被人们记忆呢？

齐：我的人生原则是，不抱怨，不诉苦。不论在什么环境里，我都会竭尽所能，把事情做好。只要自己了解自己的选择，无愧于心才是最重要。

我长大的那个时代，有很多父亲以现代的标准可能算不上是好父亲。他们在外面奔波的时间太多。我父亲跟我们在一起的时间也很少，但我很佩服父亲，他的一生在家里和在外面都是一样的面孔，一样的人格。这是不容易的。他在战争中办流亡学生的学校，办国际政论杂志，一生不求名利，视富贵如浮云，是我的榜样。我一生推行文学教育，仅得温饱，但真诚地活了一生，希望也影响了一些后来人。让他们知道前人曾经是这样努力、真诚地生活的。

台湾经验

明：您一九四七年到台湾大学任助教工作时，国民党还没有正式迁到台湾。那时候的台湾社会是什么样子呢？你曾提到在台湾大学单身宿舍里，听见日本歌《荒城之月》。

齐：我刚来台湾的时候，台湾什么都没有，很简陋的。台湾是边陲之地，一般人不是有特别的原因或者渊源，比如有家属在台湾，或者有认识的人引路等等，是不会来的。但也有一些年轻人考进机关工作，分发到台湾，做管理、技术、地政、户政方面的工作，最多还是来台湾教书的吧。

外省人和本省人之间的了解，很多是经由师生，或者通婚的关系。早年到台湾的这些人，尤其是当中小学老师的人，对台湾有很大的影响。李乔的《寒夜三部曲》里，就写到这些。他的中文根基，是一个流落山里的老兵教他的。

我一九四七年到台湾不是为了逃难，而是为了工作，到台大做助教。到台湾来几乎像是自我放逐，同学之间说起来，都觉得我很奇怪，有点不可思议。那时候，大陆这方面已经算是很进步了，也有了制度。收复台湾以后，就有一批搞基础建设的人过来了。也有一群有热情的人，单纯地为建设台湾感到骄傲和自豪。我的先生是考上经济部工程队，一九四六年由政府分发到台湾来做铁路、公路工程的。他们的领队是严家淦先生。一九四六年登陆时，似乎是严先生在前面拿一面小旗子，后面跟着他们五十来个年轻人，就这样来了台湾。谁也没想到以后回不去。

一九四七年，"二二八事件"那时候，在对立的情况下，听说也死了许多外省人。很多就是这些早期在台湾乡镇工作的政府人员，但为他们申冤的不多。主要的原因可能是他们只身到台湾，在台湾没有亲人，也没有人知道他们的生死。

台湾大学也很简陋。我一九四七年到台湾大学英文系当助教，工作是整理书籍。英文系两间屋子，差不多一个大客厅那么大，地上全摆满了书，都是日本人留下来的，走路都在书间，像走在海里。绝对是难忘的景象。我们外文系的一个工友小妹告诉我，外文系有些日本人穿着短裤，一面骂一面哭，跑进来把书丢下就往回跑，赶着搭船回日本。他们回日本，只能带两个小小的行李箱，就得上遣送船了。

我进那两间屋子，已经是日本人战败两年之后了，台湾大学里还有两个日本教员留下来，勉强把外文系的课程维持下去。那一两年的时间，我看见过他们，但是从来没说过话，他们从不到系办公室来，我也不认识他们。我想他们的名字在台大的教员名册里应该还有的。

日本人离开台湾的过程，并不是台湾拍的《海角七号》那么简单，那么轻描淡写地说走了就走了。日本人回国是很漫长的过程，也有上百万的人吧。我们这方面也要慢慢安排，那时很多日本人都默默地留在台北，默默地继续待着。

台北市当年繁华的商业区荣町是今日的衡阳街边，骑楼下面常常满满一排日本人跪在地上，摆出家里的家当来卖，杯子盘子，日用物品什么的。他们不是中国人的跪法，就是日本人平常那样跪坐在地上。可是那时候我还是很恨日本人，看见他们跪在地上，我心里有时还是很高兴的。

日本人战败了，中国人也没有怎么对他们不好。日本人离开之前，无论在台湾还是在大陆，很少有人给日本人难看的，也没有怎么羞辱他们。东北人说："杀人不过头点地。"不羞辱人。我觉得这是中国人的天性，很善良。

明：从大陆到台湾的年轻知识分子，当时都怎么过日子？年轻人能有什么娱乐吗？

齐：其实我每天接触的就是那六七个人，跟外界没有什么往来。年轻人没有什么娱乐，有的话就是打桥牌。看书学着打，各有学派哩。

我跟台湾知识分子也没有什么来往。我的圈子很小的，就是工作，几个同学，两三个家庭。

明：一九四九年前后的台湾，本土作家和大陆迁台的作家，是经过一段时间的磨合的。不少迁台人士把台湾看作暂留之地，不愿置产，一有机会就移民到国外去。

齐：我们在台湾没有买房子，一直住公家房子。为什么不买房子呢，因为觉得以后一定会回去，不需要买房子，后来买不起了。现在想来，是很遗憾。

那时候,我小妹妹早已去了美国,要帮我们申请去美国。我也想去那儿读书工作,但是我先生说他喜欢他在台湾建设铁路的工作。他的工作很有技术性、挑战性,不想放弃。要去,就是我带着孩子去,他不去。他这样说,我就懂了。我父亲也说,他现在为百废待举的台湾铁路做事,可以深入研究,发挥一个工程师的创意和理想。而你只想读书和教书,到任何不错的学校,都可以靠自己奋斗。我自己也想,真去了美国,我所做的也有限。因此,我以后没有再提起过。

我半生工作,全随丈夫的工作,做去留的决定,从不抱怨。我尊重他的理想。这是传统女性的婚姻观。

台湾文学

明:很多人说您是"台湾文学的推手"。您一九七二年开始就推动台湾文学作品的译介工作,着力把台湾文学引介到西方世界。您曾一手促成一九七五年西雅图华盛顿大学出版社的英译《中国现代文学选集》(*An Anthology of Contemporary Chinese Literature*),选录一九四七年至一九七四年在台湾出版的现代诗、散文及短篇小说。您从台湾大学退休以后,一九九二年开始更不计酬劳地接任台湾"笔会"的翻译刊物《当代台湾文学英译》(*The Taipei Chinese Pen:A Quarterly Journal of Contemporary Chinese Literature from Taiwan*) 主编,将台湾当代文学英译推介到国际。一九九六年参与美国哥伦比亚大学出版社的《台湾现代华语文学》(*Modern Chinese Literature from Taiwan*) 英译计划,为台湾文学发声。您早年跟许多文学大家念过书,熟读世界文坛巨著、中国诗词和现代中国作品。 当年在台湾做这项工作,对"边陲地区"的文学有过品质上的质疑吗?

齐:对台湾的文学作品,我从来没有怀疑过。我觉得他们的品质是一流的,不输给世界上其他国家的文学作品。我自信知道什么是好作品。一九四九年到台湾的各省作家原已有文学写作的能力,以椎心泣血的乡愁为主体,内容自然深沉,起步较高。我把这些台湾作家的作品翻译出来,推荐给世界读者,从来没有感到心虚或者不足,也从来没有怀疑过。

华盛顿大学出版社的英译《中国现代文学选集》受到美国学界的肯定,对这样的翻译品质,我一直到现在都感到骄傲、自信。可惜,这本选集其实却是台湾作家的作品。

一九七〇年代,没有"台湾文学"这样的词汇。如今因为两岸这些年来社会和政治上的变动,这本翻译卡在政治的夹缝里,如今几乎是一本"海上漂浮"的版本,大陆不承认它是中国文学,台湾看它标明"中国现代文学",也不承认它是台湾文学,不知将来何日可以定位。

深度文化

明:您曾经提到忧心台湾的未来,担心台湾会从世界的人文地图上消失。您说"台湾文化一定要深度发展",而且"需要一代传一代,人数也需要稍微多一点"。这是您多年来对台湾社会的媚俗文化有感而发吗?台湾文化"深度化"的面向可能是怎么样的?文化的"深度"又是什么?

齐:什么是"深度"?这是个千言万语,一辈子也说不完的境界。有时我想,深度是 Still water runs deep。

明:也有人说"静水深流"。

齐:是的,我看了很多的翻译,还是觉得"潭深无波"最好。

我觉得一个人如果懂得历史、文化、世界、人生的多重面向,就是深度。知道别人努力的事情,懂得他们为什么那样做,对事自有思量,就是深度。

明:能举些例子来谈吗?

齐：我是个教员，教书的时候，总先要求学生读文学作品，要先培养"深度"。第一是观察力。不仅是观察，observation，更需要深入穿透的洞察力，用英文说是 penetration，透视力。在文字和叙述的后面，看到更多的意义。甚至有时在回家的路上，想一想它的意义。多年后，所读所想仍会跃上心头，重新开启新的思索。这就是作家和读者双方的深度吧。人类文学史上的永恒作品就是这么存在的。这种深入和穿透 penetration 的能力，有些是天生的慧根，gift，有些是后天历练的。慧根也不全是生而显露，一出生就看得出来的。有些是后来才发现的，也有些因为环境的因素没有继续下去，比如没法读书，天分埋藏在永无止境的现实忙碌中。那也没有办法。

另一个深入文学作品的要素，是联想。这种联想，常是靠天生的丰富的想象力，但更多是靠多读书。对真正的读者来说，读书好似探险，必须有很强的好奇心，是快乐，而非恐怖的。联想也是件很有趣的事，好似跑野马，但如果记得自己的扎营之处，跑了，看了，也许明白了，自己会回营的。

七〇年代初，我教书的时候，常把不同的文学作品相提并论，用比较的方法跟学生讨论问题。让学生多想想。这些文学作品触及不同的价值层面，作品的目的、境界都大不相同。

比如，人类总在现在和过去之间，觉得迷惘，甚至觉得现在的世界糟透了，从前的比较好。这个问题，英国诗人马修·阿诺德（Matthew Arnold，一八二二～一八八八）在《写于雄伟的卡尔特寺院的诗章》（*Stanzas from the Grande Chartreuse*）这首诗里写到过。捕捉到英国十九世纪中叶，经济发展、社会主义兴起、科学文明发达的社会里，人类面临的处境和背后潜藏的焦虑暗流。认为人的安适和快乐只能往内心寻找，对外在事物的期待，只能带来更多的挣扎和浮动。"仿佛在两个世界之间，一个已经死去，另一个无力诞生。无处安置心神，且在大地孤寂等待。"

> Wandering between two worlds, one dead
> The other powerless to be born,
> With nowhere yet to rest my head
> Like these, on earth I wait forlorn.

英国诗人叶芝（W. B. Yeats，一八六五～一九三九）也在《再度降临》（*The Second Coming*）这首诗里写过这个议题。人类在幻灭分崩的未来世界里，期待上天的启示："最好的，信念尽失；最坏的，激情高亢。"

> The best lack all conviction, while the worst
> Are full of passionate intensity.
> Surely some revelation is at hand...

另外，还有英国小说家赫胥黎（Aldous Huxley，一八九四～一九六三）在一九三一年发表的《美丽新世界》（*Brave New World*），讽刺"新世界"的外表尽管"美丽"，科技虽然先进，但总体社会文化却是肤浅，没有灵魂的。而奥威尔（George Orwell，一九〇三～一九五〇）的小说《1984》讲政治极权对人类社会的侵害等等。在一九七〇年代初期的台湾，我用这些教我的学生"开眼"，打开眼界，把事情看得深一点，透一点。培养他们对社会、文化、价值的深入思考。

就这方面来说，深度，就是听得懂别人的话，听得懂话语背后的深意，这人说这句话的背景，了解别人与自己的不同，得到启发。打个比方，如果我说，以前我们做"现代中国文学"译本，"现在成了海上漂流的一个版本"这样的话，如果有人听得懂，我觉得也算是深度了。

明：您曾提到"情书"也可以"潭深无波"？

齐：是的，我忍不住要说一下情书的事儿。我确实对情书有个向往，觉得情书更是潭深无波。

明：资讯的世代，写情书的人大概不多了。

齐：张大飞写给我哥哥的那个诀别信，其实就是最好的情书，对不对？我刚刚也是在你提起时，才想起这观念。

　　张大飞那封信才是真正的潭深无波。现在回想他看我的眼神、表情，还觉得他心里头想着什么，很深的内涵和情怀。他是一棒子打不出半句话的人，而我那时还很小，胡里八涂的。而且，我也有自己对人生的雄心大志，要念大学，要这样，要那样，很拽的。南开的中学生，志气很高，拽得不得了。

明：您书中写到当年的南开精神："中国不亡，有我！"

齐：那是那个时代强烈的自我期许，我们女学生喜欢的男同学，是那些游行时掌大旗的，带领喊口号抗日的，敲大鼓的，唱歌的，功课好的，有名的才子。年轻时喜欢的人，也常是随着时局变的。

明：您有一句话，让我印象深刻。您说："台湾很小，但是天很宽。在台湾，就是要说一些真话。"您对台湾有什么特别的期许吗？

齐：我提过很多次，不要看台湾小，台湾就算小，也有两千三百万人。斯堪的纳维亚的人口也差不多是两千多万。重要的是，这里的人是怎么样的人。

　　台湾很小，但我以为，一个人不管在什么地方，胸襟都可以很大，也可以很小。

明：您在台湾住了六十多年，在您的眼中，它有什么"特殊性"吗？

　　我们知道一九四〇年代后期，台湾作家，包括杨达诸位先生，曾经一度寻找台湾文学的"特殊性"。

齐：台湾是一个人口密度高的社会，又是一个不同文化急剧改换的社会，内在竞争原是正常的，但是随着政治的民主自由，社会福利的公开关怀，文学的发展也由政治意识转向个人风格，由新出的文章看,是平静、寻求舒适的。

我有一本文学论说集,书名叫《雾渐渐散的时候》,我想时间慢慢过去,社会气氛慢慢改变了,时过境迁,就像雾渐渐散开,大家自然会看清一些事情,自己的位置在哪里,别人在哪里。

后人和学生

明: 可以谈谈您和台湾朋友的交往吗?您和黄春明、陈芳明这些台湾作家朋友都有交往。黄春明先生更是受到您的赏识。

齐: 其实我就是单纯地觉得黄春明的文章写得好,真诚自然,写出一个温暖的家乡。这些年投入儿童文学教育,影响将很深远。他不求什么,能做的事就做,写他想写的东西,不为了写而写。这点是非常好的。

一九九〇年代,陈芳明还在黑名单里,我开会见到他,我也知道一个中国人在美国能做的事很有限。能做什么呢?国外的工作也不一定找得到很合适的,只有回到自己家乡,方能发挥自己的才能。所以我跟他说,如果有机会还是回台湾来吧!在政治上劝人是很危险的,但他是我的学生,所以我才说了。他回台湾后,有足够的机会和时间做人生的抉择,在历史研究的基础上,用文字建造了自己的成就。

明: 大家都知道,您对教学情有独钟。

齐: 我一直认为认真诚恳的教师是青年人成长时坚固的环节。读书时即想与人分享。

我自己学英国文学史时,老师只教到约翰·德莱顿(John Dryden,一六三一~一七〇〇)就停了,没上完。我非常懊恼,到现在还是很懊恼。所以后来我在台大教英国文学史,一直教到一九六〇年。我上课不聊天的,我没时间聊天,非教到一九六〇年不可。该知道的必须知道,想读书进修的不至于到了研究所连

tempest in the teapot 都听不懂。

我在台大文学院研究所开一门课叫"高级英文",没有学分的,但是一定要上,称为"必选课"。这堂课也是学校的好意,让想出国的学生英文能力强一些。我上课很严格的,尽量找一些学生没学过的东西,让他们学英文以外,多看点东西,多知道些西方的人文观念。所以我的学生到美国留学,没有一个需要上补习班加强英文的。

在台大上课,我开学时总告诉学生,上课的时候不能聊天浪费时间,学期中间也不能到老师家拜访。但是课程结束了以后,欢迎你们到我家里来玩。后来学生到我家来玩,说:"啊!老师,原来您也结婚,也有丈夫啊。"也有人说:"啊,老师原来你也有孩子。"我就说:"我还会很多你们不知道的事,我还会倒垃圾,会洗碗盘呢。"

明:我知道您上课一直使用英文。您提到有一个学生在课堂外的时间听见你说中文,很惊讶,说:"齐老师,原来你也会说中文啊!"

齐:是的。我相信用英文教学可以增加文字的厚度,深入文化的内涵。我教过的学生大概有三千多位。现在在政界、学术界有些影响力。"中研院"中的每栋楼都有我的学生,理工科的科学家也有。有些是我在台中第一中学教过的学生,也有些是在台湾大学来选修的。他们也早为人师了。无论台中一中、中兴大学、静宜大学、东海大学的学生,总还有些影响吧。

明:您曾一再鼓励年轻人,要做有骨气的人。在经济快速成长的大陆、台湾和其他地方,怎么做有骨气的人呢?

齐:人们都是懂得的。在现代教育普及的情况下,只要愿意,大家都能懂得更深、更多,但是有些人往往选择不这样做。他们选择比较轻松的事情做。

明:年轻人有自己的思路和品位。

齐:现在很多年轻人存了十万块钱,就出国旅游。他们很能干,拉个小

219

箱子就出国了，到处走，路上钱用完了，就在国外打打工。工作也可能很辛苦，工作结束了就聚在一起玩。他们很能干，能做很多事情，但眼界是不是更开？是不是变得更有深度？

我说的深度，是比较静态的。有些人一辈子待在一个城市，一个州，见识却也未必比较短浅，也可能懂得很多。有些人看起来憨厚傻气，其实他们知道很多事情，不是那么简单的傻。他有自己的世界和关怀，有一种单纯清澈，不俗气的深度。傻傻的，但不是真傻。

很多去旅行的孩子，可能聪明精灵了，但未必更有见识（they might become cleverer, but not wiser）。他们出国回来，也不见得会多看些书。可能会跟别人说："你如果看到计程车如何如何，千万别上去，会被骗。"很精明能干，但这不见得就是深度。

明：这种国民旅游对年轻人来说，算是一种时尚的学习和生活方式吧。

齐：他们生在优裕的时代也是命运吧。

文学教育

明：谈谈您终生致力的文学教育吧。您在《巨流河》中提到老师是学生的引导者，也是知识的提供者。您曾为了搜集教材，熬夜刻钢板；努力为"国立编译馆"修订中学国文教科书奔走。近年大陆和台湾都对教科书有些讨论，比如金庸是否应该被列入教科书中，鲁迅是否还适合教科书等等。现在台湾的教科书也不再有统一版本了，不同出版社可以编选不同内容的教科书供学校自行选用。当今资讯爆炸，读物垂手可得，您对文学教育有什么期许？

齐：在这方面，我是比较悲观的。我相信一个人喜好什么，选择投入什么领域，往往是性格里带着的。

当年我在台大阶梯教室的课，每年平均是一百二十个学生，时常还会有一二十位社会人士来旁听。这许多人中间，据我多年的观察,大概有二十个人是全心全意来听课学习的,还有二三十个是半心半意的,其他都是假心假意来上课的。但这没关系,只要其中有几个人是真正有热诚,真正能懂的,就够了。

现在的年轻人是新人类,跟我们很不一样。在聚会的场合,孩子们手上各自都有他们的电子设备,在一边玩着。如果这些孩子愿意瞧着你,跟你说话,就已经很不错了。也是因为这样,我多半不太喜欢参与这样的场合。这的确是时代的不同。但是,也不用为了这种事情着急,因为在许多的人里面,总还是会有几个"怪怪的"人。这些人会了解你说的,会知道你想给他们的知识,会感动于你说的话。有这么少数几个人,也就够了,不必强求。这种怪怪的小孩,还是有的。就有一个小记者来访问我,三十多岁吧。他还拿墨水笔写字。我说他是小 monster,小怪兽,特别有兴趣。我想,这样怪怪的人总是心中自有天地。

但作为一个老师,我还是永远把最完整的知识准备好,普及地教给我的学生。一个老师工作时表述和阐释(express and explain),同时也要取信、响应(convince and response)。

我很希望让我的学生听得有兴趣,觉得有意思,能接受。这还是传授的问题。传授的过程很重要,你能不能让人信服,阐释、传授是很重要的关键。对我自己也是挑战,challenge。

明: 你曾说教书的三个重要面向:阐释、传授和取信(interpretation, transmission, convincing)。

齐: 我觉得说服的能力(to convince)是很重要的。要做一个好教员,首先自己要已经相信了,然后才能使别人相信,至少要让别人能清楚看见。我当然不会说别人非看这个作品不可,不看就会活不下去,但是至少我可以告诉学生,你可以怎么去看一本书,怎么看就会得到其中精髓,感到兴趣。

所以我教书的时候,最重要的就是提问题,问学生为什么这样,为什么那样。我一年要问他们几百个为什么。提问题很重要,能让学生抓到重点。我以前教书的时候，准备上百个问题。你要问学生问题，让学生动脑子想，他们就会产生兴趣。

人人生而不同。性格会决定很多事，也算是一种命运。你的性格会让你变成某个样子的人。但是无论如何，这些都是要付出一点代价的。

翻译

明：除了教书之外，您对翻译也有特别的热情。曾经长时间不支薪，免费为笔会主编翻译季刊《当代台湾文学英译》编译台湾文学作品。

从您长期的翻译经验来看，您认为是中文为母语（native Chinese speaker）的翻译者做文学翻译的工作合适，还是英文母语（native English speaker）翻译者合适？前者的英文可能不一定最好，但娴熟中文的含义；后者英文好，但未必能完全了解中文的隐喻和含义。

齐：就你刚刚问我的，我觉得英文为母语的 native speaker 译者来翻译，作为"翻译者"（Translator）比较合适，但是必须有一个以中文为母语、英文也好的人来做校订编辑 Reader。最后翻译者和校订编辑要互相妥协，我作为主编，最后也要加入意见。我有很多这方面的经验。

明：用外文系毕业、中文是母语的人才（reader）来校订编辑，够不够呢？

齐：喔，那要很好的才行。我请的几乎都是教授，研究生都没找过。我们都是不拿钱的。这个过程很棒，有时候翻译者、校订编辑中会起争执，争得很厉害，不过很有意思。

明：应该可以互相学习到很多。

齐：这些人并不好找，但是我有一批很棒的人作我的团队。譬如史嘉琳，一个年纪很轻的美国女孩，普林斯顿毕业的，因为嫁给中国人，就在台大教书，也帮我们工作。她做中翻英的翻译工作，做得很好。做了很多翻译专案，很可靠。她很难跟人妥协，常常择善固执。

用英文为母语做"翻译者"比较理想，问题就是你找得到找不到。我有一群这样的翻译者。以前，有些外国人到台湾来，会到我们笔会来拜我们这个小码头。他们觉得我们大概会给他机会做。像康士林博士（Dr. Nicholas Koss），就是这样愿意来帮我们做。后来，慢慢做出了成绩，有自己的局面和成就。我给哥伦比亚做台湾翻译系列的时候，他们每个人都帮我做了一本。吴敏嘉（Michelle Wu）翻译《千江有水千江月》，书名是 A Thousand Moons on a Thousand Rivers，做得真不错。那时她才不到三十岁。真是不错。

明：您自己也是义务劳动。

齐：我是被称为奴役者（slave driver）。他们是被奴役者（slaves）。但是我实际上是"奴役的奴役者"。都是自愿的，翻译就是一个付出的工作。

笔会

明：笔会的翻译刊物只集中翻译台湾的作品，是吗？

齐：我们的内容和封面，里面外面都用台湾的作品。一年出四本。香港中文大学另一本的翻译刊物叫《译丛》（Renditions），一年出两本，品质很高。

还有，我们每一期都大大地介绍一个本土的画家，我们是很本土化的，只出台湾的作品。这是我们基本的风格。我们没有门户之见，什么作品都用，有点不太专业，但是时间久了，累积起来，就有相当的全面性。

明：画家、艺术家们也不介意你们用他们的作品吗？

齐：他们很愿意，很喜欢。我们出力，出时间，他们只要出画。我们找人写评论，再翻译成英文，这样对他们的画也是好的宣传。一九九九年，我离开那年，用的是朱铭的雕刻，我把这期留在身边，做个纪念。是我的"再见"。

从前我们都是小本子，现在改成大本子。我们做的本钱小，再说我们人也少，资源有限。我们只做台湾文学这一块。

明：在文学作品翻译的领域里，一般来说，西方读者对日本文学的接受度，比中国文学作品的接受度高。您觉得这是文学作品的关系，还是跟翻译也有关联？

齐：这是读者的问题。中国文学的读者一般是比较少的。哥伦比亚给我们出那些英文翻译，台湾作品里最受欢迎的应该是《亚细亚的孤儿》，但是台湾自己没有反应。我们没有读者。香港的《译丛》有基本的一批人，我们没有，就是靠自己弄起来，在台湾每年十二本，都卖不掉。不在其位，不谋其政，我退休后不太知道详情。原来的那些译者，现在大概都教书去了。

就现代文学来说，日本文学一直有比较稳定的发展，质量上一直不错。所以在西方，大家对日本小说有一定持续、稳定的了解和认识。中国文学作品，恐怕从"五四"以来，一直没有什么特别的普世吸引力。一九三七年对日抗战以后，也没有什么好的文学作品。所谓的有名的、代表性小说多半倾向政治性，很难把它当作真正的文学。

外国读者可能一开始有点兴趣，也会好奇地看看，但是很难把它当文学。到了台湾呢，人家对台湾政治又没有什么信心。我们尽管自己觉得不错，但它的"年纪"太轻，不知算不算得上世界文学（World Literature）的一分子。再说写作的总体数量也不够，翻译的量更不够，没有足够的持续力。"量"是很重要的。笔会季刊翻译的作品没有长篇的小说。

所以，日本文学一直持续地、没断地在世界文学舞台上有一个角色。中国当代文学现在可以说很难哦。也许仍在起步。

张爱玲的翻译

明：有些翻译者选择用比较特别的英文，来保留中国作品的特色。比如，张爱玲自己翻译的《金锁记》特意用了比较异国情调的、特殊的英语词汇。有人说她的用意，是凸显中文句型，要保留中国的某些特殊氛围。您觉得她的翻译成功吗？翻译应该越自然越好，还是应该保留原文的风格？

齐：《金锁记》是一九三〇到一九四〇年代的事儿。过了那个阶段以后，上海变了，上海的事儿也变了，整个中国的一切都变了。保存一大堆老东西也有好的。现在，张爱玲三个字已经跟《红楼梦》、鲁迅变成差不多的东西，几乎成了一个学派，一个典范。真有那么伟大吗？我欣赏她的《秧歌》，我也写过《秧歌》的评论，觉得《秧歌》很精彩。所以，我并不是反对张爱玲，但我不觉得中国文学史需要这样把张爱玲偶像化。

明：也曾经有人用另外的角度看张爱玲。比方，把她还原为一个"讨厌的上海老太太"。

齐：她没有那么讨厌，也不是上海老太太，上海小姐倒是没错。我的意思是说，我没觉得张爱玲有那么伟大。把张爱玲当成经典，典范化、标准化、体制化，我觉得这是很奇怪的事。我从不跟人打笔仗，但是我个人觉得有一点阅读上的贫乏，有点说不明白。

明：您怎么看张爱玲对台湾、香港的文坛的影响。

齐：台湾有一批年轻作家受过张爱玲的影响，他们后来对台湾文学的影响也不小。但是他们说胡兰成，我觉得不能同意。昨天晚上我看你前一阵子在《上海文学》上给朱天心做的那个访谈。里面说，胡兰成不是汉奸，只是他对中日之间的看法不同而已。我看了，我想他是不是汉奸，实在是不必辩论的事。日本人占领哪个村子，就在那个村子里插一个旗杆，上面挂一个日本军帽。每个中国人走过来，就得朝这个帽子鞠躬。这就是日本人，就是胡兰成他们的那个占领区的样子。那还谈什么民族，谈什么人的尊严？不要说中国和日本，你去找个老美，叫他去跟竹竿上的帽子鞠躬，你看他肯不肯？ 不要讲风凉话嘛，对不对？

明：有关文学作品的评价和接受，以及后来文学史如何记载，真是很复杂的问题。

齐：就是几个人造成一个流派，一个流行 fashion。所有的流行 fashion 都是这样。我这样讲是很勇敢的。但是也没关系，因为反正没有什么恩怨问题。

明：除了张爱玲，夏志清在《中国现代小说史》中也推崇钱锺书。

齐：很多人那么佩服钱锺书，但他写作中对有些典型的人是非常苛刻的。他是个很有品位、有深度的人，但是缺少宽厚和同情。

杨绛比较好，比较人性。她写年纪大了，看见叶子在不同的季节，有不同的颜色。我觉得受到鼓舞。

明：杨绛是一流的散文家。

齐：是的，她是一流的。她的文章很有深度，也处处流露出她很爱她的丈夫，很保护他。这就是上一代的女性。她那个爱情是生活的，还有艺术上的爱。她翻译柏拉图的《斐多》(Phaedo)，真是译得好。我买了许多本送人。不仅文字好，就是整个儿有完整性。

明：回到刚才未完的翻译话题，您觉得文学作品的翻译还是应该以流畅性、口语性和可读性为主？

齐：我觉得在某个程度上，还是要流畅的。我们后来翻译了一本书，叫做 Wintry Night，碰到了流畅的问题。

明：李乔的《寒夜》？

齐：是的，这本书真好。我们请牛津大学的一个女教授刘陶陶翻译的。她翻得真是仔细，前后一共翻了三年。我始终觉得很棒。可是美国的编辑觉得不够口语化，不够让美国读者喜欢。后来请陶忘机 (Dr. John Balcom) 来帮忙，修改得口语化一点，或是流畅些。

明：还有哪些台湾的文学作品，是在您的团队里做的呢？

齐：笔会的翻译作品里，我出力最多的是郑清文的 *Three-legged Horse*（《三脚马》）、*Wintry Night*（《寒夜》）。还有吴浊流的 *Orphan of Asia*（《亚细亚的孤儿》）。另外就是萧丽红的 *A Thousand Moons on a Thousand Rivers*（《千江有水千江月》）。

明：再接着跟您请教。中西方世界的交流，历史不算短，但隔阂还是不小。尤其中国现在重返世界舞台，跟中西文化还有潜在性的冲突和危险。您认为文学作品的翻译，对消解中西之间隔阂，真能有帮助吗？

齐：我想选择什么书是很重要的。你选对了书，这些书就能帮你说话。问题是这种书有多少，就难说了。比如说，夏志清写的那本《中国现代小说史》，就那么大影响，对不对？这很重要，选书是很重要的。引起兴趣最重要。

明：我在国外教中国现代文学。学生一般的反应是觉得现代文学作品比较黑暗压抑一些。

齐：老实说，有些作品不只是黑暗，而且是不合理（unreasonable）的残忍，让人不能理解的黑暗。

我认为八〇年代的有些中国小说中的故事和人物简直魔幻到了极点。文学虽然并不一定是为了取悦（entertain）读者，但太过恶言恶行地夸大，也不必要嘛。弄到后来，变成好像是夸大比赛，看谁最恶心最大胆。最近我还收到一本书，这本书的叙述者从头到尾都在骂，骂完了还跟母亲乱伦。"文革"把人心搞坏，竟然如此不堪。

我读大陆的作品不够多，不该作评语。我也了解每个作家都想建立自己的写作风格，但是经历了那么长久的斗争破坏之后，文学有很大的修补滋润的责任，许多读者是年轻人，常被文学潜移默化。如何使上代仇恨、损毁的心理走出黑暗，文学用任何形式都该有责任，我希望看到一个人心善良的中国。

对上海的一份情

明：您在前面提到刚到台湾时，感情上比较失落。到台湾之前，您住在上海吗？

齐：是的，到台湾之前，我曾短期住在上海。其实，我答应接受上海媒体的访问，也是因为我对上海有一份情。

明：对上海有一份情？

齐：我的一生，不常流连镜中的我，但是在我书中，我写了两面我照的镜子：一面是穿了南开中学的制服布长衫，在重庆沙坪坝田埂上，在稻田的水里看到了自己，正伸着双手保持平衡，满脸的快乐与专注。头上的天那么高，那么蓝，变化不已的白云飞驰过去。十六岁的我，第一次在天地之间照见了那么大的镜子。第二面是在上海，我照的另一面镜子。刚从半焦黑的战地来到繁华的世界，被迫换上时髦衣服，以免男友家庭难堪。我在那面时装店里的镜中看到的，是一个我所不知道的自己。可以说是一个纯粹的偶然机缘，在抗战胜利的第二年（一九四六）暑假，我大学三年级读完，等待乘江轮"复员"时，在美军顾问团服务的俞姐姐，邀我搭乘美军飞机，直回上海。在上海时装店的镜子里，我不仅看到了一个茫然无知的自己，也似乎看到了数日前离开的三江汇流的最后的乐山，河岸的春草，林间的鸟鸣……那年春天曾经相知、相惜、相依的男友，回到了他的生长家乡上海，渐渐回到他原来的生活，我回到苦难开始的北方，渐渐地就没有共同的语言和关怀了。原不强韧的链子，在我投入火炉似的武汉，读完大学之前就已断了。在我记忆中他是那美好的、乘着歌声的翅膀来的人。现实中我们没有可以共驻之地。来到台湾，我自己的生命似是大断裂，所有的生命都是后半生。生命中再没有汇流的江河,没有了当年的歌声。

  一九九三年我回到上海与挚友鲁巧珍病榻诀别,俞君一年前已逝,上海那面镜子我倒有时忆起,映照着万花筒似的这些年月。

明:你书里写到那时候的穿着,没有上海人那么洋气。

齐:喔,为了那段上海的记忆,我还找了些照片给你看。那时候刚从上海回校去,穿了件摩登的衣服,还被朋友骂了一顿。不过,我四年来同班的同学对我是很好的,他们看到我读书的态度,也大约知道我有些理想。

  我的书在大陆出版之后有位同班同学寄了些当年的合照给我,我儿子看了,觉得我们当年蛮不错的,蛮有精神的,说中国的未来应该是这样了。

明:很是漂亮的一代人。

齐:对,精神不错。对未来很有信心的。其实那时很饿啊,吃得不好。

明:作为一个女性知识分子,你对家庭、爱情、婚姻的看法如何?您在《巨流河》里谈到自己在家庭、学习、事业间的努力。

齐:受了教育的女性,并不是那么能驯服的。我再爱一个人,也不能失去自我。以前那个时代,女人结婚了,别人就说某某人找到了长期饭票。我们班上的女同学就说:"我们是带便当的。"因为我们有能力工作。但是婚姻中,女性的所谓事业,是没有人鼓励的。人不能什么都有,总要牺牲一些。比如,结婚生小孩。现在离婚离得很厉害,不行就离,像吃办桌一样。但几乎所有离婚的家庭,小孩都不快乐。结了婚就要负责任,顾念一下离婚家庭的小孩。我觉得我们没有权利把小孩生出来,然后不管他们。我总觉得人跟人之间,有些话说到一个程度,就不用再说了。谁也吵不过谁。

  我想我可以说得更高明一点,客观一点。我觉得人不能只讲自由，总要妥协一些，牺牲一点，尽量努力为自己的选择负责任。

明：这次给您派了这么些工作，五度造访，希望没把您累坏。

齐：人活着很累的，你如果扮演很多角色，就更累。

我的时间有限，我跟人开玩笑，说我也有癌症。他们吓一跳，说什么癌？我说："高龄癌。"我这个人已经就剩这么多了。但我还是一直做很多事情。我觉得，我还真是很不错的。

明：您这精神力量是哪儿来的呢？

齐：我是用战争观念来看这事儿。我想：我要活着必须"够本"！我从来就不贪生怕死，现在对死没有畏惧，对生没有留恋。身边的东西，我爱了一辈子的东西，统统给了人家，谁爱谁拿去。现在吃东西啊，每样吃一点，给每样东西一点尊重。我从来不想我身体状况的问题，没工夫多想。而且也无奈岁月何。

每天早上起来，我就想我今天该做什么。如果我自己感觉到身体不行了，应该会走得很快乐吧。可以休息了。

■后记

二〇一二年春天，经由哈佛大学王德威老师引见，联系上齐邦媛教授。直到七月中，在台北见到了久闻其名的"永远的齐老师"，前后五次造访，得以完成访谈。

身边从小就有齐老师这样的"民国父辈"，他们在台湾海岛上的流离和学养，隐忍和优雅，伴随我在台湾成长的岁月。见到齐老师，如同再次见到那一代人的坚忍、风骨、学养和大气。作为她的读者，我觉得感激，心底更有一份激动。

齐老师说起话来有"跑野马"的风采，带着我脱缰奔跑，五次访谈，时间都过得飞快，几个小时过去，天色暗下，还是意犹未尽。

齐老师告诉说："大陆上有位记者来访问我，最后说，这齐老太太可好玩了,说话像跑野马,跑着跑着不知跑哪儿去了,但最后自己会绕回来。我讲话跑野马,但我教书从来不跑野马。我最重视专注和重点,focus。"

二〇一二年九月二十三日　台湾天母

记录整理:赵家璧

(原刊登于二〇一三年二~三月号《文讯》及二〇一三年三月十四日上海《东方早报》)

第三部　来函

LETTERS

1 赵金镛 先生

邦媛女士：

久违。曾透过南开校友录打电话问陈志正学长，知你到山上写作去了。嗣在七月四日《联合报》，你的高足用该报副刊整页告诉读者，你要出版一本山河震动的巨作，才晓得你的近况。

果然！你的大作《巨流河》脱颖杰出，我不但先睹为快惊世之作，而且在书的六十五页附上书签，当中载有："在母亲葬礼上，曾任驻马拉维'大使'的赵金镛说，怀念当年读书时，我母亲对他的关怀，家乡沦陷后还给零用钱……"

邦媛，我是在民国二十三年秋，于南京中国国民党中央政治学校大学部入学，经原在北京知行中学学兄赵裕国介绍，初次登入齐府，拜见了恂恂儒雅的铁老和慈祥的令堂大人。铁老堂堂仪表和非凡的谈吐，使我有了处事做人治学的标杆。我入的政校，是当时全国唯一有外交系这一门课的学校，我终生的志趣就是要做一个外交官。在那四年，我经常请教铁老，曾开书单请铁老设法购得，以备留学外国考试之用。星期天到您家吃包子，您妈妈爱我像慈母一样，您父亲给我天伦般的爱（那时我的父母已双亡）。民国二十八年，我踏进重庆外交部大门，开始我的终生事业。民国三十一年，我同唐理女士结婚，六月去了英国，和您家失去联系。

一九五二年我们到台湾，才同你在南开校友会会晤，一晃数十年，我等都垂垂老矣！你的书记下了我们的时代，同感同欣。

敬颂
康健、清安

赵金镛 拜
二〇〇九年九月十八日

2 陈鸿铨 先生

邦媛教授英鉴：

鸿作《巨流河》于年初时经媒体推荐，曾先读为快，展卷难释。盖文中写出我中华民族近一个世纪；吾侪所闻所见身临其境之悲壮史实，及纵贯百年来横跨两岸之时代故事，感人至深。复于拜读时惊悉作者文学大师竟系我空军官校十二期同学及抗战时同队战友张大飞之挚友，感触益增。大飞兄与鸿铨同属美国前驻华陆军航空之第十四航空队中美混合联队第三大队（三大队之战时编制为七、八、二十八、三十二四个中队，大飞兄属二十八中队，鸿铨系第八中队）。书中所提符保卢亦系十二期同学，属空军第四大队，一九四三年于重庆殉职。

月前我空军来美参加"飞虎年会"同仁带来教授签名赠书，内衷感载，喜获珍品，惟亦勾起茫茫之遐思。

溯忆一九三八年元月一日我十二期入伍时共两百九十七人，历经陆官、空官及赴美受训，于一九四二年毕业时九十五人，在抗战与国共战争中作战阵亡四十七人，飞行殉职者二十人，年来均已耄耋之龄，逐渐凋零，现今（二〇一〇）仅九人，分居于台湾、香港、大陆以及美国、加拿大，言之不胜唏嘘。

大飞兄个性内向，为人忠厚不多言，重信义，循规蹈矩，处事严谨，在校时是好学生，部队中之好干部，长官信赖，同僚友好，部属爱戴，不愧为标准军人。

军人报国之方式只有一种，无条件执行所赋予的使命，而其可能之后果亦仅有两种：完成使命或为达成使命而牺牲，二者同为无上荣耀，大飞兄乃属后者。

半世纪前之军事史料，如今多已解密，故于追忆大飞兄生平前愿就当时战局作一概述，俾使局外人对我空军之处境能有较深的认知。

抗战后期一九四四年至一九四五年间，日军因受太平洋战区作战之牵制,在中国战区之空军虽已渐趋弱势,但其陆军实力仍然强大,尤以武器装备在质量上均较中方为优,致使我地面部队屡遭败衄,要地频传失守,甚至一度曾危及我陪都重庆。但更不幸者为美国自珍珠港事变伊始,其大战略即采"先欧后亚"政策,先在欧洲战场击败德国,次为争取太平洋战争之胜利,再其次则顾及中印缅战区之战况。复因其他因素,人谋不臧,犹每以印度危急必须协助英国为由,将战区之大部后勤补给拨交缅甸地区享用,致使我国所获在美国援助所有盟国(主要为英苏)及我国的租借物资之总数中仅占百分之零点四至一点七之微,以致十四航空队之补给严重不足,燃料尤为奇缺,直接影响对我陆军之支援,而使地面部队处境益形艰困,难阻强敌。此种情况直至一九四四年十月魏德迈接替史迪威担任中国战区统帅部参谋长(蒋委员长为最高统帅,肩负中国及泰国、越南地区联军部队总指挥之任务)后始见改善。一九四五年我国所获援助数额为盟军总数之百分之八,虽为数仍不及盟军总额十分之一,但情况已显有好转,惟为扭转过去七年余来之战局颓势,此一阶段十四航空队与中国空军之主要任务,几全为协助陆军作战。换言之,无论"战场阻绝"(阻止日军当时利用平汉、粤汉铁路将补给品运交在华南作战之部队)或"密接支援"(直接支援前线陆军作战)均为对地面目标攻击之任务形态。对地攻击任务乃战术空军任务中被敌人击落之几率,远较其他任务为高,故俗称"希腊神话中之阿喀琉斯之踵",即在特定时间攻击一预置强烈火力之目标,并于脱离时在毫无防御情况下,必然遭受敌人集中火力之攻击,故损害亦相对增高,尤以特定之重要目标为甚。

于大飞兄殉国之同一任务中,另一十二期同学程敦荣,亦座机中弹跳伞获救,多年后病逝大陆。前此于中原会战时,大飞兄所属之二十八中队,美籍中队长史崔克兰少校受伤住院,四天后代理队长之作战官史麦莱上尉被击落阵亡,乃由布希上尉接替作战官,在半个月后亦被击落殉职。

对地攻击任务之危险性既如上述,而各员犹能竭力奋战,此乃本于职责所在,且两国人员并肩作战,在表面上虽无较劲情事,但实际上无人甘为人后，故均视达成指定任务为首要。至于自身安全固在顾虑之中，但依传统则属次要。此或系为何抗战尾声，胜利在望之际，我战斗机损伤反而较高之原因。此点在局外人眼中又容有不同之看法。

在大飞兄之遗书中："八年前和我一起考上航校的七个人都走了，三天前最后的好友晚上没有回航，我知道下一个就轮到我了。我祷告，我沉思，内心觉得平静。"这正是孔子论勇的具体写照。是虔诚基督徒"顺服的决定"（Decision of Obedience），也是坊间年轻人所穿着 T 恤上 WWJD 四个字之意涵（What Would Jesus Do？[耶稣基督若遇此事将如何处理？]）。

大飞兄所面临者，在少年于"九一八"家遭不测后，幸得齐府为生活、精神与情感寄托之所在，多年来蕴藏于心底之隐语、渴望及原本可以倾诉但又基于道德感、责任感与理智不敢与不忍表露，而备受强忍抑制的煎熬与折磨。这或系其更难寻得平衡的关键。又如圣诗《微声盼望》的词句："繁忙人生的时光中，疲倦寂寞与感喟，你心灵饥渴与空虚却无法得到安慰。"在战时心理学里，有所谓因紧张环境而产生之矛盾心态，以不伤大雅之非日常生活方式的行为，如借酒消愁等，借以寻求短暂的精神纾解，这原是战地生活常有之现象，瑕不掩瑜，无可厚非。惟就总体言，八年抗战中我国军民伤亡者三千余万人中，能如大飞兄之历史定位英雄留名者几希！尤以现实中忠肝义胆之士即使曾为此圣战付出血汗，亦未必能有此项荣衔者不知几许，甚或因意识形态冠以恶名者亦大有人在，而大飞兄犹能荣获历史英名，复经《巨流河》而流传四海，何其幸耶！

　　专此布谢　敬颂

文祺　并祝

主恩满盈

陈鸿铨　敬启
二〇一〇年七月九日于华府

■编按：陈鸿铨先生来台后曾任"空军副总司令"

3 潘恭孝 先生

齐老师赐鉴：

冒昧打扰，晚生恭孝是"国防部空军司令部"政治作战部主任，前年曾偕梁君午君至林口书房踵门拜访。回想起来，老师当时应是正在以有限的体力、不尽的毅力，为跨越生命的"巨流河"的最后阶段，而奋战不已吧！

大作《巨流河》已成书多时。阅读这本书，是很独特的经验。情绪仿如"巨流河"般，时而奔腾起伏，时而深沉低回，在开阖间，很难一气读就。如同老师追怀南开中学影响您最深的国文老师孟志荪先生与武汉大学英诗课朱光潜老师，中英两位老师对您生命的融合般，是"如此悲伤、如此愉悦、如此独特"。《巨流河》书中娓娓叙述的故事与人物，咏古叹今，中西文学重重交汇，处处展现了文学无所不在的力量。老师的文字，也像您形容孟老师的语言一般："不是溪水，是江河，内容滔滔深广……"

借您笔下，认识了英姿飒飒、亲爱精诚、以身殉国的空军烈士张大飞。"风云际会壮志飞，誓死报国不生还"的豪情壮志，"生命中，从此没有眼泪，只有战斗，只有保卫国家"。正是当时我空军健儿的写照。大飞烈士自信而慷慨地说着"死了一个高志航，中国还有无数个高志航！"事实上，我空军建军的历史，正是由无无数个如大飞烈士般的无名英雄，以满腔无比的热血与虽千万人吾往矣的勇气，所层层叠叠构成的。

深感《巨流河》的文学性、历史性，以及书中人物至情至性呈现的高尚品格、坚韧风骨与洁净情操，特别是大飞烈士二十六年的短暂生命，却"如同昙花，在最黑暗的夜里绽放，迅速阖上，落地。"圣洁光华的人格，是"那般无以言说的高贵"，足为空军官校学生最佳品格典范与教材。

因为有感您对大飞烈士的悼念,以及与我空军的奇妙联系,谨借此敬邀老师择日拨冗前往冈山空军军官学校的空军军史馆参观,恭孝愿亲自担任导览解说。如果您体力还可以,能顺道勉励我们空军官校的同学们,他们在有幸亲炙老师的风采后,必更诚恳地相信文学具有穿透千年、跨越历史的力量。

谨此,恭请

崇安

晚　潘恭孝　敬上

二〇〇九年十二月十六日

4　周正刚　先生

齐教授邦媛女士尊鉴：

　　昔连横言："古人有言：国可灭，而史不可灭……然则台湾无史，岂非台人之痛欤？"百余年后，吾人却仍长抱无史之痛，幸得磅礴大作《巨流河》为今人作史，追述先人风骨，流离战祸，乃至移台重建家园之艰辛勇毅，行谊感人肺腑，足以流传子孙，化育将来。

　　出版以来，远近传诵，凡读者必流泪不能卒卷，乃至岁末金石堂书店依例邀集数百出版同业人士，票选年度书业翘楚，果然众望所归，公推齐女士为"最具影响力之风云人物"。若为俗世虚名，决计不敢打扰女史清静，但出版人爱书、学书，以知识为志业，乃导正社会、传播文化之价值核心，其热情所注，孺慕爱戴，切盼女史勿以谦退相让，屈尊莅临受奖，赐吾人以亲炙教益。继往开来，传承之功，当为台湾之福。

　　敬请
福体安康

　　　　　　　　　　晚　金石堂书店董事长　周正刚　敬上
　　　　　　　　　　二〇〇九年十二月十四日

5 邵力毅 先生

邦媛教授,您好!

恭读大作《巨流河》,处处充满着有情有义、有血泪、有至诚巨灵视野,感人肺腑令人震撼!全书纯属亲手创作,乃最佳当代史示范;全球图书馆势必典藏,传诸名山延续千秋;特敬致祝贺之微忱。

《巨流河》第一章至第八章各节,所有惊天动地的故事,所述人、时、地、物几乎大部分我都在现场,可为活见证。

兹有数点愚见浅告于后,如有失礼之处乞请见谅:

关于闻一多之死涉及学潮,您先赞叹同情,接着以史观质疑,再加温厚批判,非常精彩,确有独到卓越之处。您谦虚期盼,有关"闻一多历史问题",似值得两岸学术界检讨研究。在下老兵以为,从一九四五至一九四九,终至十年"文革"浩劫悲剧之所以引爆,已是无可逆转,没有学者敢碰,翻老账也没用,徒劳无功!即使蒋、毛二位,都算人治威权,"恐怖"早已随风而逝,过渡性"劳卒"任务已完成,功过比例,后人自有公论。闻公自刻"其愚不可及",不值得幸存者再去烦他。

"张大飞殉国"至二一八、二一九、二二〇这三页(简体中文版参见第一二九页——编注),写得极有深度,又有悲欣交集的人生品味及高尚审美观,字里行间所浓缩的温柔情结,糅以国恨家仇的克制沉重,令读者感动落泪,无限悲伤啊!

谈到"南京大屠杀"仅短短二页,比起"九一八事变"洋洋大观十八页,及"六一惨案"计五页,内容落差甚多。南京大屠杀乃日寇侵华最狠毒的、灭族性的罪大恶极的大暴行,可恨之至,连婴孩、老妇都不放过,震惊全球,欺我太甚,而作者轻轻几笔,宽恕带过,人文书写,似欠平衡。作者在隐忍些什么?又一九四页十三行(简体中文版参见第一一九页——编注),有"那些因菊花与剑而狂妄的'男人'","男人"二字似不妥,宜改"野蛮武士"较佳。 在大和文化而言,"第一男人"明指天皇，东条入侵者不配称为"男人"——是野兽！成吉思汗称霸中国及半个欧洲，伟大之处就在武士只杀武士，而保护妇女及儿童；日本"武士们"对内有礼对外无耻……

第一章十九页十四行，未提及东南闽江；林则徐、林觉民、林旭（六君子之一）、林森（重庆国民政府主席）、严复、萨镇冰（清末海军元帅，萨孟武祖父）、陈绍宽（胜利前后海军总司令）等全是闽江人，在中国当代史不无些许贡献；漏提可惜，似欠史观公道。

以上不成熟的"建言"，万望赐予补正。

专此　敬祝

安康愉快

八十岁老荣民　邵力毅　敬礼
二〇〇九年十月七日

6 张鸿藻 先生

邦媛教授赐鉴：

  《巨流河》摊上桌面，我的眼眶湿了又干，干了又湿。想不到我竟和您少女时代一样多泪，虽然我已是年近八旬的老翁了。当然，巨著如《巨流河》者，何需读者的泪珠来反照它的璀璨？然而民族的伤痕，凡炎黄子孙，都承担着痛，是您的妙笔挑动了读者心弦之共振，感谢您！在我们迷醉于台湾几十年安乐之后，让我重温祖国过去的悲伤。

  这书也留下许多典范，爱国烈士如张大飞，为人师表如朱光潜、孟志荪……您的"心灵后裔"，也必继您的足迹前行。最令人起敬的，还是令尊齐世英先生，他进得稳健，退得雍容，对一门最初并不情愿的旧式婚姻之专一，一如其爱国之忠诚。蒋公挽胡适联云："新文化中旧道德的楷模；旧伦理中新思想的师表。"世英先生在国难中兴学，在道德上尤有过之，盖胡先生曾有其红粉知己也。而令堂大人，隔着新旧观念的鸿沟，伴随学问高深莫测的夫君，成功经营了全家的和乐，淑德垂芳。

  我每返大陆，总有无限、无限之感慨，成者王矣，夫复何言！《巨流河》为中国抗战，留下痛苦的呻吟、正义的悲歌，对敌国不存宿怨，温厚之至！其后，大陆的阶级仇恨，您也无一字点触，只独坐大连海边，默观海水南流。若有人问：何谓神来之笔？我必曰：请看《巨流河》之结尾！

  专此 敬颂
秋祺

读者，尊敬您的张鸿藻偕内拜上
二〇〇九年十月三十日

第三部 来函 LETTERS

7　石崇礼　先生

邦媛姐：你好！

　　七月十五日康士林教授来家，送来《巨流河》，只坐一刻钟，次日他就离系了。

　　我匆匆略读了你历时四年完成的这灿烂的回忆录，《巨流河》波澜壮阔，仅此我已充分理解你这四年的意图，成就极伟大、卓著，你是我们这一辈中唯一能够把六十年的经历记载下来的人。当然，只是这一时代中的二分之一世界，另二分之一目前看还无人能胜任，可能是无法胜任吧！

　　《齐世英先生访问纪录》、《巨流河》两本巨著，二十世纪在中国政坛、文坛光辉闪烁，惜目前只在一定范围内，相信不久会遍于全国。

　　《巨流河》记忆了六十年的国家历史。也记载了家族血泪。感谢书中对家母石齐镜襄的高度评价和对我父亲石志洪的真实概括。它也使我深入了解了一些人和事。

　　此间人对张学良普遍熟知，知其一未知其二。而郭将军、韩淑秀至今还为大多数人陌生。但我在幼年即从母亲那里听了许多，英雄壮烈可与项羽拟。我辈对既往经历记忆极深，书中"血泪流离"，同一时期我们各自身处不同境界，让下一代去慢慢体会吧！

　　八年抗战时期，就我们家族而言，故去多人，如石志洪、张酿涛、齐世豪、齐静媛、齐振道……每个人都有各自的情况。我记忆很深，一九四五年舅舅回沈阳，住大和旅馆，我第一次见舅舅，次日在馨德津饭店团聚，舅舅举杯："……但愿人长久，千里共婵娟。"他说完泪如雨下，感人之深无语言可表达。当时只有我妈妈一人，站起来说"……一切都已过去，光复了！"气氛得以调解过来。

　　《巨流河》读后，让我真正认识了张大飞，他虽不是我们家族的成员，但我们应以同样的情感缅怀这位英雄，他优于我们每个活着的人，他是当代最伟大的热血青年,他把国仇、家仇融为一体,以年轻的生命献给壮烈的抗日战争。我不知道国家给了他什么样荣誉,他是中国人的骄傲,是民族的骄傲。英雄对敌人无比英勇,品德无限光辉,以实际行为去爱他所爱的人,包括妈妈和恋人。多么深刻,当时他才二十几岁,却有如此的品德,实在太可贵了。我们应该永恒地怀念他。

邦媛姐年已八十五岁,大我一轮,不知我们何时还能见面,请保重。我前年去洛杉矶,见到虎哥齐振一一家,临走他说:"我们可能这是最后一次见面了!"我说:"不!"我的这一代已由孩童走入老年,我们的经历都太多了,我甚觉得"满足"。

我们共同的特点:出身于良好的家庭,受过高等教育,在坎坷中成长,尽我们最大的努力,奉献给我们的国家和人民。我们"身心一致",无愧巨流河!

献给表姐一联:
　　祝　健康、快乐

弟　崇礼
二〇〇九年七月二十九日

■ 邦媛注:

　　石崇礼是我的姑表弟,是医生。七十年来姑妈一家为我父政治立场而饱受折磨,是我父最揪心的事,是两岸大断裂中最无可奈何的悲伤。他坚持我们印出他的对联,是将他的郁愤也投入了哑口海吗?

8　尤广有　先生

（一）

天下远见出版社负责先生：

　　我在美国旧金山，有三个月的排期刚从图书馆借到贵公司出版发行的齐邦媛巨著——《巨流河》。当我看到八十一页（简体中文版参见第四十五页——编注）时，发现著作者的表哥裴连举是我要找的救命恩人（于一九四七年在沈阳）。所以我急于要和作者齐邦媛联系上。

　　请求贵出版公司能将我的信转交给她，或告知作者的联系方法，感谢之至！

尤广有　拜上
二〇一〇年六月十日

（二）

齐邦媛女士：您好！

　　我当年是松北流亡学生，就读于教育部复学就读辅导处长春中学进修班高二级，由于该校停办逃到沈阳。经父亲生前同学刘恩至介绍住进裴连举家，当时还有一位流亡学生也住在他家。裴连举当时任"东北剿匪总部"参谋。他不仅留我住宿，对我们前途做了指导，第二年我考取了黄埔军校第二十三期，我的入学保证人也是裴连举和他的同期同学张宝刚。我一直想找这两位保人和救命恩人。时局的变化使我不得要领。

　　书中的裴连举先生肯定是我要找的人，他是军校十六期的毕业生，也是陆军大学参谋班的毕业生。我认识他的时候是我离开东北之前。我的祖籍大连，满族，日伪统治时期住在松北的牡丹江市，光复后在长春就读中学。长春被因学校解散又逃到沈阳，在沈阳幸遇裴连举先生，经他指导第二年在沈阳报考军校，到了成都。在军校我是工兵科，于一九四九年十二月毕业。四川军阀刘文辉、邓锡侯通电起义，我没离开学校便被俘。一九五〇年我被遣返祖籍大连。

从我去军校之后就再也无法联系了。不知那个战乱年代他一家三口是怎样度过的。

在大陆我又重读了大学，以及北京师大的研究院，之后曾去大学任教多年。退休后随孩子来美国发展，现住在旧金山。我衷心希望他一家现住在台湾或美国。

希望齐教授能告知我怎样能和裴连举先生联系上。

尤广有　拜上
二〇一〇年六月十日

（三）

邦媛教授：

我想知道的讯息现在知道了。裴连举是我一生遇到的大好人，我还想知道他哪年故去？墓在何处？希望能知道一些详细的情况。写到这里我已经止不住眼泪了，我太难过了！

谢谢齐教授赠我书，我一定好好珍惜保存。在这里图书馆我预借等了三个月。在旧金山，中文书局太少也太小，进书不多。我去圣荷西一家书局买过，他们说卖完了。

再一次地感谢您百忙中给我回信。

祝您

身体健康

小弟　广有　拜上于旧金山
二〇一〇年八月二十日

9 钱婉约 女士

(一)

齐先生大鉴：

感谢康教授好意，使我有幸向您汇报自己读《巨流河》的喜欢之情和点滴感悟。

说起来我与这本好书，似乎有错不过的缘。

先是在网上看到《联合报》上《红叶阶前忆钱穆先生》的文章，知道有位英语系的教授也在怀念祖父，这与我以前看到的相关文章多少有点不一样，而且，文章所讲内容，也是超出《师友杂忆》，是我们儿孙辈所不知道的。所以，我不仅将它收藏在自己搜集的有关回忆祖父的文件夹内，也推荐给我的父辈们（父亲、叔父和两个姑姑）看。后来，一位在北京大学读博士的台湾学生，寒假回台北，开学又来北京时，送我夫妇一本《巨流河》，自豪地说，是她任职的出版社出版的（她是在职读博士），很好、很畅销的一本书。这应该是在去年（二〇一〇）开春时。那么厚厚的一大本，我当时翻开，首先又看了一遍"忆钱穆"，知道略有删减，接着翻看了开头的东北部分，就忙乱中放下了。说来惭愧，直到上个月初，康教授又送我这书的大陆版，这下决定要认真地好好读这本书了。一旦读下来（读的台湾版），真是好喜欢！直在心中抱愧，差点错过了一本好书，辜负了出版社送书人的雅意。

喜欢的理由，实在很多。大大小小的，竟不知说什么好。从小在大陆长大的我，对于海峡对岸一位经历了丰富岁月播迁的长者，一位英语系教授，晚辈完全不够格奢谈什么相知和共鸣。可是，阅读时那种超越经历和知识之上的相契感，是那么真切明晰，感动和受教也借此产生和实现。

当我对康教授说好喜欢这本书时，康教授问我："你会感觉到是一位台湾人写的吗？"我不假思索地回答："不，没有特别的感觉，她的文字简洁雅丽，是那种标准的汉语美，没有什么特别的台湾味儿。我在台湾报纸上有时会感觉到有种台湾人的文风，这本书里没有。"美国人康教授说："我只知道她的英文写得很美，看来中文也很美。"

后来细想想，康先生那天问的，仅仅是指表面的文字书写吗？还是也包括思想内容在内？那么，正是在思想和情感理趣上，我甚至也觉得是超越了一时一地，足以引起两岸中国读者广泛共鸣的。虽然书里面满是东北与中央、中国与日本、国民党与共产党、大陆与台湾，甚至东方与西方，但是，那些写满战争、罪恶、对抗、奋争的历史，这些包含着血和泪的过往，到了作者的笔下，业已呈现出一种"度尽劫波"而能"回眸一笑"，"艰难困苦"而不失"谨敬宽仁"，如"凤凰涅槃"般的升华。抗战的生死逃亡，就读内迁大学的艰苦，青春的动荡，情爱的无措，只身远赴台湾的前路未卜，在第二故乡的拓荒创业……处处悲怆哀婉，又无不闪耀着作者人生的觉悟和思想的清明。记得祖父曾在一本书中说过，如果说西方人精神上的皈依是宗教，那么中国人类似的皈依感来自文学，中国人将古典诗文作为自己情感的慰藉、人生的依托。皈依基督的文学教授，接受了中西方诗学的教育，纵览了中西方文学的精髓，在完成自己"如此悲伤、如此愉悦"的回忆录书写的同时，也是在追寻和祈愿非正常时代环境下，人类良知和幸福的实现之道吧。所以，书中时时让人感悟到宗教的悲悯虔敬和诗歌的哀而不伤。我想，这正是这本书优于一般回忆录的地方，也是这本书在众多书写这一时期的著作中，显得高贵雅洁的地方。

记得大学时，读祖父的《师友杂忆》，印象十分深刻，读到的不仅仅是作者自己一生的行事、师友，还映照出那个时代的历史烟云、学界景象、人心向背，以及照临其上作者的思想认识和情感倾向。《巨流河》的好处，它的耐读和让人受益，也可作如是观。

在大陆，如我这一辈，一般都接受了大量宏观叙事以及单维度视野下的历史教科书教育。所以，在《巨流河》中，能够读出很多新鲜感觉。

比如通过齐世英的一生，可以看到东北人在北伐、抗日、内战以及一九四九年以后的特殊命运,那种多层次的丧失家园的痛楚,是我以前所不曾了解和感知的。

比如书中写了从南京—芜湖—汉口—湘乡—桂林—贵州—重庆—乐山一路逃亡和辗转安顿求学的经历,让人对抗战初期国人的逃亡,活生生地如见炮火,如闻哀哭。我们以往所熟悉的抗战书写,太多是打击侵略者的勇武或壮烈,而战争带给全民族各个阶层、具体领域,甚至某个家庭和个人的苦难,则被关注和挖掘得太少太浅。

再比如,在我个人,竟在这里邂逅了一个常常萦绕于心的人生问题。那就是,面对学潮,青年学生应该如何确定自己的行为?是参加学潮、献身革命从而放弃学业,甚至出生入死,还是相反,坚守住一方书桌,完成自己学生的使命?在一九四九年以后的历史环境中,这个问题一度几乎不成为问题,只是随着"反右"、"文革"等一系列知识分子厄运的降临,才在一定范围内的人心中成为问题。我忘不了自己在高中时读短篇小说《红豆》的内心冲击和启迪,它似乎是一个爱情故事,写的正是这一时期一对大学生款款情深到不得不分道扬镳的故事,而在我心里引起重大反响的,不是爱情,却是上述那个问题,问题一旦产生,其实就是对于成说的反思和质疑。这是《红豆》给予我的启示。不用说,那个留在大陆回校做了党委书记的女学生,和那个为了自己喜爱的物理远赴美国继续深造的男学生,他们各自今后的人生际遇和作为将会怎样?五〇年代以后几十年的历史变迁似乎已经为我们提供了答案。历史足以引起人反思,而社会思想的惯性又长久地遮蔽着人们的觉悟。这篇小说发表于一九五七年,不久即在批判声中销声匿迹,直到一九七九年被收入《重放的鲜花》小说集,我看的正是这个集子。今天所以在这里重提旧事,一、读《巨流河》"学潮""最后的乐山",让我回想起这篇三十年前看过的小说,不由得想,这多像是真实版的《红豆》?二、作者宗璞曾随父冯友兰在西南联大、清华大学生活过,一定目击了一次次的学潮运动而有所感悟。三、在此,我也再次联想起祖父在《师友杂忆》等各书中,对于学潮中青年学生的规劝:政局动荡中尤需年轻学子静心学业，学好本领，一旦国家安定，需要建设人才时，才能真正对国家民族做出贡献。然而，毕竟，每个人都是蹚着河水过河的，能够如历史学家般在当下就看穿甚嚣尘上的烟尘的，毕竟是少数。芸芸众生都是在历史的烟尘消散之后，才有几分醒悟。更何况热血奔腾、血气方刚的青年学生？夕阳西下，回望来路时得与失、慰与悔的种种感慨，也都只能是留给后人的启示和教训了。而《巨流河》作者所走过的路，伴着不辍的弦歌，是美丽和足以垂范的。

不觉中，这封信写得太长了，谢谢您花时间读完它，我也即此打住吧。随信附上我的两种小书和二〇〇六年秋登临素书楼的小文一篇，权作汇报。衷心祝愿您杖履清和文案佳盛！

晚　钱婉约　敬上
二〇一一年一月十一日于北京

（二）

邦媛前辈大鉴：

四月中旬得到您寄来的手书信札和著作，内心很受鼓励，也很是高兴了一阵。

约一个月前，王德威先生来北大演讲，说到您的《巨流河》中关于张大飞烈士的章节，有一些导演想作为素材来拍电影，我们一般喜欢读您这本书的朋友，真是个个欢呼，人人期待。特别是一些年轻的朋友，还自告奋勇、自以为是地为导演物色起男女主人公来。有的说，会选哪个帅哥演张大飞啊？我则担心现在的年轻美女演员，谁能堪当演好女主人公的重任。有人就说，台湾当红的桂纶镁或可一试？……可见我们的喜悦期待之情。他们知道我跟您有联系，还特别要我转告您，大家包括更为年轻一些的朋友，都很爱读这本书，不仅仅是像大陆业已发表的书评那样，更多关注国共、两岸等的政治问题，其实没有写出书评的阅读者，更喜欢这本书中的心情和语言。我这里的"我们"，大概是指与我同龄的中文系、外文系中人，还包括我们的一些学生，二三十岁的文科后生。

随信附上我最近写的一篇小文。前一阵我在编辑家父的书稿,出版社编辑要求我写个编后记,谈谈关于祖父与他的儿女,因为您在上信中关心地提起过宾四先生在大陆的儿女的情况,所以我写时,心中竟也有点给您写回信的意思。就想附在这里,呈您一览。

　　《千年之泪》里写到的小说,大陆人最熟悉的是《城南旧事》,我手边有一本《未央歌》,其他都是第一次听说,对我来说,开阔了眼界。

　　台湾桃园龟山,是个很美好的隐居之处吧,我下次有机会去台湾时,希望能够去看望您。愿这封拖延了很久的信,会很快到达您的手中,在炎炎的夏日,为您送上来自远方的风。

　　祝您
身体健康,文案清和!

晚　婉约　敬上
二〇一一年六月十四日于北京

10 张延中 先生

敬爱的齐老师：

慕名买了一本《巨流河》，我几乎是含着眼泪读完了全书，感谢您为我们东北同乡写下了这一本值得珍藏的巨著，以您清晰的记忆，为苦难的东北人留下了一部珍贵的史页，而这些苦难来自日本的野心和侵略是不容置疑的。

从父亲的口中很早就知道令尊对东北人的贡献，详读之下真是令人感动，我的舅父、我的岳父都是出身于东北航空队，随高志航到杭州筧桥，以空军官校三期毕业。在抗战期间，也是飞驱逐的，也曾驻防过个旧、蒙自，这些地方十分亲切，所以对您笔下张大飞的殉国有着刻骨铭心的痛，他们也都没再回过东北，舅父、岳父在台湾过世。如果这些人还活着，一定有很多共同的话题。

我的父亲是我岳父的部属，现尚健在，高龄九十。记得小时候，每逢年节，家父总是会邀请一些空军没成家的老乡来家吃年夜饭。当他们酒热耳酣之际，总是一遍又一遍地唱着："我的家在东北松花江上……"声音越来越高亢，面红耳赤声嘶力竭，眼眶中泛着泪水，这是我记忆中最早的乡愁。最后他们总是会说上一句："小中子，别忘了你是东北人，别忘了是谁给东北人带来的这些痛。"

我走过很多国家，也游历过大江南北，只是不曾想去日本，同事都以怀疑的眼光看我，我的回答是："我恨日本人，因为我是东北人。"您的一生是每一位生活在台湾的东北人的写照，"九一八事变"受日本的统治，周周转转不停地逃难，赤手空拳、身无分文在台湾安身立命，生儿育女，客死异乡。

我很希望有机会您能在我准备的书上为我亲笔写下"我的家在东北松花江上"，以示不忘东北。值此春回大地、万象更新之际，衷心地祝福您,身体健康,万事如意。

乡亲　张延中　敬上
二〇一〇年一月十日

11　熊健美　女士

（一）

天下远见您好：

　　我是熊健美，是齐邦媛老师新作《巨流河》的读者。我目前在台湾微软的 MSN 部门任职，之前也曾在《天下杂志》的网络部工作过六年。

　　上星期拜读齐老师的作品，阅读到关于张大飞先生的章节，心中非常感动。想起我有一位已经高龄九十三岁、曾经是空军飞虎队的长辈朋友——陈炳靖老师（"老师"是空军对老学长的尊称），隔天我托同事带了一本《巨流河》到香港给老师，当晚陈老师就急着阅读，连晚餐都顾不得吃。陈老师说，张大飞先生是他在空军官校以及赴美受训的同学，当年的张先生非常老实木讷，从来不提家中的事情，也不会跟同学们一块儿参加舞会。这么多年来，陈老师一直都不知道张大飞先生的过去，没想到事隔六七十年，竟然经由齐老师的大作，重新认识了当年的同袍。

　　陈老师说，当年的飞虎队飞官，只剩几位还在世，他与夫人珍惜所有跟故人有关的人、事、物。他从家中珍藏的相片中找到一两张张大飞先生的照片，如果齐老师愿意，他想把照片复制一份寄来给齐老师留念，并且在明年春天来台湾时前去拜访齐老师。

　　陈炳靖老师是位非常值得尊敬的长者，他的传奇故事一直被飞虎迷传颂，龙应台女士最近出版的《大江大海一九四九》就摘录了部分事迹，谨列网址如下：

　　　　被囚在南京集中营的历史
　　　　http://www.flyingtiger-cacw.com/new_page_148.htm
　　　　飞虎老人陈炳靖口述史采访记

http://www.flyingtiger-cacw.com/new_page_530.htm

老虎营　出自《大江大海一九四九》

https://blog.xuite.net/wellsli/003/26447126

　　陈老师会将照片寄来台湾给我，如果可以，我想亲自带着照片去拜访齐老师，也代陈老师与夫人表达问候之意。不知是否可以麻烦您将这个不情之请转达给齐邦媛老师？如果不方便让我们打扰，我会把照片复制整理之后寄给您，届时再麻烦您代为转交。

　　非常感谢您的协助，也谢谢您为广大的读者编制了这本精彩巨作。

熊健美　敬上
二〇〇九年九月四日

（二）

齐老师钧鉴：

　　我是您的读者熊健美，目前任职于MSN入口网站。我的母亲毕业于台大外文系，虽未蒙您教导，仍应尊您为老师。若依辈分而论，我该称您为师祖了。

　　拜读您的大作《巨流河》，内心十分感动，因为有长辈们的努力，才有今日安居乐业的台湾。我的祖父母和外祖父母都是一九四九年随国民党政府来台的外省人，小时候曾听长辈们说起从前的故事，可惜当时年纪小不懂事，未曾用心记忆，直到阅读您的大作，又重新唤起童年的记忆，仿佛随着您的笔触，拜访了那个属于爷爷奶奶的黄金岁月。

　　本次随信附上陈炳靖先生转交关于张大飞先生的资料。陈炳靖先生是硕果仅存的几位飞虎军官之一，目前与夫人居住于香港。我在书中看到关于张先生的章节后，马上快递一本给陈先生，陈先生当晚便顾不得吃饭，仔细阅读后确认张大飞先生即是他当年的同学。陈先生和夫人特地从资料中找到一些关于张先生的片段，并要台湾的翟永华另奉上《飞虎队》一书给您作纪念。陈先生多次提及，张先生当年十分沉默，从来不提家中事，事隔六七十年，才借由您的著作了解张先生的过往，不胜唏嘘。

谨附上陈先生的来信复印件，文中有几份资料的说明。

最后，谨代替陈先生、夫人以及家母向您问候。并祝您

身体健康 事事如意

晚辈　熊健美　谨上
二〇〇九年九月十六日

12　黄渝生　女士

亲爱的齐老师:

　　谢谢您完成《巨流河》,这是我近几年来看过的最好看的一本书。

　　我今天给您写信,只是想寄一首歌给您(附下页),不知您有没有?这是我小学五年级时在花莲,级任王老师(应该是东北流亡学生)唱一句我学一句,这么学会的,到现在快六十年了,我还会唱。这首歌我没听别人唱过,大概不是流行歌曲吧!至少,远不如"我的家在东北松花江上"那样人人会唱,您会唱吗?

　　祝　近安!

黄渝生

二〇一〇年八月十一日

母亲的呼唤

　　辽河的水呀　松花江的浪　那样的沉痛　那样的悠长
　　千万人的心寄托在母亲的爱上
　　母亲的眼睛常被泪水洗荡　母亲的心中永远在希望
　　孩子们呀　孩子们呀　母亲在念着你呀　孩子们呀　孩子们呀　母亲在呼唤你

■ 注:辽河就是巨流河

13　李耀东　医师

齐老师，您好！

　　有关您的《巨流河》大著，称赞激赏之词想您已接受太多，这可能并不是您所需要的。虽然这书真的写得太好，感动者不知凡几！我以一介文学外行人的身份阅读此书，就不锦上添花地向您表达我的感动了。之所以冲动提笔给您写此信，是因为我在本期《文讯》杂志上读您的专访时，看到您说的一段话让我太激动，您是这么说的：写《巨流河》是"上报父母，下报儿子，回答朋友：我这些年做了什么？"同时"给老人做个好榜样，老年生活要做点事，要优雅地活着。当你们老的时候要想到我——要振作、乐观、感恩"。

　　就是后面这段话让我冲动地想提笔写信给您。我的专业是研究失智症，这种疾病会随年龄增长提高发生率，更糟的是目前并无治愈的方式，只能想办法减缓退化的速度，所以我每次门诊耳提面命谆谆告诫老人家的就是："多用脑！写作、看报纸、阅读，多和外界互动，绝对不要整天坐在电视机前打盹！"每次我遇到有文化背景的老人家（比方说我遇过老编辑、政工干校新闻教授等），我都要努力地激起他们写作的本能，随便写些什么都好，重点是要继续用脑！其实之前我遇过老太太问我："报纸好像说过老人年纪大了要少用脑，让它'休息'，是不是就可以预防痴呆症？"这问题让我大吃一惊，发现错误的观念的确是存在社会大众中的。从此我就谆谆告诫老人家，提倡用脑，要努力发挥过去所长，老归老，还是要想办法活出自己的生命色彩。

　　老人的确极易有失落、孤独和沮丧之感，原因太多，不外乎孑然一身，朋友凋零，儿孙以奋斗之名行弃养之实，老病残缺，前途茫茫……这都是我身为一个老人临床心理专家最大的遗憾与最大的痛。我看到您题字中所写："因为聚精会神写这本书，我超越了年老的沮丧、失落与孤独感，感恩每个活着的日子。"内心不禁要为您鼓掌喝彩并大呼

Bravo 了！

　　"高龄医学"是时势所趋，只是台湾起步晚，我们这些年轻辈有志于此的医师便把自己当做多个角色使用，比方说我便身兼了"社工"的追踪角色、"心理师"的认知功能评估角色、幻想改造社会使之更趋美好公平的"研究者"和"革命者"的角色……凡此一切对自我生命的燃烧，都是为了一个梦：让我所爱的老年前辈们在人生的尾声，能依然过得充实舒适无忧愁，并重建人生之自信与强化生命之动力。

　　这就是我想要的，也就是我以我微不足道的绵薄之力正在炽热投入的理想，成果将如何没人知道，但求无愧我心而已。

　　总之，除感动于《巨流河》著作本身外，我更感动于您八十五岁高龄尚书写不懈之精神！（我猜我大概是唯一一会注意到您这段话且感触良多的人吧。）写太多了，就此打住。敬礼！

耀东

二○○九年十一月七日

14　王梦松　先生

齐教授您好：

　　我姓王名梦松，国防医学院出身，历任军医主任、组长，五任院长，卫生兵群指挥官，河北宁津人，天津出生，一九二三年出生，今年八十七岁，长您一岁（已退休三十二年）。

　　您大作《巨流河》谈到沙坪坝南开中学一节，算一下，我们应该同一时期在校，书内所写可说百分之百经历了，尤感亲切。当时学校分男生部、女生部，您在受彤楼，王文田主任很严格，她好像是留德的。学校同学很多，每个班级分为六组，不是同组很难认识，我和教授当然不会认识了。

　　那几年跑警报、捉臭虫、疟疾，历历在目，我在校喜欢音乐、运动，是合唱团一员。一些活跃的同学，像朱世楷（见您著作才知他去世了），在台当到中将副总司令的雷颖（雷宝华之子），篮球方面的梁仲恩、易文容、翟克骈（老西），足球方面的吴安然（五豆）……我都记得。当时，达官显要将军子弟很多，我同组的有顾祝同之子顾潮生、生活书店邹韬奋之子邹家华（去北京探亲时看电视，他出现在屏幕很面熟，他当了大官，人大副委员长）、傅作义儿子傅瑞元——他姐姐傅冬菊和您同班，是共产党。

　　我是一九三六年在天津考入南开的，初一碰上"西安事变"，一九三七年升初二暑假，遇到"七七事变"，七月二十八日存在学校的行李杂物全化为乌有。我八岁丧父死于 TB（肺结核——编注）、十岁丧母死于伤寒，遗下我和小我五岁的妹妹。两个孤儿，由大伯带着逃难，到西安、成都各地学校借读，我很不习惯。随后到了重庆沙坪坝，入学要考试，心想逃难中荒废了学业怎么可能考取？幸而张校长是我祖父的好朋友，我又是家乡天津来的学生，硬着头皮到津南村四村去晋见他。他对我非常慈爱，校长夫人还包饺子给我吃，并叫严仁颖先生（海怪）

照顾我入了学，初期免除了学杂费。

我们学校有个习惯，喜欢给老师起绰号，如您说的伉乃健（伉老二）他也教过我数学，他很凶的，伉老大应该是伉乃如老师。看到您写女同学邢文卫去世，我很难过，她是我心目中的女神。她还有一位哥哥邢传芦，也是同学。此外，女中部熟悉的还有秦工男，她弟弟秦光是我的好朋友，秦妈妈待我很好如家人，给我洗衣服、缝被子，也住在津南村。在金门遇到过李君皖，还有钱菊年（小汤圆）他哥哥钱亿年。

谢谢您写出了往日南开的回忆，在此致敬。并祝
身体健康

王梦松　拜
二〇〇九年十一月十五日

15　江心静　女士

齐教授您好：

　　曾经与您有过一面之缘，不过还是先自我介绍，我与大学好友在三十岁前完成了单车环球的梦想，因此写了十年的旅行文学。

　　得知您的自传《巨流河》即将出版时，就很期待，拿到书那几天，真可以用"爱不释手"来形容，可说是除了《红楼梦》和《源氏物语》外，最震撼我的书。因为我看到了贴近心灵的文字，就是大江健三郎所说的"文学语言"，这是天生的感性加上后天的锻炼而成的，缺一不可。您以个人三代的小历史来谈大历史，承袭了父母的使命。文字是承载思想的翅膀，我边看边拿笔记下了精彩的句子，最喜欢的一段是："张大飞的一生，在我心中如同一朵昙花，在最黑暗的夜里绽放，迅速阖上，落地，那般灿烂洁净，那般无以言说的高贵。"因此，极力向周边朋友推荐这本书：作者以一辈子累积的文学功力来写近代史，这是一本有深度厚度又"好看"的书，也得到好评不断。

　　以前看《一生中的一天》时，还不能深刻体会到一生致力文学教学的您退休时的心情，看完《巨流河》才真正了解您在抗战中艰辛得到文学的火种，希望能在台湾传承下去的使命感。

　　作为一个从小深爱文学的小小后辈，只能说个人力量有限，但是至少一直在筑梦的路上，谢谢您花了四年写就此书，相信这又是一座灯塔，在黑夜的海上指明一道方向。

　　敬祝
　健康平安

后学　江心静
二〇〇九年十二月二十一日 于台中

16　林立仁　女士

齐老师：

希望没打扰到您宁静的生活。

说来奇妙，我知道《巨流河》，竟然要从"梦"说起。有一天，学校同事说她梦见去天国很久的爸爸，指着一本书对她说："这本书拿去好好读一读吧！"她吓一跳，醒了！那本书是她放在桌上的《巨流河》。当时她正为一些事举棋不定心情低落，她觉得父亲借由梦境给她指引。我正打算有空时到书店去买这本书，同事已把它当神秘小礼物送来——她因感动而分享。

暑假中，难得有一周假期可以回娘家陪伴父母，《巨流河》是唯一的随身书，每天总在父母就寝后，我才窝在床边一页页地细读，时而落泪，时而叹息，舍不得一口气读完。

我的父亲是当年"十万青年十万军"的一员，随着国民党政府迁台，在这里落地生根。小时候，常听爸爸回忆在大陆的往事，也一直相信我们会回老家，看着书中点滴——纵然那些事是离我很遥远的，但因着父亲的缘故，我仿佛进行了一趟时光之旅，千回百转之感，实非笔墨所能形容。

曾经、庆幸、感恩自己生在这个太平时代，上大学后，曾和爸爸有过一次对话，我感慨地说："你们那一代好像是生下来受苦受难的，战争、离乱、异地生根……几乎没有过过好日子。"不记得爸爸如何回答我的问题，只记得我的话锋一转，羡慕起他们，因为他们的生命有理想、有抱负，知道自己追求的是什么，纵然身在苦难之中。相对于我们这一代或是下一代，在光鲜亮丽的繁华下，心中的空虚落寞，哪里是名牌、电玩所能充实？同样的问题，我也问过大学的老师：当年抛弃一切毅然从军，难道不怕吗？老师问我："怕什么？"我小声地说："怕死啊！""不怕！在那个时代，大家以从军为荣，没有人会想到个人生死这一件事。"是的，如果生命中有理想，再多的困顿都无法阻止一个人向前，即使牺牲生命亦无所畏惧。在书中，这份年少情怀重回心头，我思索着在繁忙的日常琐事中，我到底在做什么？感叹之际，竟辗转难眠！

　　我要向老师说谢谢，您的故事给了我勇气，在我茫然于行政事务、在我灰心沮丧之时，如醍醐灌顶般地使我清醒——不忘初衷。书中典范的道义风骨引领着我勇敢做自己，也许我的人生历练浅薄，根本不懂真正的觉悟是什么，但我期盼：回首来时路，不虚此行！

　　秋凉渐近，请多保重。祝福老师平安喜乐！

后学　立仁敬上
二〇〇九年十月八日

17　孙守萱　读者

敬爱的齐教授：

　　我拜读了您的著作《巨流河》，想以此信表达内心油然而生的感动！我只是个国三学生，文笔不好，请教授多多包涵。

　　这本书最令我难忘的是您对故乡的热爱，字字句句叙述深刻，在我们的历史课本上见不到这些，让我明白东北的发展（历史）和那些光荣殉国者。

　　再来，此书带领我走进不一样的世界——战时的动荡、人民的恐慌、国家的安危，这些都是身在富足时期的我所遥不可及的。我看到您的父亲是满腔热血，想为国家尽心力奔波；而您的母亲堪称坚强女性，多少时候是丈夫不在身边，必须独力抚养孩子，又逢战争时刻，内心的惶恐与无依又能从何处宣泄？尤其是您的义兄——张大飞先生（这也是我和同学最推崇的一位），坚强面对挑战，毅然决然报效国家，此时须压抑脆弱的人性，须扮演兄长的角色，无论如何都要替其他人着想；一次次接近死亡使他每每都有全新的认知，这种伟大的情操，在现代社会几近荡然无存！

　　最后，再一次地谢谢教授带领我走进不同的国度（那些诗句也是），于此祝福您
身体健康

　　　　　　　　　　　　　　　　　　晚　孙守萱　谨上
　　　　　　　　　　　　　　　　　　二〇一〇年十一月七日

PS. 能否请教授替我签名留念？感激不尽！

18　昀圣　读者

亲爱的齐老师，您好！

　　其实更想称呼您为齐奶奶的。您的《巨流河》我已看完，而且翻阅了好几次，每次都有个念头想提笔写信给您，拖了一阵，眼见下星期马上就要开学了，赶快提笔，不尽之处只能请齐奶奶海涵了！

　　我出生时，台湾已是个温暖富裕的摇篮，尽管偶尔爷爷会说些八年抗战逃难重庆的事，但那似乎只是茶余饭后的小点，谁也没认真。

　　对于那段历史，什么时候最认真呢？我想了想，一个可笑的答案竟然是：高中历史课考试的时候——我总是记得在背完清朝后期一条又一条的不平等条约后，历史老师带着同情的笑容说："继续加油！后面的更辛苦了，来，北伐、抗日、剿共……"当时竟然真的觉得自己的"纸上北伐、纸上抗日、纸上剿共"好辛苦。

　　过了好几个年头，我从台湾到香港再到美国，其间遇到了好多不同背景、有着不同故事的华人，我竟然渐渐地对我的身世好奇起来，因为我的爷爷奶奶都是南京人，我不知道他们怎么躲过那残酷的"南京大屠杀"。我也不知道爷爷八年抗战怎么跑到重庆，又怎么加入国军打日本鬼子。我也不清楚爷爷奶奶最后又怎么逃到台湾。

　　这期间，我试着阅读张纯如小姐的那本有关南京大屠杀的书，但好几次都因为写实的叙述使心里太不舒服，而不愿意往下读。我也曾搬个板凳，坐到爷爷身旁，一直问他八年抗战怎么逃？可惜的是爷爷记忆力已严重衰退，前一天还在芜湖，后一天竟然坐船到了长江三峡——我只能傻傻地再问爷爷："那您有听见两岸的猿声吗？"这回，他清楚地回答："我只听见炮声！"

　　齐奶奶，我已不能用"谢谢"来表达我对您这本《巨流河》的感动、谢意与敬意。我真的无法想象，真正经历过那段北伐、抗日、剿共的岁月，心灵刻满弹痕成长的您，怎么能够将这段血泪写得这样真切，却又平易近人。读完了《巨流河》，稍稍弥补了我心里的遗憾与惭愧——对于已故爷爷身世的无知，对于那段与我切身相关的历史的漠视；因为《巨流河》让我更清楚地回顾我的原点，然后知道自己的人生该怎么航向遥远的未知。

  祝福您
一切平安！

晚　昀圣　敬上
二〇〇九年八月十九日

19　郑文　读者

惠绵老师：

我是陪伴在母亲的病榻边给您写这封信。我深信母亲放下此身，始能获得新生。在佛经里有一个故事：有一位妇人的儿子往生，妇人悲痛不已，请求在世明师——释迦牟尼佛，显神力令其子重生。佛陀说："你到大街上，如果能找到一家人从没死过人，我才能帮你。"我忘记故事如何终了，然而，《巨流河》书中的"爱如一炬之火"让我深有体悟，真正的大爱甚至是能够超越亲情的束缚。

相当欣悦地看到《巨流河》的诞生过程，我看到您的文章觉得很高兴，有一种我所期待的"不俗气"，等到我心得完成，会与您分享，与齐邦媛先生分享。虽然心有胆怯，但我或许会提出一些后生见解。

这几天在医院时，上网看了一些读者的心得，很讶异许多读者如此着墨于"大飞同志"（可以这样称呼吧！）与邦媛先生一段感情，看来现代人对早已失落的"纯情"其实有某部分的盼望（？）。事实上在那个时代，有太多太多无法修成正果的因缘，而《巨流河》中的感情片段如此深刻，其实很大的一部分成就于作者的笔力。它一则以"剥洋葱"的方式，在各章节中缓缓伏展，令人回味，二则，拥有过后的失落是最失落，我也为邦媛先生感到一阵遗憾。

事实上张大飞所留下的精神和气脉更值得引人注意。从牛首山的庇护，《圣经》上的期许，家书情书的密集交往，到遗著的祝福和盼望，那种光洁的精神，生死的体悟和坦白，仿佛让死者的精神永远活在邦媛先生的生命线上，在书中串连一气。张大飞的死与耶稣的死一般圣洁，世间里每一生命都如同上帝的独子一般宝贵，而更重要的是邦媛先生的铺陈使张大飞的死亡有特别含义，因为他代表了某种永恒的真理，而那样的永恒其实存在每个生命之中，那就是良心、正直、善良、同情、温柔和永不止息的大爱。这信仰，似乎正如那一炬之火，指引着作者此后六十年的人生。至于爱情与否，对于早已与死亡达成协议的飞行员而言，反而是生命中很次之的功课。

有一位同学对我说，她认为张大飞的爱情已经超越了（我没有追问她认为哪里超越了）。我对他的遗书一看再看，好几次，总觉得那位跑去云南找他结婚的女老师才是超越了（？！）。深思一下，那个年代里什么样的人会秋天认识一位飞官，就跑到云南爽快结婚了？恐怕是战乱中早已与家人失散或分开的单身女子。超越的爱情无所谓"拿不起也未早日放下"，反而是一种平淡生活，一种沧海桑田后的平凡。写到这里，我是很感伤的，眼看如今世界上自私的繁华，其实愧对先烈的血肉。这么多家庭的破碎，这么多血泪，才能在今天的世界换得一些表面的平静，然而，也只是表面而已。以上是我一些浅见。

此外，我更加关怀书中写到国共分合、张学良与"西安事变"、国民党政府丢失大陆、共产党如何渗透校园等问题。这些与中国今日的命运紧紧相连，对战后第一代、第二代乃至今日的知识分子影响深远，也是我成长过程中对于身为知识分子的疑惑和不解。（心得写出来应该很长吧……）今日时间已晚，再续。望您珍重。

郑文
二〇一〇年二月十日

■ 注：郑文是台大李惠绵教授的学生

20　杨静远　女士

邦媛老友：

　　几年前你来北京，特到我住的竹家栖老宅来看望我，真是喜出望外。晚上又一同去附近的老上海餐馆便饭，真是嫌时间过得太快，没有尽兴。你回台后，这些年我们没有联系，我好像给你写过信，因地址改动，也不知你收到没有。

　　最近忽收到你赐赠的大作《巨流河》，翻读之下知道是你毕生经历的回忆录。又是高兴，又担心我无法通读这样一部洋洋大著，因为我近十年来患严重目疾（青光眼），基本上不读大部头的书了。但因你书中许多篇幅回忆我们共同的学校南开和武大，便又忍不住从南开读起，接着读武大，这一发不可收，一直读到最后一页，然后又从开头读起，可说连读了两遍。读后的感受一言难尽，一句话，觉得你的一生真是奋斗不止，成就斐然，至少在我们外文系同学中是首屈一指，这是我的真心话。对比我自己，感到自惭形秽，这固然和我们所处的外在境遇有关，但即便你中年以后境遇比较平顺，但更多的是你自己努力所致。在事业方面，你真的是一个拼命三郎呀！我敬佩你的精神，以有你这样一位杰出的朋友高兴、欣喜！你能理解我的心情吗？

　　看到书后的参考书目中提到我的三本书，非常感谢！我不记得是什么时候送给你或寄给你的。我也曾寄给蔡名相几本书，但没有收到他的回音，不知为什么。蔡的晚年为《珞珈》校刊耗尽了心力，最近听说他中风了，是不是去美国和家人团聚了？《珞珈》以后恐怕没有人接手了吧？武大现在已物是人非了。

　　"文革"中我父母悲惨的下场，使我从此再也没有了快乐。我在性格上虽不及你顽强，但也不是一个软弱的人，我自己的不幸我能忍受，但父母的不幸实在令我抱恨终生。老伴严国柱去世也快五年了，他在世时，尚能分担我的痛苦，现在只有我独自忍受了，还加上对他的思念。儿女都很好，但究竟是另一代的人，他们有他们自己的烦恼，我住在儿子家，生活上照顾得无微不至，但我整天独自在家，院里没有一个可以说话的人，像住修道院。几年前还尽力写点短文，现在只能看看报，连进城看病也需要女儿驱车陪同，成了个累赘。

我拜读了你的大著后，感到一点遗憾，就是你把一生全奉献给了事业，却极少提到家庭生活。你有三个儿子，可为什么从不与他们住在一起？连写这本书都是独自一个人。你比我年轻几岁，但毕竟也是八十岁的老人了，为什么不要亲人陪住呢？你使我想起苏雪林老人，她自老姐姐过世后，就是独自一人，活到一百多岁。在内地，同样的情形是杨绛，钱老和女儿都先她而去，她也独自生活，中国的事业女性有这样的特色，令人钦佩，但也令人同情。我也感到应该写一本回忆录（不能像尊著那样长），但恐怕是写不出了。

你完成《巨流河》以后，还有什么打算？还有可能来北京看看吗？六十年"大庆"，其实可庆的只有后三十年，但旧问题去了，又有不同的问题，你若回大陆，会为南开的臭虫般的车流人流目瞪口呆。

再谈，祝好！

静远
二〇〇九年十月二十六日

21　王秋华　女士

（一）

邦媛：

　　大约一个月以前，初拜读《巨流河》时，曾经给你写了一封短信。终于看完了你的大作，令我非常钦佩，也非常感动。不但钦佩你的成就，也对令尊齐世英先生一生的作为万分钦佩。

　　令我最感动的是你的文学生涯。我自己也热爱文学，在高中时选修理组，因为知道自己会终生追踪文艺，但理科的东西不会自己去学。在大学入了建筑系，因为建筑是一门有用的艺术，有社会意义的艺术。大一在柏溪时，父亲嘱我每周请外文系的张沅长教授为我改英文写作。我在张教授书架上看到一些英文诗集，初看之后便大感兴趣，于是请张教授改教我英文诗。《巨流河》中提到的许多诗，都是我当年喜爱若狂的作品！张教授自己并不是诗人，但是为我提供了很严谨的教导，而且坚持我每念完一首要背。记得我那时苦苦地背过 John Keats 的 *The Eve of St. Agnes*，全诗有四十二段（42 stanzas！），看到你在《巨流河》中提起这首诗，令我好似看见老朋友……我原来不知道你和鲁巧珍是好友。巧珍和我同班（四二级），虽然她在文组我在理组，一半因为演话剧的经验，使我们也成为很好的朋友，几年前我从台北武大校友出版的《珞珈》刊物，看到她去世的消息，真是不胜唏嘘，但至少知道她曾有一段美好的婚姻和家庭生活。

　　我原来不知道你除了在大学教授外文，也曾经担任编译馆的主编，而且多次在美国、德国研究和教学。我在纽约住了约三十年，却不曾在你到纽约时和你联络，真是遗憾。

　　我去年也翻译了一本有关《理想国》的书，是多年与我合作的美国建筑师 Percival Goodman 所著，如果你有兴一阅，我很高兴为你寄上。

　　就此顺祝

康健,愉快,平安!

秋华

二〇一〇年三月三十一日

(二)

邦媛:

《巨流河》中一九三〇年代的东北给我上了一堂非常感人的历史课;南开中学的种种也令我感动不已。我曾经数次回大陆参加四二级的级友聚会,四二级的通讯《鸿雁》至今尚未停刊,虽然近年来的刊物多半报道许多级友去世的消息,令人伤感。你的经历比我更坎坷,除了中日战争那段时日,还加上自东北流亡及大陆初解放时代的磨难(我一九四六年大学毕业后就已到美国去念研究所了);可是你说得很对,和留在大陆的亲友相较,我们仍是多么幸运!随函附上两本书,其一是《理想国》的翻译,原文附在后页,这些书的原文想你也多半看过,可惜当时 Goodman 先生未包括 Samuel Butler 的 *Erewhon* 和 *Erewhon Revisited*,都是我特别喜爱的小说。翻译本书,除了回报 Goodman 老师的教导,也是因为我深感现代建筑系的学生缺少追求理想社会的热衷。另外一本杰出建筑师专辑,只是想给你看几件我的作品的照片。

祝
康健愉快

秋华

二〇一〇年四月十四日

22　姚朋（彭歌）　先生

邦媛：

《巨流河》收到了，谢谢。

这真是一本好书，我初读了几段，觉得比我想象之中更好。你既能叙述复杂的历史，又能注入深切的感情，佩服之至。

人慧告诉我，你太劳累，身体不适，懒接电话，所以我就写信给你，致谢，并问候你。天太热，多多保重，"巨"书完成，便了结一桩心事，可以稍稍休息了。

又，你推介Jay Taylor蒋传的书，姚晶替我买到，已读完了，头绪太多，大体上算是公正（比一般西方人的著作）。不过我觉得似乎不像是一个人写的，有些地方未尽贯通一致。也可能因为题材太大、太复杂了，未能一气呵成。再者，他不像你写"巨"书那样有真实情感，我翻阅你的书最后写空军纪念碑那一段（我先不知道张大飞是谁），再往前翻翻，特感动。

另有一些心得：

1. 读到了老罗"一定要把你娶回家"那一段，十分高兴，虽然困难重重，但很有劲。

2. 最意外的小发现是，你居然打过垒球，一垒手。我当年也是打这个位置，在北平的中学圈里"小有名气"。

3. 跟南开，我有一小段渊源。我父亲最早在南开大学当助教，抗战时去陇海铁路，胜利后再去南开。一九五〇年代去世时，是工学院长。 可是我没有住过天津（我的出生地）。

4. 记得不？你以前有一次说我"你一切都太顺利"，对我影响很大。我不知道我怎么算顺利，但因此想到很多人的"不顺利"，由此而更为知足。

5. 我和你差不多，走过相同时代，抱着同样心情，但走过很多不同。最大的不同，我认为，是你一直有父母在，从小到差不多老，而我是从十多岁以后就是"孤儿"，我是"迁台一世祖"，没有人给我指引、鼓励，但也没有任何感情上的牵累，我的"独来独往"，另是一种味道。

6. 以前还有很多"期许"，近年来只剩下感恩与自足。乱世流离，我仍然这样活下来，小有成绩，差可自足，比起大陆上同年的人来，我们都已是万幸。

活得越久，看得越多，越觉得老天是公平的。冥冥之中皆有定数。像张大飞那样为国牺牲，在当时是悲伤之事，但"整体地"想想，毋宁正是一种圆满。有人说：文天祥、史可法，死的时候都是他们命运中"最好的时辰"，那些空战英雄们应该也是死得其时，死得其所。

彭歌
二〇〇九年七月二十七日

23　费宗清　女士

齐阿姨：

　　我是费宗清——张心漪的女儿。前几年您常来怀恩堂做礼拜，有时会见到您。今天我给您写信，是因为我看了《巨流河》，连看两天，看了两遍，也哭了两天，哭您写的这个苦难的国家，这些年轻人，这些故事，这些生命。从书里学了许多，因而我写信来谢谢您，为我们所有的人写了这本书。

　　星媛是我北一女的学姐，您是妈妈的同事，罗伯伯在铁路局工作，我的父亲也在铁路局服务，这么多条线，看了您的书才清楚。从不知道齐爷爷与东北的故事，他的热血忠诚的兄弟们，让我泪流不止。谢谢您的毅力，您的智慧，您的笔，是多么举重若轻的笔，每一笔轻轻落下，隐含的意义又这般沉重，不同于他人如外科手术刀的笔。从您写的生活细节中，我也学了许多智慧，"交浅不可言深"，平常的一句话，多少次就如此失误。

　　知道您住在长庚养生村，不愿来打扰您，因而写了这封信，略略表达一个读者的敬爱。《巨流河》成了我经常翻阅的一本书，送了二十几本给儿女、朋友、同事，希望他们看。

　　妈妈仍健康，然没有以前利落，意志力仍一样坚强，人问我妈妈长寿的秘诀，我总回答意志力。她仍每年出国，环绕世界一周，只是现在需人做伴，她采访的作家也逐渐凋零。

　　祝您
平安健康，有完成壮举后的宁静

晚　宗清　敬上
二〇〇九年九月二十一日

PS. 周联华牧师也是您的读者，我们谈起您的书，他问候您。

24　车慧文　女士

（一）

敬爱的娘家大姐：

　　自从上回跟您通过电话，第三天就有人来按门铃，邮差爬上了我这三楼半，把您的书亲送到我手中。这么快，使我不敢相信。不知应怎样表达我的感激呢！

　　您的深情厚爱就在这个小小的包裹里，也感谢那位代写、代寄的好心人。翻开了我的那一本，见到了您手书蓝色纸条上的几行字，就有了"家"的感受，您的字迹内容字字珠玑，语气充满着和穆与关怀，给我深深的喜悦与感动。真是幸运，巧遇您被"放逐"在柏林，我这只野羊才算有了一盏引路的明灯。

　　那天我打开书后，一口气读了三章多，要不是晚上有约会，就真会开夜车读完它。我这几天断断续续地看，反复想象当年您及全家的经历……真是佩服您的材料丰富，能把国事、家事、学业各方面重要事实如此细致、顺畅地娓娓道来。多少苦难、毅力、耐力、智慧、爱力的结合，使我在为您高兴中，眼眶一再泛红了。

　　我是有福的，能幸运认识了您。您在我的心目中是亦师亦姐。亦师的部分是过去共聚的时间和您的谈话，以及看到您的才情和勤奋。虽然也想跟您看齐，动手写些东西，是关于家里的，从祖父任中东铁路总工程师，到父亲永劫不复的跌倒……但喜、怒、哀、乐凝铸出了一个志向平平的我，好像不值一提，因为，"私人小事"比"时代大事"多得太多。

　　在德国，更确切地说在柏林侨社的生活，可算多彩，但不多姿。想回馈台湾养育之恩，记录些什么，目前仍缺条件，但我会计划一下，慢慢进行，向您请教"成书"的秘诀。

　　请您继续以强大的毅力把健康维持下去。

遥寄我们（小德、小安）的祝福与爱。

慧文
草于柏林
二〇〇九年七月二十八日

（二）

亲爱的娘家大姐：

近来好吗？

先要祝您新年健康虎虎生风！

我和迪特目前在智利避冬，这张卡片是智利南方小火山地区的景色，人烟罕见，十分原始，冰山流下的小溪、大河，清澈碧翠，山野宁静而广阔，使人难忘。

在这一两小时车行不见任何人、动物踪影的世外桃源，居然遇到一对德国中年夫妻（四十五岁上下），伐木捕鱼为生。

下周我们就返回柏林处理事情和过春节。

去年十月下旬从台北返来后，心中一直惦记着您。行前曾给您及宁媛大姐分别打过电话，终未能联络得上。时间一晃就又去了近半年。这回出门两个月，因为我在此地语言不通，气候又热，就躲在家中，把您的书终于看完了，觉得充实极了。后半册把台湾文学界大事记叙完整，对我很重要，虽然现在教书已不需用，但预备办个读书会，和柏林的婆婆妈妈们切磋一番。她们很少有读文学、历史作品的机会，对台湾的了解也有限。我则借机让自己深度进修一下。

对了，谢谢您在书中提到我及过奖。您给予我的各种支持，大大超出我能为您尽的心意。该向您学的还太多……今年秋天可能再去台湾，一定提早报告时间，跟您"排"个约会。养生村有人能蒸梨加红枣给您吃吗？还有麦片粥，这些多吃些，慢慢强肺、补身，恢复一些体力。遥寄我们的思念。草此

慧文敬上
二〇一〇年二月六日

25　陈太太

罗太太，您好！

　　如此神速就收到您亲笔题名的最新著作《巨流河》，真令我和外子雀跃兴奋。

　　说来我们认识已有二十余年，但除了制作服装的互动、沟通，知道您是一位有高深学术涵养的和蔼教授之外，所知不深，直到拜读了您赠送的书。

　　前年仲夏初访养生村后，我与外子在回程车中，脑中不时浮现您谈起要积极完成这部巨作时语气中的那份迫切决心，久久不能忘怀。您以八十高龄投入四年心血，坚持与毅力及认真的工作态度，绝对是举世无双。

　　很荣幸有缘与您相识，在我心中，您一直都是那位朴实中有时代感、眼光独到、非常有审美观的罗太太。由衷地感谢您，巨作我会好好品读研习，惜宝珍藏。

　　谨此祝

健康　快乐

美加美　陈太太
二〇〇九年七月十五日

26 李照仁（垦丁小友）

齐教授您好：

昨日收到您寄来的大作《巨流河》，我真是兴奋。这是我在垦丁福华服务多年以来，觉得最珍贵的礼物。

人的缘分真奇妙，您生长于东北，而我在台湾之南工作，因着您每年皆来垦丁写作，而有机会认识了您这位长者。往年您皆一个人独自来饭店住宿、写作，去年底您与儿子及妹妹一同来，那几天，垦丁的气候特别温暖，大海湛蓝壮阔。当初您询问我"哑巴海"的典故，我以为您只是要了解地名由来，现在我终于明白其中的意义。

昨晚拿到书后，阅读了一部分，以往我在课本所读到的历史及大陆与台湾二十世纪苦难的经历，对您而言却是活生生的人生经验。透过这本书，让身在南岛一隅的我，有机会了解前辈者的奋斗过程，及大时代的故事。

齐教授您在文坛上的成就及地位，后辈无需在此锦上添花，但您与我的互动，真让我感受到那份真与诚，从您在宅急便上所写的字迹工整而一丝不苟，我相信您身体一定相当健朗，希望有机会再见到您这位可敬的长者。

祝您

平安、健康

垦丁的朋友　照仁　敬上
二〇〇九年七月十六日

■ **邦媛注：**

十五年前开始，我每年元宵节一个人去垦丁住福华饭店五六日，是给自己的生日礼物。深为当地哑口海所吸引，李照仁先生帮我在屏东县志上找到原名"哑巴海"的资料，从此每年通讯，是我多年小友。

27　何怀硕　先生

邦媛老师：您好！

　　八月五日我去台北办了杂事，到书田书局去买《巨流河》，隔天便收到您请人寄赠此书。感谢您，我多的一本将送给朋友，想到很久没问候您，还收到赠书，荣幸极了。

　　读"序"，尤其是《书前》一节，您的笔温婉却雄浑，章节的标题也简洁有力而令人惊心动魄，又表现了文学家的深情缱绻与透析事物核心的力量。您的一生是崇高人生的典范，您的文字是写作者的金针。我还未细读，但我认识到您这本书超过了写别人的文学的高度，它是文学、历史、时代见证与人生意义的经典。读您的书，便想到世上每天、每年多少书出版了，历史的潮水又淘汰了，留下的只是最有"重量"的少数。许多人来了，又走了。走了的，只有少数人能活在许多人心里。但这"许多人"毕竟也将走了；只有文字，能最长久地把一个人的价值保留下来。古人说立言是不朽，大著是的。

　　许多人都觉得您是他敬爱的老师，记得我初离家时您请我吃饭，对我的关怀与嘱咐，说您喜欢一个人去旅行……我又记起当年您被车撞，医治很久，您说变成"熊猫"。幸好后来痊愈了。想到您，是一个温煦又坚韧的典型，写此信向您表示敬意，并致亲切的

　　问候

　　　　　　　　　　　　　　　　　　　晚　何怀硕　敬上
　　　　　　　　　　　　　　　　　　　二〇〇九年八月十五日

PS. 我读书、创作、写作、兼课，一个人生活，一切没变，身体粗安。

28　林文义　先生

（一）

齐老师夏安：

欣慰您完成了人生大书。静静读着您的时代，美丽而艰难。因为您的启示，我们这一代还是要勤写不渝，这是宿命，亦是救赎。感谢您。

晚　林文义　敬上

二〇〇九年七月二十二日　大直

（二）

请安：邦媛老师

夏炙晴雨，盼静好。

五月初，与陈芳明伉俪日本奈良参访"平城京迁都 1300 年祭"，提及老师，不胜感念。

读：《巨流河》……那烽火年代，悲壮如画。

祈盼"尔雅"三十五周年庆能亲炙老师风采。

晚　林文义　敬上

二〇一〇年六月二十六日

29　夏祖丽、张至璋　伉俪

（一）

齐阿姨：

看了您的《巨流河》很感动，这是必能传世的巨著，您四年闭关值得——我们社会需要这样扎实诚恳的一本书，而不是那些配合新闻来炒作的作品。

近日整理我父亲遗物，他民国三十七年在《北平日报》的"玻璃垫上"有一篇文章也写到张学良，文章最后那几句特别传神——"……张学良的生活其实不坏，尤其是有充分的机会读书，他的述怀诗说：'十载无多病，故人亦未归。余生烽火后，惟一愿读书。'可谓如愿以偿。……出来又上哪儿去呢？又干什么呢？"——特别寄上给您看看。

天渐渐凉了，您要多保重。我脑子里常常会想到四年前我们去林口看您的那一幕，当时您正要开始写这本书。真佩服您的毅力，这本书现在出来了。

时间过得好快，今年是我父亲百岁冥诞，我也写了篇文章纪念他，非常怀念父母。敬祝

安康！

祖丽　敬上

二〇〇九年十一月八日　墨尔本

（二）

齐阿姨：

每次都由祖丽告诉我您的近况，现在趁寄给您《镜中爹》，向您请安。然而看了《巨流河》后，送书给您，还真需要勇气。

我很喜欢《巨流河》，所有读者必定一样。它兴起人们对吾国吾民源远流长的情怀。真希望那些努力于切断历史的绿色族群，以及被误

导历史的人，都能一读本书。您那段颠沛求学的历程，虽在战乱艰辛，却令人向往，有股"拔草呼吸"的喜悦。我主张《巨流河》该列为中学生（大学生）必读读物。先由老师读，然后导读。

不知您那十年求学住宿舍的经验，是否使您日后安于独处"养生村"四年，完成巨著？近年我们常旅行，在祖丽眼中我的剩余价值似乎只是住旅馆有人陪伴，因为她不敢单独住旅馆。现在，看看齐阿姨吧！

书中您曾谈到南京新街口，菲利普脚踏车，刻铜板，打桥牌，乃至黎世芬先生……这些引起我的共鸣，因而在《镜中爹》中曾大书特书。北京三联书店要我多写些早年生活小事，而我的求学生涯又那么贫乏。

我明年就要迈向七十了。过去几年未敢打扰，下次回台一定去看您。敬请
安康

至璋　敬上
二〇〇九年十一月八日

30 张让 女士

齐老师：

　　您好！

　　现正在小心慢读《巨流河》，不敢读得太快，怕错过了什么。又拿笔边读边画线，时笑时悲。想起我的父母和他们的时代——您的时代，真的是悲壮轰烈的时代。相信许多人都有这感觉：感谢您倾力记录，提醒我们在眼前的电子虚幻中，曾经有那样血肉伤痛，那样彻骨的真实。

　　现在才读到李弥将军撤退到台，与您父亲见面那处。抗战还有的打，惊人的是您竟在那种环境得到一流教育。阅读中不断比较自己和父母，以及和儿子友筝的经验，免不了感慨和好笑。其实，所谓刻骨铭心的记忆寿命并不长，每个新的一代潜意识里都急于摆脱过去，奔向未来。若非"多事"的文人记录，再怎样大的过去很快就缩小不见。人太善忘，需要提醒。

　　我虽没给您写过信，但不时就会想到您。除了在您的书里遇见，更记得我们的三面之缘。北卡女作协会上是第一次，然后两次我回台，蒙您招待吃饭。大约记得您说的一些话，话中吐露的一点心事。我一直觉得上了年纪而有您的风采和妙语，是多可爱可羡的事。

　　最近我给《人间》写周三部分的"三少四壮"专栏，固然一边叫苦不迭，一边也庆幸有块地方让我大声沉思一向关切的东西：读书、哲学、旅行、网络、虚实、郊区、资本主义、美国，种种。思索现代人经常在打的另一种仗：科技仗、虚无仗、无知仗和相互屠杀的各种仗。一次一千一百字很难尽言，只好勉力精简浓缩。

　　敬祝
　　安好

　　　　　　　　　　　　　　　　　　　张让　上
　　　　　　　　　　　　　　　　　二〇〇九年九月十八日

31　喻丽清　女士

齐老师：

　　谢谢您送的文学讲座的DVD，看完我对您更加地崇敬。您对台湾文学的贡献固然是有目共睹，但您对所有的文学的热情与诚挚之心，更叫我们这些后生感动不已。想起以前在加州与您相处过的时刻如在眼前，您的热情依旧，而我早已"熄灯打烊"，在写作的路上真是愧惭，无颜见您！台北之行本打算去探望您，但松玉说您不喜欢太多人去看您，我就没有跟她一起去了。想来盛名之下您的清静日子必大受干扰。没有给您送上鲜花礼物，但在一片掌声中，请相信我，我是其中最用心用力为您鼓掌的一位。

　　敬祝　冬安

丽清　敬上

二〇一〇年十一月八日

32　痖弦　先生

（一）

邦媛大姐：

那天在长春藤吃饭的照片冲出来了，我们姐弟二人都是白发萧萧，相映成趣。

自传获得大成功，真的是可喜可贺，这件大事办完了，还有很多事要办。你下笔如泉涌，还有写不完的文章。好日子还在后头。

保重身体，可以读读闲书，但是不可以生闲气。红脸女子的脸，只为国家民族而红。

祝

平安喜乐

弟　痖弦　敬上
二〇〇九七月二十八日　温哥华

（二）

齐大姐：

不久前我去美国亚特兰大，读到当地华人报纸副刊上的一篇文章，特留下来寄你一阅。

这是该地读书会会员报告读书心得的记录，内容很丰富，见解也不错，可以见出他们多么认真。台湾近年读书风气不振，远不如外国华人地区。

保重身体。我的老朋友澎湃对我说过一句话："什么都是假的，只有身体健康才是真的。"倒是一句老实话。

敬祝

平安多福

痖弦　上
二〇一〇年七月三十日

33 赵淑侠 女士

邦媛姐：

多年不见，您一切好！

昨天我自淑敏处借来您的大作《巨流河》，一口气读完已是凌晨三点。

这是一本非常感人的回忆录，写出了一个时代。阅读之中让我忆起好多事，沙坪坝，《时与潮》，字还认不全的年月，淑敏就跟着我一起蹲在"时与潮书店"的桌子底下看"闲书"。对文学的兴趣便是那么不知不觉产生的。如果没有那串童年在四川的日子，我们也许不会从事文学工作。

您的一生真是过得丰富又饱满，为文学、文坛、教育，做了那么多事。《巨流河》的出版，无疑是台湾文坛的一件大事。

去年我和淑敏回台湾，曾给您打电话，可惜没联络上。

现在我与淑敏都定居在法拉盛，住得很近，步行只需六七分钟，常见面，也常一同去出席文化活动。这是自童年以后，我们离得最近的时段。姐妹俩都老了，正像您与宁媛一样，相依为命。

我和淑敏选出了一套"姐妹书"。我的叫《忽成欧洲过客》，她的叫《萧邦旅社》，是观人阅世，忆往论情之类的散文集。淑敏的已寄您，现寄上我的这本。除《忽成欧洲过客》外，我的另一本书，三十多万字的长篇历史人物小说《凄情纳兰》，六月间已由大陆华侨出版社出版了。小说主角是清朝第一词家纳兰性德。

祝
安康如意

淑侠
二〇〇九年八月五日

34　赵淑敏　女士

邦媛大姐：

　　上周末收到了您寄来的回忆录《巨流河》，真是巨流之作，在您的生活中我总是站得老远，静观您的努力与成就，但是在您的回忆录中，我似乎隐身在您的周遭，我家与我的事仿佛都是一样的场景，齐老伯是我少数接近过的父执辈，我的感动不仅停留在宏观阅读，也在细细品味。

　　我已忙不迭地向皇后区公共图书馆法拉盛分馆的书友会推介（曾向我咨询推介新书）。皇后公共图书馆借书率全美排第一，在全世界也名列前几位，而法拉盛分馆为六十二馆中之首名。书友会已八年，渐入佳境，参加者水平愈来愈高，主事者出身台湾，对您固然仰之弥高，对我也不陌生，知我爱读书、会读书，让我充导读角色。我 E 信给她说："此书是知识的也是抒情的，笔触大气而细腻，虽是个人思想与生活的记录，也载录了历史，描绘了大时代的面貌，值得后生们认真地读一读，尤其自大陆出来对某段历史隔阂的人（大部分为大陆读者）。我只初步掠阅，必要二读三读。"

　　祝
平安康健

淑敏　上
二〇〇九年七月二十九日

35　蔡文怡　女士

齐老师：

　　这次您的巨作《巨流河》新书发表会，我无缘参与，事后知悉此书即刻订购拜读，无法一口气读完，每告一段落就想给您写信抒发读后感，但又思还没看完会不会太冲动。但还是忍不住先写此信，表达我敬佩感动之心意。

　　从上次见过面，这些年我全副心力都在照顾生病的家人，喘口气又连番上阵，比上班还累，拜读您的作品能振奋一个希望兼顾兼善的小女子的内心。

　　书中有张您倚着雕花石柱的照片，我妈妈与您同年，也是从南京沿江到大后方，也是在四川完成大学，她也有张类似的照片，我印象深刻极了。您们那年代的女子真耐看，不似现代的美女，虽美却看了就忘。

　　祝福！

晚　蔡文怡　敬笔
二〇〇九年十二月一日

36　钟丽慧　女士

亲爱的齐老师：您好！

不知您是否记得我这个文化界的逃兵——钟丽慧？

这些年来一直远距离关心台湾文坛动态，也不时想起与您虽短暂且不多的亲炙场景，终生难忘。

去年九月，托朋友代购《巨流河》，在赴芝加哥探视儿女途中，一口气拜读，一路泪流满面。几天后，在芝加哥的世界书局，一进门就看到这本书迎面而来。

上个月自曼谷返台，到纪州庵观赏"穿越林间听海音"展览，往事历历在目，纷纷涌上心头。

随后，与刘静娟、应凤凰、封德屏老友聚会，我们聊文坛人事，我提及三十年前大腹便便到丽水街叨扰您，请您教我浓缩的浪漫主义简介，准备留稿，免得坐月子期间，让我服务的报纸开天窗。您竟花了两个下午教我。

静娟说，齐老师多好，有教无类，也顺便赞美从前的记者较用功。于是德屏说，写下来啊！交给我访谈您的任务，要我再来叨扰您。

不知可否抽空接见我？期待您的通知。

敬祝

安　顺心

晚　丽慧　拜上
二〇一〇年六月十六日

37　高全之　先生

齐老师：

　　恭喜您。《巨流河》传世的可能性不亚于姜贵《旋风》。齐老太爷的部分有史识、史见、历史上真有许多的 what-ifs。个人情史高贵雅致，品位极高，为女性自传少见。林中鸟鸣那段很美。能为几个情缘找到 closure，也是福气。现代（古代也一样）婚姻里深藏于记忆、不便告人的个人往事当然很多。人死，那些记忆也灭尽，王祯和《两地相思》就在说那种憾恨。您都写了下来，真好。您在台的事业与经历会是后人写文化史、文明史的重要参考资料。我向来不重视华人作家游美文学，也许觉得那些经历太不新奇。然而您的求学记录还真可读。我很了解那种在妻职母职之外偷得个人读书空闲的珍惜与内疚。书里提到兴大外文系首届毕业生，我还记得王永明。我也是一九七二毕业生。没有忘记您在外文系企图有所作为、去旧更新的英姿。

　　页三六六（简体中文版参见第二三一页——编注）提到的女作家是否张爱玲？也许没有必要提此一问。其实是张也没关系。我曾撰文指出胡适对《秧歌》的理解有其限制。我非常尊重胡适，尊重也可不同意。文学意见本来如此。《旋风》政治立场偏颇。姜贵与丁玲一样，都因应了个别的政治环境，无须归咎。但我们可以评估文学。现在我们知道中共内部曾有勇敢卓越但是受到镇压的土改异见，那些质疑与清醒是中华民族的希望。在文学里抗议强权而兼顾那丁点的良知，才是上品。我愿意相信中华民族是个有良知的民族。

　　我深以曾在您生命巨流河边沾上一点点边为荣。请多保重。再写。

学生　高全之敬上
二〇一〇年九月

38 韩秀 女士

亲爱的齐老师：您好！

　　九月中旬，自阿拉斯加返回家中，美国《世界日报》便刊出大广告，全美各地世界书局都可以买到《巨流河》。那种高兴真是非比寻常。于是奔到华府的世界书局去，果真买到这部大书。

　　一开始看，我就知道，这是一部忠诚与记忆之书，我会怀着不同的心情一再阅读它。

　　您一定记得，您一再问我的一〇一个问题。我跟您说到我的外婆。而您，在书中详细描述的抗战时期的种种，我没有亲身体验，但是，您的文字与外婆讲给我听的故事丝丝相扣。您的芜湖，她的九江，都是重大的关口。抗日的铁流便是这样地汇聚于中国的西南。而途中所展开的教育，是您亲身的体验。外婆，身为国民政府一个小小的工作人员，却是那战时教育的目击者。三十年后，她心痛于我的被迫失学，就以此鼓励我，无论何时何地何种境遇之下，学习都可以进行，都不应中断。对于"文革"中的我来说，那种激励实在是太重要，太重要了。

　　我也读到了令堂的寂寞，读到了她老人家"对东北子弟无私的关爱"。那种温暖也让我想到我的外婆。她们是美德的化身。在她们的一生中，将无尽的暖意留在了人间。

　　我想到了多年前一次文学聚会后，您对我说过的话："她们并不喜欢你，你知道不知道？"您真心着急，看我"懵懵懂懂"地不知自己身在何处，真心着急。我是知道的，从有记忆起，就知自己身处险境。"懵懵懂懂"是一种生存的状态。但是，我打从心眼里感激着您的着急。 您是这样深切地关心着一些旁人大约永远不会去理会的人与事。

　　昨天，余英时教授夫人陈淑平大姐（Monica）打电话来，我们一下子就谈到您的书，Monica 的父亲陈雪屏先生与西南联大也有缘，Monica 告诉我，已经有好几位教授告诉他们《巨流河》好得很！她说：

"齐教授是真正的文学家,她谈余英时,和龙应台谈余英时是很不一样的。"我很同意。我看了《大江大海一九四九》,也看了《巨流河》,两本书区别极大。

您在书中谈到我的小书,谈到您的感动。看到您这样写我是非常感动的。最近,有人邀我谈"文革"前的那上百万青年被迫上山下乡的事情,我想说的是:"失学的痛苦,我们要用一生来消受。"您在战火中都能得到正规的教育,这一长段的记叙,让我对当年的教育家们产生最大的敬意。

日文版一定会非常震撼。齐老师,我一向佩服日本人的认真与顽强,"二战"结束,那只是一片焦土而已。半个世纪之中,日本迅速复苏、崛起。真正崛起,没有一点精神是不可能的。现在有优秀的译者将大作译成日文,给这个民族再一次反省的机会,是大好事。

大陆方面,有不少出版人相当有见识。自二〇一〇年一月起,国营出版社都要自负盈亏,如此,一定要出版真正有市场的书。于是"敏感题材"格外看好。齐老师,您能相信吗?人民文学出版社已经和幼狮签约,将在六七月间出版《折射》简体字本。我的感觉是,大作在大陆必然会引发热烈回响。最近,中国现代文学馆研究员傅光明研究赵清阁,我为他提供了清阁先生的八封信。您看,这一位被压制多年的女子也终于等到了些微的公道。她站在高高的天际,也觉得一些欣慰吧!所以,我觉得"只删不改"是办得到的,而且,不少人都在坚持"尽量少删"。

齐老师,我还在写,刚刚整理出一本散文集,可以交出版社了。我也在写一个新的长篇,进度很慢,但是我喜欢那个深入的氛围。将许多人和事的各方面切得深一些,惊诧莫名。但是,人性本来就不是非黑即白的。

我也还在写一个谈书的专栏,一月一本,一年十二本,六本翻译文学,六本华文文学。在翻译文学中,我特别找一些非英语的作品。我想华人一定要知道一些非中文、非英文的文学世界,否则,心胸都不够宽广,视野和角度也多偏狭。在华府,作协已名存实亡,我组织了一个文学沙龙，聚集了一些真正在写的文友，谈些写作者真正关心的问题。每三四个月聚会一次，也已经有两三年了。

复活节到了，寄上深深的祝福。

您多保重，我们都爱您。

您的学生　韩秀　敬上
二〇一〇年三月三十一日

39 陈幸蕙 女士

齐老师，您好！

谢谢寄来日文版《巨流河》序。我读了两次，其中一次还在高铁上。那是收到此文的第二天，刚好我在高雄某中学有一场演讲，当列车在轨道上迅捷飙驰，我从老师序文中抬起头来，看到窗外飞逝的嘉南平原，那样湿润宁静，丰饶安详。一望无尽的绿，忽然想起老师《巨流河》封面所呈现之暗郁、沉重、苦涩的红。强烈对照下，至此，我终完全明白，且深深觉得，老师当初以那样的色调，召唤读者的眼睛，在他们接触此书的第一印象中，即传达了某种深刻强烈的讯息，实在是最恰当不过的。

而行进的车中，在老师特为日本读者所写序文间来回逡巡，部分与台版序言相同的关键句如"心灵刻满弹痕"，固令我再次触动，慨叹良久，而当老师提及旅行异国，总不忘低回流连当地战争纪念馆，企图寻求阵亡者"以身殉国的意义"，以及，美军轰炸东京，身陷火海的日本女性，其和服背袋中，死于中国战场的情人或丈夫骨灰被二度焚烧的叙述，等等，均令我即使面对清宁美好，仿佛大地微笑的五月田园风光，也忍不住心底泛泪。

王德威说老师的《巨流河》是一本"惆怅之书"，但我认为，这揭示了个人生命进程，复呈现了上世纪战争磨难与大时代沧桑历史的"巨"作，却是一本既慰烽火岁月之亡者·往者，更启发了太平世代生者·来者的"严肃之书"、"诚恳之书"与"宽宏之书"。

一九九四年，大江健三郎在其获颁诺贝尔文学奖演说辞《めいまいな日本の私》（中译《日本之暧昧中的我》，英译 Japan, The Ambiguous, and Myself）中曾说："日本选择以维护永久和平的原则，来作为战后重生的道德基础。"

准此，则老师《巨流河》日文版之问世，对日本读者（尤其战后世代）言，实格外具有回顾历史、省思未来的意义。

大江那篇得奖感言标题，非常微妙有趣地既呼应又颠覆了首位获得诺贝尔文学奖的日语作家川端康成的受奖辞标题《美しい日本の私》（中译《日本之美中的我》，英译 *Japan, The Beautiful, and Myself*）。而秉持着"没有挺身反对战争的人，形同战争帮凶"之理念的大江，则曾自述其创作小说的目的，乃是希望"能帮助读者从个人或时代的苦难中复原，并医治他们心灵的创伤"。他那篇跳脱美学思维却充满关怀意识的讲辞，是以这两句话做结的：

"身为作家，我想追寻如何以谦卑正直、符合人道精神的方式，在治疗和促进人类和解上做出贡献。"

移之以看老师《巨流河》日文版之问世，我觉得其实亦是再适用不过。

老师，最近天气冷热不定，请多珍重。我也会再和老师联系。

此祝

诸事圆满愉快

学生　幸蕙　上
二〇一一年五月十八日　午后

40　黄胜雄　医师

（一）

敬爱的齐老师，平安！

　　从台北飞回美国费城，一路上我看完了您的新书《巨流河》，心里一直荡漾着感恩的心，想写信给您，告诉您 It is a great work！从 Mind and Brain 看到老师八十四岁，还能写出那么完美的记忆和宏观的思想，真是敬佩，我以当您的学生为荣。

　　我是一九五七年在台中一中高二时上过您的英文课，那时您刚从 Fulbright scholarship 回来。在课堂上你曾分享在 Wyoming Evanston High School 教学的照片。庄灵（庄严先生的儿子）和我坐隔壁，您的风采、开明的教法，使我们都非常向往。我们何其荣幸能在您离开台中一中到台中农学院之前当了您的学生。

　　感谢老师在台湾的文学贡献，尤其把在台湾的中国文学译成英文，让全世界都看到并了解二十世纪的"巨流"在亚洲的小岛上引发出来的智慧。老师如果有空，很希望您能来花莲，或给东华大学的师生演讲，我很高兴能陪老师游历花莲的名胜，不胜期待。

　　谨祝　快乐健康

生　黄胜雄　敬上
二〇〇九年八月二十一日

（二）

敬爱的齐老师，平安！

　　从感恩节我在门诺医院和台湾神学院用美国人感恩节的故事证道以后，我就心里一直想要写信问候老师，希望老师安好，更愿上主护守您平安、健康！

　　天气转冷，特别在林口有北风潮泾，请老师多保重！还好，黄妙珠医师在台北，老师也认识，她是一位很好的医师，使我也比较放心。

　　上次黄妙珠医师说我没有礼貌，怎不亲笔给老师写信，还要用打字的。其实，医师写信都很潦草，大概我们在受训练的过程中，要动脑筋远比动手写多，而要赶快记下来所想的或所听的，手写的动作永远赶不上，结果字写出来就很草。尤其我在美国行医快三十年间，更很少写中文，怕写错字，所以不敢写。上一封信用打字的，很抱歉，请老师原谅！

　　记得高二老师教了我们一个单词——Earnest，老师的解说和比喻使我受用不尽，老师并举例在台中一中时，学校的老教务主任霍树枬 very earnest！我相信一位医师更应该那样，不论做事、待人都要Earnest！谢谢齐老师，因为也有许多美国朋友说我 Earnest。

　　谨祝，
新年快乐

学生　黄胜雄　敬上
二〇一〇年十二月十五日

41　顾洵　先生

齐老师：

不知您还记得我吗？我是顾洵，是您在台中一中的"高足"。记得您一九六七年（？）到 Indiana University 进修，曾去 Iowa city 参加 Paul Engle 及聂华苓二位的 party，我和河清正在那儿，会后您还来我们简陋的学生宿舍（月租 $37.50 的铁皮房子）住了一天，此后就失去联系。昨日从朋友家见到您的近作《巨流河》，因为是新从台湾带来的书，我只能排到传阅第五名，还好朋友给我十五分钟匆匆浏览，所以知道您曾在台大外文系教书，因此试试，看您是否能看到这封信。

我在这儿和河清说呢，其实，在台中一中时，我和您并不太接近（我不是好学生），倒是上大学后，寒暑假常和同学到您府上，一待就是一下午。有一次，N 个人正在高谈阔论当年给老师起外号的糗事，您正好走出来，我们都怪不好意思，特别强调从没给您起过外号（倒也是实情），不料，您马上说，您在南开中学也曾给公民老师起个"火车头"的外号，盖这位老师每说三句话就要大喘气一次，大家也就释怀了，您可记得这回事？

您七十岁（！！！）的老学生牵着太太的手来看您了！

顾洵及黄河清　敬上
二〇〇九年十二月二十六日

42　吴敏嘉　女士

齐老师：

您的书《巨流河》真好看，有一个星期的时间我跟成龙都埋首书中，看不到彼此的脸！现在我的亲朋好友都人手一本。

借由您的书，我仿佛更了解已过世的公公流离的一生。我打算让女儿安安及儿子明明透过《巨流河》，认识他们爷爷生长的背景与时代。

我最近忙学校报到与清理研究室的事，希望能有一个好的开始。

告别公公，又告别一个任教十一年的地方，心里感触很多。

成龙与我都感受到要开始用减法过日子，而且要及时采取行动去做想做的事情。

一直想请老师到我们在竹围面对树海的大书房去坐坐，听音乐、吃蛋糕……何时有空？我可以去接老师。

附上一篇我在 Anobii（爱书人网站）看到的描述老师的短文。

I hope it will bring a smile to your face.

敏嘉　上

二〇〇九年八月十日

■附：

From Anobii：

a reader left her comments after reading《巨流河》

找到一篇五年前写齐先生的旧文。不是对书的评论，只是记录亲眼见到齐先生时所感受到的力量和温暖。

《好看的老人》

二〇〇四年七月十九日

去"中研院"赶了一趟为期三天的大"拜拜"。

会议的名字叫"台湾文学与世界文学"。

最后一天的主题是"翻译台湾"。

主办单位请来了李乔、李昂、黄春明、郑清文、杨牧、朱天文、朱天心和将他们作品翻译成英、日、德、法文的译者们,双方交换对台湾文学、对翻译的看法,也开放现场所有与会者问问题。

有个年轻女孩儿举手,自称是北京某不太知名的大学学生,因为参加辅仁大学拉丁文暑期课程,所以来到台湾。她说:"我听你们说了这么多,实在听不出来台湾文学和大陆文学有何不同?都是用中文书写的,台湾有什么和大陆特别的不同吗?你们积极在海外以'台湾文学'之名推广这些作品的外文译本,有意义吗?还常有一种发表空间受到限制的焦虑,有必要吗?"

台上的人未及回应,台下白发皤皤的齐邦媛先生举手,站了起来,个儿虽小,站得挺挺的,她的语调温文,气度从容,并不特别激昂,却是滔滔不绝:"请容我来回应这个问题。我从几十年前开始推动台湾文学外译。台湾文学和大陆文学有什么不同?请大家想一件事。从一九六五到一九八〇年,除了台湾,还有哪里看得到中文严肃文学的写作?不是政令宣传,不是歌功颂德的严肃文学,还有哪里看得见?这就是不同。我们的香火没断过,我们的作家一直都那么努力,成就都累积下来了。作为一个推动翻译工作的人,我就是希望这些好的作品,对我来说最亲的作品,能让世界看见。我不是所谓本土派的人,我自己是一个外省人,我为台湾文学说话也没有政治目的。我们跟大陆没什么比的,大陆又大又有本领,可是我们小小的台湾有我们的好作品,对我来说最亲的作品。这些东西留下来、传出去,后来的人就会知道、会看见。他们会知道,从一九六五到一九八〇年,有那么多的好作家,本省的,外省的,在最困苦的时候,延续着中文写作的香火,让它一直传下来,在后来又持续开花结果。我推动台湾作品外译,并不是要争什么,我就是要对历史负责任,让后来的人都知道,让世界知道。"

我听着听着,胸口热热的,眼泪在眶里转。那一刻,眼中神采焕发的她让我知道,一个老人可以这么美,这么好看。望着这位头脑清晰、举止优雅、坚毅而婉约的老人,我好想上去搂住她,或是拉拉她的手,跟她说:就为这一席话,我也要当中文写作的终身义工。从今以后,无论彼岸蛮横打压,或此岸愚蠢自毁,都不许灰心丧志了。(此外还有一个私心小愿,从心底浮出来——哎,就是希望自己这辈子,如果得活久些,那就要在工作中优雅地老去,成个不难看的老人才好啊!)

43　林丽雪女士

永远的齐老师：

　　我是一九七〇年上您台大"高级英语"课的中文系研究生之一。在《世界周刊》上看到王鼎钧先生介绍龙应台以及您的大作的文章，心向往之！年初携女儿及女婿回台省亲，特地将三位的大作全抱了回来。 夜里挑灯拜读您这样一位智、仁、勇兼备的长者自传，让我思潮起伏，更为苦难的中国和她的儿女而泣。您何其不幸生长在那样动荡的时代，我又何其幸透过您的文字，更进一步了解了中国的苦难。尤其重要的是，看到了一个学贯中西的学者风范。我从未看到有人如此有计划地治学和教学，这无疑为我将来的退休生活做了一个良好的引导。

　　当年在您课堂上，研读 Brave New World, Animal Farm 和《1984》时，虽有所震撼，但都不如此次拜读您的大作那么有切身感。除了智慧与仁慈之外，您还是一位真正的"勇者"——把生命活得如此精彩，如此有意义！

　　我自来美与先生团聚之后，也经历了许多人生的起伏。常在睡前与先生"交掌而握"，白天的摩擦龃龉似乎就一笔勾销了。那一刹那，总让我想起您与师丈睡前的仪式——勾勾小指。对不起，这个您亲口说出的轶事，我始终记得，也可能深得您真传。

　　目前我以任职公立图书馆之便，积极从事推广"东方美学"及增进社会人士对多元文化的共识。自觉活得很起劲！由于常在《世界日报》介绍英语的多元文化儿童文学，所以简宛力邀我加入"世纪人物100"的写作行列。我是"临危受命"，以大约八个月的时间完成《马克·吐温传》。 写作期间十分投入，除了参观马克·吐温旧宅之外，天天听他的传记和他爱的音乐，夜里总是挑灯夜战到两三点才上床。由于手头无中文资料可参考，全用的是英文资料，有许多是马克·吐温原著。

现把它呈献给您,以聊慰您当年在"国立编译馆"离职时未了的心愿。
　　谨此　敬祝
暑安

学生　林丽雪　敬上
二〇一〇年六月二日

44　龙村倪　先生

邦媛老师：

　　五十五年未见到老师，见到老师，神采飞扬，春风桃李，大开眼界。听老师讲大千故事，口若巨流，更是大开心界。老师手中有笔，心中有爱，如果大家都像老师，那就真的天下太平了，但也不一定！

　　一九五五年，毕业，去了台南工学院，走上师丈工程师的路。到过后站的铁路局宿舍，见过他，也见过两个弟弟，还有盛开的昙花。没有进黄埔，但黄埔的书却读过一些。因为英文太菜，没有投军，却挖了一大堆矿。书中"好汉坡"的两句，改两字，"走路专找难路走，挑担尽拣重担挑"是我对老师壮阔优美人生的尊敬。老师不必回，不必理会，我有我的江湖，我有我的神通，老师方便时会去看望老师的。敬祝

　　寿而康，耕而乐。

老圃黄花廊外弟子　龙村倪　敬上

二〇〇九年七月十七日　子夜

45　施玉凤　女士

敬爱的齐教授：

　　您好！最近我们三位大学同学不约而同读完您的大作《巨流河》，相谈之下十分兴奋，因此透过长庚养生村寄信给您，希望此信能到达您的手中。

　　我本人是施玉凤，另两位是张茹茉与张秀华，我们于一九七四年毕业于台湾师大英语系，张秀华曾经修过您的课，照她的说法，您是 the most dignified lady on our campus。张茹茉也曾是您的学生，目前执教静宜大学外文系；至于我自己，在教了三十年书之后退休，目前替出版社做点事情。

　　我个人颇爱阅读，一九八三年，张秀华念研究所的时候介绍我看 Chinese PEN，我漏夜读完之后，就认定这刊物是全台湾最有水准的读物。从此以后，我每到一家图书馆，就先到期刊部看有没有摆这本书，而且要确定它是不是被摆得很"庄严"，如果没有，我一定会去向馆方人员反映；我每到一个学校，就建议该校图书馆一定要购置这本刊物；当我心烦意乱的时候，这本书最容易让我安定下来，in some way，它真是我的"灵魂救赎者"。

　　我退休之前，有一次去逛诚品，看到了《中英对照读台湾小说》，立刻买回家"饱餐一顿"，之后还买了好几本送给同事，并到处跟人家说："文章挑得非常有代表性，翻译得实在太精彩了！"有很长一段日子它一直是我的床头书。（目前我的床头书当然是《巨流河》。）

　　我结婚的时候，和公婆住在彰化铁路宿舍，当时我公公是彰化电力段段长，之前他是号志段段长，所以我们住的是号志段段长的宿舍，我经常看到我们的电费单上的名字是"陈锡铭"。因此，当我看到您在书中提到陈锡铭，以及许多铁路英雄的故事，感觉十分亲切。其实，我先生是在台中复兴路的铁路宿舍出生的，在台中"国小"读到五年级才转到彰化。据他说：当年我公公曾在罗段长手下当股长，而且罗段长曾经到过他家几次；就他猜测，我公公很可能是受罗先生提拔，才会先后担任号志段与电力段段长。

如果您这本书早两年出版就好了，我公公名叫杨晋昆，当年十大建设的时候，曾经奉派去英国负责铁路电气化工程，以此推测，应该是跟罗副局长一起去的。他也有说不完的铁路故事，比如说，我们家老大出生的那个晚上，他就是出去抢修，回来才知道自己当了阿公。可惜我公公去年六月发现得了胰脏癌与肺癌，十月初就辞世，享年八十五岁。他生前对我很好，而且极爱看书，如果他来得及看到您的大作，很可能会邀我一起去探望老长官伉俪。

说到您创立中兴外文系，我也觉得很亲切。我是彰化女中毕业的，一九七四年回母校任教，几年后某次学生周会，丁贞婉以杰出校友及兴大外文系主任的身份回校演讲，令我们师生印象极为深刻，正符合我们学校的毕业名言：今日你以彰女为荣，明日彰女以你为荣。

书中提到李惠绵，我也非常高兴，有一次我到金石堂，看到她的大作——《用手走路的人》，一开卷就不能释手，当场看得涕泗纵横，看完之后买回家珍藏。另外，我也非常喜欢简媜，她的"胭脂盆地"系列也是我收藏的一部分。

现在，我每天把《巨流河》一看再看，觉得您对文字的掌握已经到了出神入化的地步，书中人物跃然纸上，大时代巨流奔腾，令我震惊、感动、佩服、羡慕、入迷、忘我，整个灵魂舒畅极了！

我这辈子没能上过您的课实在不甘心，张茹茉和张秀华也感慨当年无缘听您讲述英国文学史。这本书让我们三人激动得不能自已，亟盼能到林口养生村 talk to you face to face，不知您方不方便接见我们？

谨此致谢　谨祝

安好

晚　施玉凤　敬上

二〇〇九年八月三日

46　陈大安　先生

齐老师：

　　托友人自台北带回《巨流河》，以三天时间仔细读完，前五章及最后一章几乎是一边流泪一边看，不时要站起来到附近走走，以平抑激动的心情。书中提到的地方，大凡是在重庆一带的，沙坪坝、磁器口、小龙坎……我还依稀有些印象，至于跑警报更是特别深刻，至今闭起眼来，仿佛仍然能听到防空洞内的人语并看到模糊身影。童年的记忆最愉快的要算自万县上船顺流而下的胜利复原一旅。家父原被发回辽宁工作，但已无法归去。

　　你完成《巨流河》实在不易，这是你以无比的勇气、毅力和责任感，终能克服万难，相形之下，作为你的学生，我自觉惭愧。回顾我这辈子，最缺少的就是执着二字，换句话说，就是容易见异思迁。青少年时期一意要做诗人；大学时期因爱读英美作家的剧本而想写剧本，毕业后进了《中央社》，又改而想当随军记者。来美后误打误闯进入广告行业，则又迷上撰写广告文案（copywriting），一辈子都在变，只不过在这些改变之中，始终无法忘情的仍是对诗词的喜爱，而这中间，爱宋词更甚于唐诗，最爱的要算苏东坡和辛稼轩的豪放俊迈，才气纵横。

　　除了职业之外，我这一生在其他方面也有不少改变，但变来变去，最怀念的仍是当年在一中时受到老师关切和教诲的那段日子，它是多么地值得珍惜！时间虽然能够冲淡一些记忆，但是当年的点点滴滴却是永存心中而历久弥新。

　　我自五年前中风后，口手即不完全听任使唤，写起字来经常是不成样子，近来常练毛笔字，希望有一天能见得了人。

　　寄上绣妮和我由衷的祝福

大安

二〇〇九年十月二十五日

47 赵守博 先生

齐老师：

详阅《巨流河》，对于老师有关家世、家庭、教学、写作以及学生时代所经历种种的描述，均深为感动。其中老师于台中一中、中兴大学以及东海时代的经历，有关童子军日行一善的描写，以及师丈罗裕昌先生在台铁的贡献等，读来特别亲切。由于我在台中一中前后读了六年，以后服务省府又经常出入台中，对台中的一切有很深的体会。

对于裕昌师丈所服务的台铁，更有一份很特殊的感情，因为我从初三一直到高中毕业前后四年时间，每天从鹿港乡下搭彰化客运到彰化，再由彰化换乘火车到台中，享受了台铁所提供的便利，也见证了那个年代台铁的不断改进。老师书中提到的陈树曦先生，是我在省府担任新闻处长时代的同事，那时他是交通处长。裕昌师丈花了很多心力促成中央控制行车制（CTC），最初使用的彰化又是我的家乡。当裕昌师丈投入台铁电气化工程时，我已自美返台受谢东闵先生（也是台中一中前辈学长）之提拔到省府服务，很可惜当时无缘认识裕昌师丈，不然我们师生一定会有更多接触的机会和更多共同的话题。

守博长期以来参与童军运动，多次参加世界童军运动组织的会议和活动，现在又是台湾童军总会的理事长，读到老师所写"童子军日行一善的梦"那一段时，很有感触。有一位当过建国中学校长、北市教育局局长现任南部某市副市长的童军伙伴，特别向我提到老师书中的这一节，并且表示要写篇文章，借助老师的名气与光环，好好发挥一下童军运动的基本精神。

受业 赵守博 敬上
二〇一〇年一月四日

48　蔡慧玉　女士

邦媛教授：

　　您三月寄来的书，我上周返台时才拿到。没想到老师还记得我，心中一阵惭愧。今年三月底以来，我应聘到国际日本研究中心（日文研）一年。这些日子我一直都住在京都西京的山上，没能立即回信道谢，敬请原谅。老师出自传一事，我大约是七月时从张湘雯那儿得知的。张不但寄来报刊的简介，还邮寄了一本给我。自传拜读再三，心中激荡不已，久久不能回神。上个月收到老师送我的书后，我一下子有了两册，于是在征求湘雯的同意后，再将该书转送给汪荣祖教授。

　　在生活方面，我现在每天早上一定散步四十分钟，有一阵子傍晚也散步，体质明显改善不少。日文研坐落在大枝山的桂板中央，过去是皇陵所在，日文研二十二年前成立时，这个地区才开始发展社区和学校，从西桂板的方向逐步向东发展。五年前京都大学的理工学院设定在东桂板，同时大型超市（Izumiya、泉）进驻，社区发展已经全部成形。山上有野鸟公园，就在日文研上方，附近的绿地保留地很多，生活功能（交通、购物等）虽然有些限制，但习惯后才发觉这正是求之不得的世外桃源。

　　这些年来，我没有和您保持联络，但心中总是挂念着您。理由无他，就是因为自己认为没有很大的成就，总觉得有辱您的期望。知道您身体康健，研究如常，很替您高兴。返台后，有机会我会和张湘雯联袂去造访您。近况报告就此打住。

　　敬颂
钧安

学生　蔡慧玉　敬上
二〇〇九年九月九日

49　欧丽娟　女士

齐老师：

真的好想念您！

不知不觉距离您那"一生中的一天"，竟已经二十一年了。那一天我才二十三岁，并且浑然不知那是您的最后一堂课，而我们是您的最后一班，所以考完试就立即赶赴男友之约，以致错过了雷雨后的咖啡。如今思之，每每悔之不及。

但十多年前您丽水街寓所中原要舍弃的那一盆彩叶木，我接收后却跟着我搬了几次家，一直种到今天。是因为爱树，更因为爱赠树之人。老师的英文课上，我至今清晰记得一篇被弃女人的故事，篇名虽然已经忘了，但她在受侮辱与受损害的悲惨中，依然救助众多动物的高贵情操，以及老师所加冕颂称的 feeder 一词，那凛然那灿亮却一直深铭在心。常常看到那株彩叶木，就会唤起老师的音容笑貌，觉得老师和许许多多的坚强女性，都是苦难人生中伟大的 feeder。

两年前收到您惠赠的《一生中的一天》，内心涌起了一种雪中送炭的温暖，放在随手可以取阅的床头书柜中，有如至宝。一个人的午后或深夜，常常默默怀念着老师，一边读一边流泪。一直想给老师写信，但该说什么呢？如今我已完全懂得"识尽愁滋味"之后的欲说还休。在我的滑雪山庄里，人迹罕然，风声呼啸，寂静有如死荫的幽谷，当看到《失散》中您兀立路口的"愕然、困惑、狼狈"，以及童年时夜半独自无声地哭念着擦身而过的故友的呼唤时，我的心乍然震荡起来——老师竟然懂！老师竟然也陷入过这样的处境！

但老师当然懂。您的一生随着时代巨流而波澜起伏，只是被 feeder 的形象掩盖住罢了。

您以智慧超越了痛苦，以才能为时代留下了珍贵的刻痕，而您的最后一班学生不知不觉孤独而仓皇地进入中年，也的确如您所愿地"在他们中年的喜怒哀乐中，记得一些句子，一些思想，似在不同的落叶林中听到的声音"，成为四顾茫然中的真切指引。您怎会深恐"这一生白活了"呢？渺小如我，看到您一生积极为理想奋进的身影，清明而和暖，坚毅而温柔，才真是惶愧难当。我这一生不知所为何来，向往做一个feeder而脆弱不能至，凄凄惶惶，半浮半沉，才真会幻化如泡沫吧。

您写到几位文友所走向的大失散，字字透骨，更是揪紧了我的心。您说现在身处最后的书房，我却只愿缅怀丽水街的欢聚笑语，想到未来必然一一遭遇的各种失散，就悲惧难抑。人为什么来世上走一遭呢，尝遍无常却只剩下带泪的回忆？进入生命的下半场之后我困惑不已，又找不到解答，只能在失去那失去不起的东西时，咬紧牙关拼命地忍耐。春梦渐远，阶前梧叶已秋声，这时从报纸上看到老师的身影形貌，发现陌生的十字路口上依然有熟悉的灯塔安稳矗立，并以坚定的亮光持续给我们勇气，了足中空的泡沫霎时填满，悲欣交集。

老师！谢谢命运让我赶上您教学生涯的最后一班列车，可以遇到您，参与您的时代与生命。请您一定要平安，这样，我所熟悉的世界才能安然美好如昔。

祝福老师！

学生　欧丽娟　敬上

50　孙康宜　女士

齐教授：您好！

　　首先，我非常欣赏您书中"完整的圆环"的概念。《巨流河》全书以此圆环为基础。您一生经历如此丰富，因此，您毋庸置疑是上帝赐福的子民。在阅读《巨流河》的过程中，身为读者，我感到自己仿佛也参与了您那完整的圆环。您于书中提及的一切经验与遭遇之中，以下的人物与场景最令我印象深刻：

　　1. 张大飞是给您《圣经》的人，同时也是启迪您灵魂的第一人，这真是令人惊喜！张大飞为人纯洁善良，他对您说："祝福你那可爱的前途光明。"我相信他是您这些年来的守护天使。我不认为您遇上他的追思礼拜是全然的巧合。读到您终于在七十五岁时去了中山陵，看见张大飞的纪念碑（抗日航空烈士纪念碑），更是令人欣喜不已。这正是一个完美的圆环，同时也解释了您为何喜欢重复这几句话："如此悲伤，如此愉悦，如此独特。"

　　2. 我也对您于《传道书》中"意外"读到的句子感到惊奇，此时正是您急于寻求张大飞为何如此早逝之解答的重要时刻："凡事都有定期，天下万物都有定时。生有时，死有时……"同样地，这也绝非巧合。

　　3. 师丈是终生奉献给台湾铁路的工程师，我的丈夫CC也是位工程师（多年来，身为土木工程师，他曾为纽约地下铁七号线做过"大地"工程设计）。因此，我完全能理解他们的工作有多么艰辛。然而，和您一样，我为我先生无私的奉献感到骄傲，特别是他为其他人所付出的牺牲。

　　4. 感谢您于东海大学一章中提及我的名字。有缘成为您的学生，我感到非常自豪。但我必须为那些年在课堂上的"沉默"道歉（当时的我尚未自白色恐怖阴影中走出，因此我得学会控制自己说的话，几乎已到了控制过头的地步）。唯有数十年后的现在，我才得以从您的书中重新审视这些过往。

5. 您将学术天梯与《圣经·创世记》中雅各梦见天梯一段比拟，我个人认为非常成功。此一独具创见的比喻，在我脑海中留下深刻的印象。这段文章同时也鼓舞着身在学术圈的我。

6. 您与钱穆教授的相遇感人至深。您描述钱教授九十六岁时被迫搬离素书楼，使我想起清代学者沈德潜，于九十六岁时为乾隆皇帝软禁在家。和钱穆先生一样，沈德潜在那之后几个月辞世。

7. 您离开"国立编译馆"的一幕令人印象深刻。《树歌》简直棒极了："一棵镇日仰望神的树／高举她的叶臂祈求。"多么地发人省思，多么地高贵！您真是有智慧的人。

8. 最后，您对一九三七～一九四五年抗日战争的描述，是我读过描述此期间最精彩的一段写作。

孙康宜　敬笔
二〇一一年八月十二日
〔本函原为英文，池思亲节译〕

Anachronism

一九三七年南京　齐邦媛发自空城的信

敬恩：

八月四号的信是接到以后信，知道你走了。约摸有廿三号寄耕之外，因为他早已盐运言辞走。你走的第二天晚上，我也到上海去，八月六号的早上启行，你也到安徽宣邸县去了。十二号上海起码之声，我们家上海寓即陷落了，八月七号又接到裴冠仪的音耗信，他们也到了裴冠仪家去了，十二号早上韻湘全家也去。

上年初辛客巴玉时内弟，回四川，我母亲已经是我到十月知道了。十五号南京空袭时，我也躲在中央医院里，后来飞机多，迟到和忙四日上六次已经高等到何。她家还有都到，后来又到我南末到住在一个人，失败零件，因为她王王小林，空袭大有我和不休，你的肩有点害怕。可是她也很情，不足躁害得久得很，可是死在二十六号戍日报即要到板林候末，我父久未到，那村以南走更家实，所以我又约你约的信在我未到南京时下九王将到最湖的信，后来又接到她的四第二对信。

是又到给他转末的，因为她还住在医院，你的信已是
他给我转末的。

你们信是件么时候寄的？我昨天午后收到，还在上海已经回来一个月以前。这是我母亲我们大家正次哭看，两个月以前，还是我居乐业，我们大家正次次去意致成之泡影！眨眼近十战争突异！国上不知成了如何情景，我们能各相聚久堂案共佔！你若要写信告诉我，

齐援乐的住址是：「宝泉路板桥侯海村」

不够了，祝收

安健！

邦媛草上
廿六，九，七

韻湘住址：「汉口浐加浐路下九号」
程冠仪住址：「常州乾徽国二十七号」

更依旧居

敦慈：

　　八月四号的早晨接到你的信和送来的书，知道你走了，的确有些出乎意料之外，因为你早先并没告诉过我。

　　你走的第二天晚上，吴本穗也到上海去了。八月六号的早上，程竹苏也回安徽霍邱县去了。八月七号又接到程冠仪的告别信，她到常州去了。十二号早上韵潮全家也不声不响地坐飞机到了汉口，我十三号下午才知道。十三号上午胡申容也不辞而别回四川了，后来我去找李植瑛，她家还没有搬，不过她和她四姐和六妹已经离京，到何处则不知也。到了后来南京只剩我一个人，真寂寞得要死。十五号南京首次空袭时，我母亲正住在中央医院，因为她在生小妹妹，家里只有我和小妹妹们，的确有点害怕，可是以后也就惯了，不怎么害怕了。可是在二十六号我母亲却要到板桥镇来，我也只得匆匆跟来了，乡村比南京更寂寞，所以我天天盼你的信，在我未离南京时（十九号）接到韵潮的信，后来又接到她的第二封信，是父亲给我转来的，因为他还住在原处，你的信也是他给我转来的。

　　你的信是什么时候写的？我昨天才收到，现在上海已成烟火之前锋，不知你是否仍在那儿？

　　回忆一个月以前，犹是安居乐业，我们大家正欢聚着；而今呢？大家天南地北，往日之欢乐正是如烟消云散，成了泡影！一瞬即逝！战事完毕，国土不知成了如何情景，我们能否相聚，只望苍天垂佑！

　　你若迁移请告诉我！

　　我现在的住址是："京芜路板桥镇梅村　齐邦媛"，不谈了，祝你安健！

邦媛草上
一九三七・九・七

　　韵潮住址：汉口珞加裨路十九号。程冠仪住址：常州花椒园二十七号

　　望你回信

邦媛先生：

您好。之前曾冒昧寄书向您索取签名，蒙您不弃，满足了身为一个读者以及后生的念想，十分感谢！

日前从网络上发现一个消息，上海王廷璋的后人散出了一批家存旧物，其中有不少王廷璋与时人往来的信札。而这些信札里，有一通是您于一九三七年写给您的同学王敦慈的，时间落在九月七日，比对您在《巨流河》里"七七事变"的章节，不得不佩服您惊人的记忆力。而那一年您只十三岁，甫自小学毕业……

我将信札的图片复制并打印下来，虽然时过境迁，信中所透出的巨大情感与力量，仍叫我读得胆颤心惊。很难想象，在那个大环境里，十三岁的孩子显得这般成熟。随信将那信札图片寄上，可惜不是原件，但还算清晰易辨。

近日天气湿闷，早晚炎热，午后大雨，又闻有台风形成，还请您多多保重，这样的气候是热感冒好发的时节。仓促来信，万请海涵。

敬请

    大安

                      晚　陈逸华　敬上

                      二〇一二年六月二十七日

■ 邦媛注：

台北的盛夏，这封信，以最新的科技力量，穿透七十五年家国剧变的彤云迷雾，来到我的眼前。这怎么可能？但是这信的笔迹是我的，信里的名字我仍记得，我还清清楚楚地记得王敦慈的面貌和笑容，小学毕业的快乐……突然间她们都不见了，全街似乎只住着我们一家，许多没有关好的门窗在秋风中劈劈啪啪地响着。我虽只有十三岁，却深深感受到空城的悲凉和死亡的威胁。不久我家也得离开南京，再二十多天，南京大屠杀即将开始……懵懂无知的我竟然还想着相聚，想着"苍天垂佑"！

乐茝军女士(薇薇夫人)的画

薇薇夫人　绘

亲爱的老伴老师：

  见清秀佳人忍不住画下来，和巨著并存，希望您会喜欢。

  祝一切安好

敬爱您的老伴薇薇

二〇一〇年中秋

■ 邦媛注：

  二〇一〇年十一月三日，老友乐茝军（薇薇夫人）派人送了这幅画和小札到我当时居住的长庚养生文化村。她所画的是我二十岁时与同学送友出征的照片。她把我忧伤的青春泡在巨流河的洪流中。

  茝军与我曾在二〇〇〇年参加海外华文女作家年会时同游美国北卡罗来纳州，我二人同白发，车同座，夜同舍，互称老伴。在红叶灿烂的古枫林，畅谈往事今生回忆。

两封重要的信,《巨流河》之前

柯庆明先生　一九九〇年

老师：

　　请珍惜您的抗战经验，把它转化为文学的书写吧！经验是永恒的，虽然历史的恩怨迟早都会过去，也只能让它过去。美洲的原住民、台湾的原住民，恐怕无法清算他们的土地被侵占、人民被杀戮的历史，而且恐怕永远得在他们的侵略者所构成的社会幸存……

　　可以传述的，永远只是"经验"，只是对"经验"的反思，但对没有经历过的人，另一代，他们又有自己的恩怨，而不必然和我们有相同的爱憎，正如罗密欧不同于他的父母……

庆明

李惠绵女士　二〇〇六年

亲爱的邦媛老师：

　　有位读小学二年级的学生问我："你走路这么辛苦，为什么还要读书？"我毫不迟疑回答："因为我要独立养活自己。"

　　这个想法，从孩童时代贯穿至今。

　　在攀登学术山峰过程中，步步艰难，我也常问自己，为何要如此辛苦？我仍然可以给自己明确的理由："我要实现自我。"尽管知道，待我来日告别学术舞台，一切都将归于空幻，但是我仍然坚持完成现实世界的游戏规则，至于学术得失，留与人间论之。

每一件事，我都有高度的自觉和理由，可是唯独帮老师整理口述历史这件事，我完全说不出任何理由。换言之，我无法回答自己，或回答任何人，我为什么要做这件事？似乎，任何一个说得出口的理由，都会变得形而下。似乎，略为懂得"不落言诠"的意境。似乎，深深感到这件事的意义是非常形而上的。

因此，当老师祈祷："主啊！求你再给我一点时间，让我说完他们的故事。"何尝不也是惠绵的祈祷？整理过程中，许多夜晚，带着老师的过往，那气魄恢宏的格局，那坚持理想主义的精神，一起入梦。临睡前，我也是这样祈求，不只为老师祈求，也为自己祈求："上天！请给我健康、智慧、体力、耐力，让我们帮齐老师将他们的故事说完。"

逐渐发现，这件事变成生活中的一种意志，然而这份意志，终究来自老师惊人的沛然意志，来自老师动人的生命故事。如果老师觉得，因为简媜和我的参与，让老师不孤单；同样地，老师的意志何尝不也是回过来支撑我们。老师常对我说："惠绵，你很不容易的！"每当简媜与我讨论文稿时，我们也不约而同赞叹："齐老师真不容易啊！"

老师！我何其有幸，有相知相契的简媜一起努力这件事，算是人间难得。我们各自背负自己原生家庭的牵挂和责任，我更是背负自己形残身躯的内在煎熬，忧心右手逐渐肌肉萎缩的恐惧……难以言说。但当我进入这件事时，我可以忘怀许多痛苦。即使前一晚我因为某些事伤心痛哭，第二天起床，依然开启计算机，浑然忘记昨晚的眼泪……

老师！请务必善自珍重，不要总是说些泄气的话，您写完最艰难的第三章，然后将息一番，继续第四章、第五章……我们要一起完成，您一定要挺着，看到这本书诞生。从编译馆开始，是我负责润稿，我走到哪儿，恳请老师陪我走到哪儿。尤其第十章以后进入天涯行脚，我要随着老师的步伐神游世界，这是安慰，安慰一个不能行路天涯的女孩……

言不尽意，写至此处，情感已不能克制。总之，我们一起努力，把他们的故事说完……
　　　敬祝
平安　健康

　　　　　　　　　　　　　　　　惠绵　敬上
　　　　　　　　　　　　　　　二〇〇六年八月六日

席慕蓉的诗（摘录）

一首诗的进行
寄呈齐老师

> 一首诗的进行
> 在可测与不可测之间
>
> 仿佛已经超越了我们自身的
> 种种认知　超越了悔恨和怅惘
> 或者寂寞　或者忧伤
> 眼前是一片模糊的荒芜
> 远方　有光
> 却是难以辨识的微弱光芒
> "俱往矣！""俱往矣！"
> 耳旁　不断有声音低低向我提醒
>
> 仿佛要拦阻我的前行
> 可是　那已经逝去了的一切时刻
> 不也都曾经分秒不差地
> 在我们的盼望和等待之中　微笑着
> ——翩然来临
> 不也都是　曾经何其真实贴近
> 可触摸可环抱的拥有
> 即使成为灰烬　也是玫瑰的灰烬

即使深埋在流沙之下
也是曾经傲人的几世繁华

(生命曾经灿放如花
如一季又复一季永不结束的盛夏)
意念初始如野生的藤蔓　彼此纠缠
是忽隐忽现的鹿群　挪移不定
我摸索着慢慢穿过
那些被迷雾封锁住的山林深处
听见溪涧轻轻奔流跳跃的声音
我的诗也逐渐成形　终于
来到了皓月当空的无垠旷野
才发现
在字里行间等待着我解读的
原来是一封预留的书信
是来自辽远时光里的
一种　仿佛回音般的了解与同情

(直指我心啊　天高月明
旷野上　是谁让我们重新认识
并且终于相信了
那一个　在诗中的自己)

据说　潮汐的起伏是由于月光
岩岸的剥蚀　大多是来自海浪
而我此刻脚步的迟疑蹒跚　以及
心中欲望的依旧千回百转
能不能　也有个比较简单的答案

是否　只因为
爱与记忆　曾经无限珍惜
才让我们至今犹得以　得以
执笔？

——二〇〇九·七·三十一

明镜
再寄呈齐老师

您曾有言：用有限的文字去描绘
时间真貌　简直是悲壮之举
而如今
文字加时间乘以无尽的距离遂成为
明镜　如倒叙的影片
在瞬间　将一切反转
才能含泪了然于所有的必然　以及
一生里的　许多不得不如此的理由

纵使回到最初　面对的
仍是烽火漫天尸横遍野的昨日
可是　镜中与镜前的这个人啊
却怎么也不能否认
系住灵魂免于漂泊的另有一条金线
如文学之贯穿在天堂与地狱之间
有些领会　日夜在心
何等幽微　何等洁净

只因为只因为啊　在那时
生命曾经是
何等不可置信的美好与年轻

其实　明镜既成
您就无需再做任何的回答
这一泓澄明如水的鉴照
正是沉默的宣示　向世界昭告
历经岁月的反复挫伤之后
生命的本质　如果依然无损
就应该是　近乎诗

——二〇〇九·九·二十三